중년 부부의

좌충우돌

스페인
여행기

중년 부부의 좌충우돌 스페인 여행기

발행일	2021년 9월 16일		
지은이	이인화		
펴낸이	손형국		
펴낸곳	(주)북랩		
편집인	선일영	편집	정두철, 배진용, 김현아, 박준, 장하영
디자인	이현수, 한수희, 김윤주, 허지혜	제작	박기성, 황동현, 구성우, 권태련
마케팅	김회란, 박진관		
출판등록	2004. 12. 1(제2012-000051호)		
주소	서울특별시 금천구 가산디지털 1로 168, 우림라이온스밸리 B동 B113~114호, C동 B101호		
홈페이지	www.book.co.kr		
전화번호	(02)2026-5777	팩스	(02)2026-5747

ISBN	979-11-6539-901-6 03810 (종이책)	979-11-6539-902-3 05810 (전자책)

(주)북랩 성공출판의 파트너

북랩 홈페이지와 패밀리 사이트에서 다양한 출판 솔루션을 만나 보세요!

홈페이지 book.co.kr • **블로그** blog.naver.com/essaybook • **출판문의** book@book.co.kr

작가 연락처 문의 ▶ ask.book.co.kr

작가 연락처는 개인정보이므로 북랩에서 알려드릴 수 없습니다.

중년 부부의 좌충우돌 스페인 여행기

내 인생
한 번쯤은
돈키호테처럼

이인화 지음

2020년 새해가 되었을 때, 새 천 년이 시작되던 2000년만큼 희망에 들 떠 있었다. '2020'이란 매력적인 숫자가 주는 기대감 때문에 새해엔 모두에게 좋은 일만 일어날 것이라 믿었다. 새해 목표와 여행 계획을 세우며 설렘 가득한 새해를 보냈다. 그러다 1월 중순부터 믿기 어려운 코로나 소식이 들려오고 두려움에 떨기 시작했다. 모두가 그러했듯이 나도 온종일 뉴스를 들으며 코로나 소식에 촉각을 세우고 날카로워졌다.

2018년 2월 마지막 날 교직 생활 30년을 마치고 마음에 품고 있던 세계 여행을 시작했다. 2018년 캐나다 여행을 시작으로 2019년 상반기엔 스페인과 포르투갈 3개월 여행을, 하반기엔 미국 중서부 3개월 여행으로 바쁜 나날을 보냈다. 그리고 2020년 여름 여행 목적지로 북유럽을 선택한 후, 재작년 12월부터 도서관에서 북유럽에 대한 여행 책자들을 여러 권 대여해서 읽고 있었다. 낯선 도시 이름으로 가득 찬 북유럽 나라들에 대한 여행 일정을 계획하다 멈추었다. 2월 중순쯤 여행 일정이 정해지면 비행기 티켓을 예약할 요량으로 티켓 검색하던 일도 그만두었다. 여행은 커녕 일상조차 마비된 나날이 두려웠다.

3월부터 유럽 전체가 코로나로 심각한 피해를 입고 있다는 소식을 접하며, 1년 전 우리가 스페인과 포르투갈 여행한 일이 꿈처럼 느껴졌다. 그리고 6개월 전에 미국 서부와 중부를 여행한 일도 비현실적으로 여겨졌다. 눈부신 햇빛을 받으며 커피 마시던 스페인의 광장과 활기찼던 거리가 텅 빈 유령도시 모습으로 바뀐 장면을 TV로 보면서 마음이 너무 아 팠다.

작년 봄부터 일상이 완전히 바뀌었다. 주민 센터의 강습이 중단되며 일상의 활력이 사라져갔고 모임도 미루고 외식도 외출도 자제한 채 잔뜩 움츠리고 살았다. 매일 눈 뜨면 코로나 소식을 확인한 후, 음악 들으며 책 읽는 일로 하루를 보냈다. 그러다 밤이 되면 남편과 와인 마시며 여행 에 대한 그리움을 달래 줄 사진을 보고 도시들의 추억을 떠올리는 일이 그나마 가장 큰 위안이었다.

나의 새로운 습관은 집 근처 구립도서관에서 대여한 신간 서적들을 읽 는 것이다. 미술 작품에 나타난 신화 속 주인공들의 이야기, 서양 미술 사, 유명 미술관 작품에 대한 소개 책자들을 접하며 후회되는 일들이 떠 올랐다. 스페인과 포르투갈 여행을 준비하며 제법 많은 책을 읽고 여행 을 계획했는데, 미술사와 작품들에 대한 정보가 너무 일천했다는 기억이 떠올라서 약이 올랐다. 언제가 될지는 모르겠지만 다음 여행에서 미술관 탐방이 계획된다면 미술관 소장 작품들에 대한 정보를 공부하고 가리라 다짐하기도 했다.

2019년 11월 미국 여행을 마치고 돌아와서 지인들 모임에 나갔을 때 여 행담을 책으로 내보라는 말을 들으며 손사래를 쳤다. 지인들은 교사 출 신인 내게 스페인, 포르투갈 여행과 미국 여행 경험담을 책으로 써 보면 어떻겠냐고 부추겼다. 해마다 수많은 여행 소개 책자가 쏟아져 나오는데 굳이 나까지 어설픈 여행 경험담을 책자로 출판하는 것은 종이 낭비라고 말했다. 그리고 책을 쓸 요량이면 여행지에서 메모도 하고 사진도 책에 쓸 목적으로 찍어야 하는데 나는 내 마음에 드는 사진을 스마트폰으로 찍었기에 여행 수필에 사용할 사진도 딱히 없었다.

올해 들어 내 마음을 바꾸게 만든 것은 남편의 부추김이다. 남편 본인은 가물가물한 기억들을 잘도 기억해 내는 나를 신기해하며, 소중한 기억들을 잊기 전에 글로 남겨 보라고 했다. 우리가 여행하며 좌충우돌한 경험담이, 자유여행을 두려워하는 우리 같은 중년들에게 용기를 주는 글이 될 수도 있을 것이라 했다.

영어 의사소통도 신통치 않고 스페인어는 전혀 못하지만 여행에 대한 열정과 의지만큼은 20대 청춘과 다를 바 없을 것이라고 믿었던 우리는 3개월 동안 이베리아 반도 여행을 무사히 마쳤다. 제2의 인생을 계획하는 은퇴자들에게, 그리고 도전이 두려운 중년들에게 일생의 한 번쯤은 돈키호테처럼 호기롭게 낯선 곳으로 떠나 보라고 격려하고 싶다. 우리 남은 생에 가장 젊은 지금 이 순간이 도전하기에 가장 좋은 시기라고, 불안한 미래에 대한 걱정과 고민 때문에 하고픈 일을 나중으로 미루지 말고 지금을 살아내라고 말해 주고 싶다.

내가 글을 쓰는 동안 틈틈이 읽어 보던 남편은 자신을 너무 나쁜 사람으로 그랬다고 억울해했다. 올해 결혼 33년을 맞이한 우리 부부는 캠퍼스 커플이었고 오랜 세월을 함께 살아내며 끈끈한 동지애로 힘든 시기도 행복한 순간도 함께했다. 진격의 돈키호테처럼 무조건 전진하려는 나를 제어해 주는 이성적이고 합리적인 남편과 남은 생도 티격태격하며 길동무로 살아갈 것이다. 이 책이 출판되면 나도 작가가 된다고 용기를 준 남편에게 너무나 감사하다. 그리고 엄마의 꿈이 세계 여행이란 사실을 인정해 주며, 부모님이 행복하게 살기를 바라는 우리의 딸과 아들에게도 고마움을 전한다.

2021년 8월

이인화

C·O·N·T·E·N·T·S

바르셀로나
(Barcelona)

2월 21일 **스페인은 처음이라**

스페인과 포르투갈을 90일 동안 여행하기로 결정한 다음부터 6개월에 걸쳐 여행 준비를 했다. 아는 스페인어라곤 예능프로를 통해 주워들은 '올라(Hola)'와 '그라시아스(Gracias)'가 전부였기에 자유여행에 대한 기대 못지않게 걱정과 두려움도 컸다. 주도면밀하게 의도한 것은 아니지만 장장 5년 이상 아시아나 마일리지 카드로 항공마일리지를 적립했다. 그리하여 우리 부부가 유럽 왕복할 만큼 마일리지를 모았을 때는 아이들이 게임에서 최고등급에 오른 이상 뿌듯하고 대견스러웠다. 여행경비 중 비행기 탑승권을 무료(그동안 생활비와 각종 공과금을 결제한 덕분에 얻은 마일리지의 결과이건만)로 구했다는 그 뿌듯함은 말로 설명이 안 된다. 국적기 탑승권을 획득했다는 자신감은, 여행이 아주 순조로울 거라는 확신까지 부여했다. 문제는 아시아나 비행 노선이 2019년에 포르투갈 운항을 하지 않는다는 점이었다. 이로 인해 여행경로를 계획할 때 제약이 많았다. 결국, 바르셀로나로 입국해서 스페인과 포르투갈, 그리고 스페인 북부를 여행하고 다시 바르셀로나로 돌아가서 출국하기로 했다. 십여 권의 스페인과 포르투갈 여행 책자들의 정보를 끌어모아 여행경로를 정하면서 구글 맵으로 이동 거리와 운전 소요 시간 등을 계산했다. 수없이 수정하고 수정한 우리 부부만의 90일간의 스페인, 포르투갈 여행 스케줄이었다.

평소에도 불면증이 심한 나는 해외여행길에 오를 때면 언제나 기내에서 밤을 꼬박 새운다. 와인을 두어 잔 마시고 처방받은 수면제를 먹어도 잠은 오지 않고 끊임없이 떠오르는 온갖 걱정이 내 무의식을 자극한다. 공항에서부터 소매치기를 당한다거나 처음으로 시도하는 에어비앤비(Airbnb) 숙소가 이상하면 어쩌나, 또는 호스트가 이상한 사람이라 스페인어 못하는 우리에게 해를 끼치면 어쩌나 하는 등의 쓸데없는 고민들로 속이 시끄럽다. 비행 12시간 동안 영화는 건성으로 보며 머리가 아팠다. 와인을 연거푸 4잔쯤 마신 남편은 가볍게 코까지 골며 잘 자는데, 매번 여행경로를 짜고 여행경비 마련을 전담하는 나는 온갖 경우의 수를 떠올리며 신경을 곤두세운다. 키 작은 나도 불편한 이코노미 좌석에서 꼬박 12시간을 앉아서 식사하고 마시고 했더니, 바르셀로나 도착 3~4시간 전부터 속도 안 좋고 머리도 아파서 컨디션이 영 아니었다.

그래도 바르셀로나 공항에서의 입국 심사가 까다롭지 않았고 짐도 수월하게 찾아서 다행이었다. 23kg의 수하물 두 개와 기내용 가방과 백팩(Back Pack)까지 짐이 많은 우리는 지하철 이동을 포기하고 택시를 타기로 했다. 일주일 동안 머물 바르셀로나 숙소 주소가 적힌 종이를 택시기사에게 보여 주며 알겠냐고 물었더니 스페인어로 대답한다. 무슨 말인지 모르겠으나 고개를 강하게 끄덕여서 안심하며 택시에 올랐다. 비로소 바르셀로나에 도착해서 처음으로 긴장을 풀고 창밖 풍경에 눈길을 주었다. 그러다 복잡한 바르셀로나 시내로 접어든 후부터 다시 긴장하기 시작했다. 우리가 가지고 있는 숙소 호스트의 전화번호를 기사에게 건네주니 기사가 호스트와 통화한 후, 우리를 좁은 이면도로에 내려주었다.

다행히 호스트가 우릴 기다리고 있었고 우리에게 영어를 하냐고 묻기에 아주 조금 말한다고 했다. 이럴 줄 알았으면 쓸데없는 걱정만 하지 말고 영어공부나 좀 더 열심히 할 걸 후회했으나 이미 주사위는 던져졌고 피할 수 없으면 즐길 수밖에.

에어비앤비 숙소는 처음인지라 배워야 할 게 많았다. 그 골목이 그 골목 같은 바르셀로나 한복판에서 우리가 머물 숙소를 찾기 위해 주변 지형지물을 익힐 것, 공동주택의 건물 밖 현관문 열기와 좁은 계단 올라 아파트 문 열기, 그리고 숙소 안에 비치된 가전제품들 사용에 대한 기본 정보들까지. 수건을 4장만 주기에 여유분을 더 달라고 했더니, 세탁해서 사용하라고 했다. 교통 좋고 평도 좋은 숙소를 얻느라고 일주일에 170만 원 가까운 비용을 지불했는데도 수건 인심은 야박했다. 호텔에선 수건이나 화장지들을 가져다 달라고 하면 언제든 공급해 주는데, 에어비앤비는 머무는 동안 필요한 만큼만 물품을 제공하나 보다. 호스트는 아이가 기다려서 가야 한다고 말했다. 그녀는 숙소를 떠나며 필요한 게 있으면 자기에게 연락하라고 했다. 호텔 체크인처럼 순식간에 숙소 체크인을 마친 후 짐을 풀었다.

수하물 가방 하나는 아침 식사로 먹을 누룽지와 즉석밥, 컵라면, 볶음김치 통조림, 깻잎 통조림, 고추장, 각종 영양제로 꽉 차 있다. 먹거리들을 주방에 풀어놓고 실내를 찬찬히 둘러봤다. 침실 하나와 커다란 소파가 있는 거실, 그리고 정돈이 잘된 깔끔한 주방이 있는 숙소를 둘러보고 남편과 거리로 나섰다. 한국인이 쓴 후기에는 예약한 숙소의 위치가 좋다고 했는데 골목 안쪽이라 우리가 잘 찾아다닐 수 있을지 걱정이 살짝 들었다.

그런데 골목길을 탐색하다가 2월에 오렌지가 열린 나무를 만났다. 그 만큼 날씨가 따뜻하다는 증거인데 거리에 떨어진 잘 익은 오렌지들이 그 대로 나뒹군다. 우리는 식용이 아닌 관상용 오렌지거나 주워가면 벌금을 내야 해서 아무도 안 주워가는 것 같다고 추측했다. 그렇지 않고서야 거리에 나뒹구는 오렌지가 많은데 바로 옆 슈퍼마켓에서 오렌지를 판매할 리가 없지 않을까?

슈퍼마켓 와인 진열대로 가서 한국을 떠나기 전 여행 책자를 통해 알게 된 리오하(Rioja) 와인을 찾았다. 작은 가게인데도 와인 종류가 엄청 많았다. 우리나라 돈으로 만 원 정도의 리오하 와인, 약간의 치즈와 과일, 스페인 맥주를 구입했다. 스페인은 저녁 8시 전엔 식당에서 식사를 할 수 없다고 책과 블로그 글들에서 정보를 얻었는데, 정말 컴컴한 밤이 되어서야 거리와 골목들이 살아나기 시작했다. 우리 같은 중년이 귀가해서 저녁 먹고 TV 보며 쉴 시간에 열정적인 스페인인들은 오감이 살아나나 보다. 한 단어도 알아들을 수 없는 언어가 사방에서 들려오기 시작하자 스페인으로 여행을 왔다는 실감이 났다. 숙소 1층이 식당 겸 바여서 숙소 찾기는 생각보다 쉬웠다. 바깥 현관문(호스트가 알려 준 비밀번호를 입력해서)을 열고 삐걱거리는 계단을 올라 아파트 문을 열고 들어서니 안도감이 느껴졌다. 짐 정리하며 1시간 머문 공간에 어느새 정이 들었었나 보다.

따뜻한 컵라면 국물과 드라이한 와인, 치즈로 바르셀로나 입성을 자축했다. 남편이 이번 여행을 위해 구입한 블루투스 스피커로 음악을 감상하는데, 서울 집에서 인천공항으로, 이어서 비행을 통해 바르셀로나에 도착한 게 꿈만 같았다. 스마트폰 유튜브와 연동된 블루투스 스피커에서 '볼 빨간 사춘기'의 노래와 드라마 〈괜찮아, 사랑이야〉 수록곡들이 흘러나 왔다. 평소 우리가 좋아하는 이 노래들은 스페인과 포르투갈을 여행하 는 동안 숙소에서 자주 감상하는 단골 메뉴가 되었다. 시작이 반이라 했 는데 아직까지는 성공적이라 이번 여행은 만족스럽게 이어질 거란 예감 이 나를 살짝 들뜨게 했다. 다음 날은 열심히 걸어 다니면서 시내를 돌아 보기로 했다.

2월 22일 가우디의 도시를 누비다

이틀을 못 잤는데 와인도 마셨으니 세상모르고 숙면을 취하리란 기대 는 새벽 1시 거리 소음으로 산산이 부서졌다. 오래된 아파트라 창문이 나무문이고 문을 닫으면 실내는 완전 캄캄한 밤이 된다. 그런데 거리 소 음에 1시간도 못 자고 일어나 창문을 열고 보니 소음의 원인은 쓰레기 처 리 차량이었다. 커다란 분리수거 트럭이 연이어 거리 쓰레기통들을 들어 서 쓰레기들을 수거하고 있었다. 차가 지나가고 자리에 누웠으나 다시 잠 들지 못했다. 신새벽에 노트북을 켜서 우리나라 소식을 접하고 음악을 듣지만 시간은 더디게 흐른다. 남편은 완전히 곯아떨어져서 자는데 나는 이틀째, 아니 사흘째 불면과 싸우고 있다. 출력해 온 여행 계획서를 들여 다보며 오늘 목적지의 정보들을 다시 확인하고 날이 새기를 기다렸다. 스 페인 첫날, 혼자 정말 길고 긴 새벽 7시간을 보내고 누룽지를 끓여서 아 침을 준비하고 남편을 깨웠다. 잠에 취해 못 일어나는 남편에게 괜스레 짜증을 부리며 속 편하게 만들어 줄 누룽지를 먹었다. 아는 언니가 알려 준, 누룽지와 깻잎 통조림의 조합은 말 그대로 최상의 꿀조합이다. 아침을 먹으며 새벽 1시 소음의 정체와 그로 인해 어설픈 선잠에서 깨어나 꼬박 밤을 샌 이야기를 하니, 남편은 내게 그렇게 예민해서 어떻게 여행을 버티겠냐고 한다. 실은 나도 걱정이 크지만 피곤하게 돌아다니면 오늘은 숙면을 취할 거라고 스스로를 위로한다.

스페인 여행에선 소매치기를 조심해야 한다는 말을 수없이 들었기에 현지에서 필요할 때마다 현금을 찾을 요량으로 한 달 생활비 정도만 환전해 갔다. 남편은 소매치기 방지 크로스백에 여권과 큰돈(100 유로)을 소지하기로 했고, 나는 크로스백 안주머니에 잔돈들을 넣어서 다니기로 했다. 스마트폰도 뒷주머니에 넣는 순간, 이미 내 것이 아니라는 말을 들었기에 항상 손에 꼭 쥐고 다니기로 다짐했다.

숙소에서 나와 부근의 지하철역을 지나갔다. 이 지하철을 이용하면 시내까지 이동할 수 있다. 지하철역 근처의 큰길을 걸으며 바르셀로나의 활기찬 아침을 맛보았다. 우리 숙소에서 근처 디아고날(Diagonal) 지하철역까지는 한 블록도 안 되었고, 역 근처엔 사람들로 북적이는 카페가 있다. 두통을 가라앉히기 위해 카페인이 절실히 필요했으나 그 카페는 지나치기로 했다. 내겐 다 계획이 있었으니, 가우디가 건축한 까사 밀라(Casa Mila)의 카페에서 커피를 마실 예정이었다. 이 정보는 지인이 알려 준 꿀 정보다.

자동차 도로 옆에 자전거와 전동킥보드용 도로가 별도로 있고 거기에도 신호등이 있는 게 신기했다. 출근 시간에 바르셀로나 시민들은 자전거와 킥보드를 이용해서 바쁘게 이동하고 있었다. 문을 열기 시작하는 명

품가게들을 지나다가 발견한 멋진 가로등에 마음을 빼앗겼다. 엔틱한 가로등과 너무 멋진 식수대를 보며 예술적 디자인에 감탄했다. 시내의 가게들과 도로는 우리나라와 별반 다를 게 없었으나 가로등과 식수대가 도시 인상을 멋지게 바꾸었다.

2월 말 아침 날씨는 다소 쌀쌀했다. 그러나 낯선 도시에 눈길을 주며 열심히 걷다 보니 어느새 까사 밀라(Casa Mila)에 도착했다. 지인이 알려 준 대로 까사 밀라 매표소 근처 별도의 계단을 통해 2층에 오르니 물결무늬 천장의 우아한 카페가 우릴 맞이했다. 천장이 사구(沙丘)의 물결 같아서 고운 모래가 머리 위로 내려앉을 것 같았다. 사람이 별로 없어 마음에 드는 자리(까사 밀라 안을 들여다볼 수 있는 실내 창가 쪽)에 앉을 수 있었다.

내 첫 직장 ○○중학교의 입사 동기였던 똑똑한 지인은 내가 여행 떠나기 얼마 전에 스페인과 포르투갈을 한 달 동안 여행했기에 정말 따끈따끈한 신상정보를 많이 알려 주었다. 바르셀로나에서 가우디의 건물들을 다 보려면 입장료가 제법 드는데, 까사 밀라는 주민들이 입주해서 살기에 공개되는 관람 장소가 한정되어 있으니 입장료 아끼고 2층 카페에서 커피와 빵으로 브런치 즐기며 내부를 보라는 조언이 첫 번째였다. 우아하고 창의적 예술성이 느껴지는 카페였다. 그럼에도 진하고 향기 좋은 카페 라떼는 가격도 비싸지 않았다. 가우디의 예술성이 느껴지는 까사 밀라의 우아한 내부를 카페 안쪽 창문을 통해 둘러보며 여행 첫날의 행운을 만끽했다. 카페에서 커피로 뇌세포를 깨우고 밖으로 나갔다. 까사 밀라 건물 사진을 찍으려다 주변을 돌아보니, 수많은 관광객들이 근처에서 사진을 찍느라 바빴다. 사람들의 마음을 사로잡는 이 독창적인 건물 안에서 커피까지 여유 있게 즐겼다는 작은 자부심에 나도 모르게 미소가 지어

: 까사 밀라 건물 내의 카페

: 길거리 가로등

: 길거리 식수대

졌다.

까딸루냐 광장(Plaça de Catalunya)으로 이동하며 리세우 극장(Teatre del Liceu)과 보케리아 시장(Mercat de la Boqueria)을 지났다. 관광 명소들이 지근에 위치해 있어서 걸어 다니면서 바르셀로나의 명소들을 쉽게 볼 수 있었다. 수많은 관광객들로 붐비는 까딸루냐 광장에서 관광안내소를 찾았다. 난 여행지에 도착하면 관광안내소를 제일 먼저 찾아가서 지도를 받아 도시의 거리들과 찾아갈 여행지들을 확인하곤 한다. 언어소통이 안 되는 여행지에서 지도만큼 좋은 길 안내 정보는 없다고 확신하기에. 특히 이번 여행에서 지도는 길 안내받을 때 필수품이었다. 영어가 전혀 안 통하는 지방에서 지도의 목적지 위치를 가리키면 현지인들은 손짓을 통해 길을 알려주곤 했다.

여행지 소개 방송에서 자주 등장한 람블라스 거리(Las Ramblas)는 까딸루냐 광장에서 시작되고 있었다. 아직 새잎이 안 나온 앙상한 가로수가 조금은 삭막하게 보였지만 관광객들로 붐비는 거리는 활기가 넘쳤다. 식당과 기념품 상점들이 줄지어 서 있는 람블라스 거리 끝에서 조금만 더 걸어가면 콜럼버스의 탑(Mirador de Colón)에 도착한다. 여행 책자에선 까딸루냐 광장에서 콜럼버스의 탑까지의 거리가 제법 멀게 소개되어 있어서 과연 우리가 걸어갈 수 있을까 고민했는데, 거리를 구경하며 걷다 보니 지하철 4~5개 역 정도를 이동하게 되었다. 커피와 새로운 풍경이 주는 호기심에 두통과 걱정도 사라졌다.

람블라스 거리 끝에 위치한 콜럼버스의 탑은 바닷가 근처에 위치해 있다. 번화가를 구경하며 걷다 보면 바로 바닷가까지 닿는다. 탑 바로 앞에선 꼭대기에 있는 콜럼버스의 동상이 보이지 않을 정도로 탑이 높다. 스페인에 식민지와 엄청난 금을 가져다 준 콜럼버스의 당당한 모습을 잠시 보고 다시 람블라스 거리로 향했다. 람블라스 번화가 대부분의 식당들은 '오늘의 요리'를 시키면 10유로에 에피타이저, 메인, 디저트를 제공한다. 우리는 번화가 옆 골목 쪽으로 방향을 잡았다. 관광객이 전혀 안 갈 것 같은 현지인 식당에 들어가서 영어메뉴를 찾으니 없단다. 그래서 고기를 싫어하는 나는 해산물을 찾았고 남편은 치킨 요리를 부탁했더니 종업원이 알겠다고 하며 주문을 받았다.

그런데 우리 좌석 근처에 앉았던 두 아주머니가 나를 부르더니 스페인어로 말을 걸었다. 무슨 뜻인지 모르겠어서 고개를 갸우뚱했더니, 가방을 가슴에 끌어안으라는 신호를 보낸다. 2인용 테이블에 앉아서 가방을 의자 뒤에 걸어두고 앉아 있는 내게 두 분이 소매치기 조심하라는 신호를 아주 강하게 보낸 것이다. "그라시아스"라고 답하며 가방을 끌어안고 웃어 보였더니 두 분도 미소 지으며 안심한다. 식당이나 카페 안에서도 스마트폰을 테이블 위에 꺼내놓으면 순식간에 소매치기 당한다던 이야기를 들었건만 잠시 긴장을 푼 내게 마음씨 좋은 아주머니들이 다시 한 번 여기가 바르셀로나라고 알려 준 셈이다. 실패를 걱정해서 에피타이저도 메인 요리도 다 각각 주문했기 때문에 우리는 스페인 현지식을 골고루 배부르게 먹을 수 있었다.

우리의 두 번째 가우디 작품 감상 대상은 구엘 궁전(Palau Güell). 티켓을 구입하고 건물 밖에서 구엘 궁전을 감상했다. 독창적인 베란다 창틀만 바라보고 벌써 기대에 들뜨게 된다. 공장에서 찍어낸, 똑같이 획일적인 베란다 창틀에만 익숙한 우리는 예술성과 창의성이 드러나는 창틀만 보고도 흥분하게 된다. 건물 내부로 들어가서 안내도를 보며 먼저 지하

: 구엘 궁전 실내

: 구엘 궁전 지하

: 구엘 궁전 옥상

로 내려갔다. 둥근 천장과 천장을 떠받치고 있는 아치형 기둥들로 멋스러운 지하 공간이 말들을 위한 공간이었다니, 가우디와 구엘에게 선택된 말들은 복도 많지. 가우디의 절대적인 후원자였던 구엘은 전적으로 가우디의 천재성을 믿고 자신의 저택도 그리고 가족성당도, 거기다 구엘 공원까지 맡겼다고 한다. 저택의 우아하고 멋진 천장부터 벽면, 창문들, 그리고 구엘 가족을 위한 아담한 기도소들을 둘러보며, 이곳에서 자란 아이들은 행복했을 것 같다고 생각했다.

옥상으로 올라가면 여행 책자 사진에 자주 등장하는 다양한 모양의 굴뚝들이 함박웃음을 짓게 만든다. 창조주가 세상 만물을 각기 다른 모습으로 창조했듯이 가우디는 수십 개의 굴뚝들을 제각각 다른 모양으로 만들었다. 아이들이 찰흙으로 조물조물 만든 것 같은 포도송이, 버섯 등 재미있는 모양의 굴뚝을 보고 있자면 자꾸 웃음이 나온다. 가우디의 천진난만한 창의성이 잊고 있었던 내 안의 순진한 미소를 불러일으킨다. 이 옥상에서는 자주 연주회도 열린단다. 해 질 무렵 옥상에서 연주를 듣는다면 얼마나 행복할까.

다음 미션은 레이알 광장(Placa Reial)에서 가우디의 가로등 찾기. 여행 첫날부터 무리하는 게 아닌가 싶을 정도로 여기저기 돌아다녔지만, 람블라스 거리가 비교적 짧은 데다 거리 양쪽 골목으로 접어들면 또 다른 광장들과 골목이 이어져서 시간 가는 줄도 모르고 골목 탐색에 빠져 있었다. 레이알 광장은 제법 넓었고 식당과 카페들이 광장을 에워싸고 있다. 거기서 가우디의 예술적 감성이 듬뿍 담긴 멋스러운 가로등을 찾았다. '와우, 가우디는 가로등도, 굴뚝도, 심지어 마굿간도 예술로 만드는구나.' 하고 감탄하며, 가로등에 따뜻한 불이 켜지면서 동화의 세상이 펼쳐지는 환상을 떠올렸다.

오늘의 공식 일정 마무리는 산타 마리아 델 마르 성당(Basílica de Santa María del Mar) 방문. 좁은 골목들을 걷다 보면 골목 안에 갑자기 작은 광장이 나타나고 그곳에 고풍스러운 성당이 웅장한 자태를 드러낸다. 가톨릭 국가답게 성당이 많아도 너무 많다는 정보는 접했었다. 게다가 대개의 성당들이 미사 시간 외엔 관광객들에게 6~10유로의 입장료를 받는다. 그런데 우리 부부에게 뜻밖의 행운이 한 번 더 찾아왔다. 오후 4시 무렵인 것 같은데 성당 입장이 무료로 허락되었다. 스페인어를 모르니 영문을 물어볼 수도 없고 그저 "그라시아스"만 외치고 성당 안으로 들어섰다. 우아하고 화려한 스테인드글라스에 둘러싸인 성당 안은 다소 어둡고 공기가 차갑고 무거웠다.

30~40분 성당에 머무는 동안 해가 기울어가고 있었다. 성당 전체가 돌로 건축되었기에 돌바닥에서 느껴지는 한기에 몸이 으스스했다. 성당 앞 작은 광장에 멋스러운 타파스 바(tapas bar)들이 있기에 한 곳에 들어갔다. 책에서만 본 타파스를 보니 신기하고 재미있었다. 생맥주가 한 잔에 3유로, 타파스도 하나에 3~5유로 정도. 처음 보는 타파스들을 찬찬히 보고 나서 생맥주 두 잔을 주문하고 타파스를 집어들었다. 오픈된 바에서 한기를 느끼며 스페인 사람들 틈에서 맥주와 가벼운 안주인 타파스를 즐기는 우리를 위해 건배했다. 스페인 사람들은 퇴근해서 5시쯤 타파스와 맥주나 와인을 간단히 즐기고, 저녁 8시 이후 본격적으로 저녁 식사를 한다고 들었다. 밤 9시가 지나야 식당들도 활기 넘친다는데, 체력이 약한 데다 긴 여행을 해야 하는 우리는 스페인 밤 문화는 즐길 수 없었다. 해가 완전히 지면 더 추워질 것 같아서 숙소로 돌아가기로 하고 아침에 지

냈던 길을 되돌아 걸었다. 퇴근한 사람들과 함께 우리도 바르셀로나 첫
날을 성공적으로 보내고 귀가했다.

2월 23일 몬주익성에 오르다

  새벽에 또 시끄러운 소음에 눈을 떴다. 외부 소음과 함께 실내 라디에
이터(온풍기)의 덜덜거리는 소음이 더해졌다. 잠을 못 자니 두통은 말할
것도 없고 가슴도 두근거리고 어지럽기까지. 이러다가 3개월은커녕 한
주도 못 채우고 돌아가야 할 것 같다는 생각에 갑자기 우울해졌다. 혼자
새벽 앓이를 하다가 남편을 깨웠다. 집 난방에 문제가 생겨서 소음이 너
무 심하다는 내용의 문자를 호스트에게 보냈다. 그런데 이 아주머니 호
스트가 우리더러 수리 기사를 기다렸다가 수리를 받으라고 한다. 토요일
이라 자신은 아이를 돌봐야 한다고. 너무 황당해서 우리는 관광객이라
나가야 한다고 하니, 마지못해 알겠다고 하며 초등학생 아들을 데리고
나타났다. 그리고 기사를 불러서 수리하게 하더니 "이제 문제 없지?" 하
며 간다. 돈을 받고 집을 빌려주면서도 손님에게 당당한 모습에 황당했
지만, 어쩌겠는가 여기는 스페인이다.

  오늘은 빠에야 맛집에서 저녁을 먹기로 한 날이라서 늦은 귀가에 대비
해 경량점퍼를 접어서 백팩에 넣었다. 가방을 뒤로 메고 다니면 소매치기
당한다는 이야기를 수없이 들어서 잘 알고 있었다. 그러나 홈쇼핑에서
아주 저렴하게 구입한 가방은 지퍼가 빡빡해서 나 혼자는 열지도 닫지도
못하는 막강한 장점을 가지고 있다. 그러니 솜씨 좋은 소매치기도 걱정

없다고 안심하며 내 경량점퍼와 남편 경량점퍼를 접어서 가방에 넣고 집을 나섰다.

어제 시내 관광하러 나설 때 눈여겨봤던 지하철역 근처 카페에 들렀다. 밝고 아늑한 카페에 들어서서 "카페라떼 한 잔, 에스프레소 한 잔 부탁합니다." 영어로 주문했더니 젊은 바리스타가 스페인어로 "우노 까페 꼰 레체, 우노 까페 쏠로?" 하고 묻는다. 얼떨결에 "오케이, 그라시아스"로 답하며 10유로를 내밀고 거스름돈을 받았다. 다행히 우리가 원하는 대로 아주 진하고 맛있는 카페라떼와 에스프레소가 나왔다. 그래서 스페인 여행에서 꼭 필요한 스페인 단어를 우연히 습득할 수 있었다. 까페 꼰 레체와 까페 쏠로. 눈치로 미루어 보건대 우노는 1이 분명하다.

에스파냐 광장에 가기 위해 지하철을 타려고 카페 근처 디아고날(Diagonal) 역으로 향했다. 에스컬레이터 근처에 젊은 남자 2~3명이 서 있는 모습을 보며 내가 앞장서서 에스컬레이터를 탔다. 지하철이나 버스를 10번 탈 수 있는 T10 티켓을 무인 판매기에서 성공적으로 구입했다. 두 사람이 함께 이용할 수 있다는 T10 티켓을 일단 한 장 구입했다. 내가 T10 티켓을 태그하고 개찰구를 지나서 남편에게 티켓을 건네고 남편도 그 티켓으로 개찰구를 통과했다. 대중교통 이용권 구입을 스페인에서 성공하고 둘이 이용했다는 사소한 미션 수행에도 뿌듯해하며 지하철을 기다렸다.

지하철을 타고 나서야 남편이 메고 있던 가방의 지퍼가 열려있는 모습을 발견했다. 내가 놀라서 남편을 바라보니, 남편도 가방을 돌려서 봤다. 소매치기범은 움직이는 에스컬레이터에서 엄청 열기 힘든 가방 지퍼를 열고 감쪽같이 남편 경량점퍼를 꺼냈던 것. 남편의 분기탱천한 모습과 달리 주변인들은 우리를 보며 딱하다는 표정을 지었다. 어제까지는 여행이 순조롭다고 생각했고 식당에서 만났던 아주머니의 경고로 소매치기에도 나름 대비한다고 했다. 그러나 묘기에 가까운 그들의 소매치기 솜씨는 우리의 얄팍한 방어로는 상대가 안 되었다. 움직이는 에스컬레이터 계단에서 전혀 눈치 채지 못하게 가방을 열고 물건을 낚아챈 소매치기의 기술에 혀를 내두를 수밖에 없었다.

에스파냐 광장(Plaza de España)에 도착했는데 지하철 문이 안 열려서 어리둥절해 있는데, 내 뒤 아주머니가 문에 달린 손잡이를 수동으로 돌린다. 그랬다, 스페인 지하철 문은 수동이 많아서 타거나 내릴 때 앞사람이 손잡이를 돌려서 문을 열어야 하는데 나는 멀뚱하게 서서 '문아, 제발 열려라. 열려라 참깨' 주문이나 외웠으니. 중년인 우리도 남의 나라에선 신생아 수준이라 배울 게 너무 많다. 남편에게 여권이나 카메라, 돈을 소매치기당한 게 아니니 불행 중 다행이라고 위로하며 에스파냐 광장으로 나왔다.

지하철역에서 소매치기당한 이후 남편은 부쩍 주위를 살폈고 나도 더 긴장하게 되었다. 광장 로터리 주변 쇼핑상가(투우장을 개조한 멋진 쇼핑센터)에 들어갔다. 바르셀로나를 떠나는 날 자동차를 렌트하기로 했기에 내비게이션을 구입할 목적이었다. 쇼핑센터 안내인에게 내비게이션 판매 상점을 물었더니 자기네 쇼핑센터에는 없고 길 건너 건물에 가서 물어보라고 했다. 건너편 건물에 가서 내비게이션 판매 장소를 물었더니 자기네는 전자제품 서비스센터이고 판매는 안 한다고 했다.

하나에 꽂히면 그 문제가 해결될 때까지 안절부절못하는 세심한 혈액형 A형 남편과 달리, 즉흥적 판단에 따라 내 갈 길 가고자 하는 혈액형 B

형인 나의 차이점이 갈등을 일으
키기 전에 남편의 관심을 돌렸다.
오늘의 목적지인 호안 미로 미술
관(Fundació Joan Miró)에 가기 위
해 몬주익 광장 버스 정거장에서
150번 버스를 찾아서 탔다. T10
티켓으로 버스에 탑승하고 하차
할 곳을 놓치지 않으려 창밖을
뚫어지게 봤다. 스페인어 안내를
못 알아들어도 버스 앞쪽 전광판
에 다음 하차 장소가 큼직하게 문
자로 나타나서 안심할 수 있었음
에도. 언덕을 중간쯤 올랐을 때
호안 미로 미술관에 도착했다. 긴
장할 필요 없었던 게 우리 외에도
많은 관광객들이 호안 미로 미술
관 정거장에서 우르르 하차했다.

　미술관 앞에서부터 미로의 장
난스러운 조각이 관광객을 맞이
하고 있다. 실내에 들어서서 사진
을 찍어도 되냐고 물었더니 찍으
란다. 총천연색의 아이들 그림 같
은 천진난만한 호안 미로(Joan

: 호안 미로의 작품

Miro)의 작품들을 보며 조금 전 소매치기 사건은 잊고 말았다. "이 정도는 나도 그리겠다."라고 남편이 농담을 하기에, 오리지널은 언제나 첫 번째 작가의 것이라고 했더니 웃고 만다. 넓은 전시공간들을 돌다가 카페에서 간단하게 점심 요기를 했다.

다음 목적지로 가기 위해 하차했던 버스 정거장에서 150번 버스를 기다렸다. 150번 종점에서 내려서 언덕길을 10분 정도 걸어 몬주익성으로 향했다. 바르셀로나 시내가 내려다보이는 언덕 위 몬주익성(Castillo de Montjuic)은 제법 넓어서 한 시간 정도 돌아봐야 했다. 바르셀로나에서 제일 높은 언덕에 견고한 성을 쌓아서 군사시설로 이용한 성 안에는 대포도 예전 자리를 지키고 있다. 날씨가 좋아서 바르셀로나 시내를 조망하기 더없이 좋았으나 강한 햇볕에 금방 지치고 만다. 다행히 카페가 있어서 두 잔의 아이스 카페라떼를 주문했다. 멋진 고성 안 카페의 커피 가격이 너무나 착해서 감사했다. 여기서는 커피가 필수품이라 가격이 3유로 안팎인 것 같다. 맛도 좋은 커피를 전망 좋은 몬주익성 카페에서 마시니 오전에 소매치기당한 기분 나빴던 기억은 웃음으로 넘길 여유가 생겼다.

내겐 또 계획이 다 마련되었으니, 그것은 까딸루냐 미술관(Museu Nacional d'Art de Catalunya) 공짜 관람이다. 미술관 무료관람 정보는 여행 책자에서 얻은 꿀팁이다. 아는 만큼 보고 즐길 수 있다는 신념 아래, 여행 전 책자를 통해 유익한 정보들을 수집하면 그만큼 잘 볼 수 있고 즐길 수 있고 경비도 절약할 수 있다. 맛있는 커피로 재충전한 후 다시 150번 버스를 타고 언덕 아래 까딸루냐 미술관으로 향했다. 티켓 부스에서 "티켓 프리"를 전해 듣고 위풍당당하게 미술관에 들어섰다. 오전엔 호안 미로 미술관, 오후엔 넓디넓은 까딸루냐 미술관을 돌았다. 4일째 잠을 못 잔 것은 잠시 잊고, 아니 카페인 보충 덕분에 미술관을 누빌 수 있었다. 화려한 성당 제단화들도 많았고 피카소와 미로의 작품들도 전시되어 있다. 2시간 정도 미술관 관람을 마치고 나오니 해넘이 전이다.

해넘이 명소라는 미라마르 전망대(바르셀로나 최고의 뷰 포인트라고 책에 소개된)로 가기 위해 또 150번 버스를 탔다. 도대체 같은 버스를 타고 왜 이 언덕을 여러 번 오르내려야 하냐고 항의하는 남편의 불만을 잠재우기에는 다소 부족한 전망대였지만, "스페인은 처음이라, 그리고 바르셀로나도 처음이라 그렇지."라고 달랬다.

어제와 오늘 여행 초반에 너무 돌아다녔더니 피곤했다. 해물 빠에야는 궁금했지만 다 귀찮아서 숙소로 돌아가고 싶었다. 걷기에는 멀고 버스노선은 도저히 알 수 없기에 택시를 타고 맛집으로 향했다. 아, 잠시 깜박한 스페인 저녁 식사 시간. 식당 골목은 한산했고 빠에야 식당을 찾은 손님은 우리밖에 없었다. 아직 오픈 전이라고 들여보내 주지도 않는 야박한 식당 앞에서 하릴없이 서 있자니 약이 올랐다. '맛없기만 해 봐라' 하는 마음으로 30~40분쯤 서 있자니 우리 뒤로 사람들이 줄을 선다. 기대에 들뜬 표정을 보아하니 우리 같은 관광객들이다. 8시가 되어서야 식당 입장이 허락되고 안내받아 자리 잡고 나서도 한참 후에 주문을 받았다. 그만큼 스페인 사람들은 급할 게 없다.

주문할 때 "신 쌀(sin sal: 소금 적게)"을 당당하게 외쳤다. 안 그러면 소금 범벅이라 먹지 못한다는 정보를 알고 있었기에 한 마디 질러 봤다. 주문한 해물 빠에야에서 비릿하면서도 짭짤한 냄새가 후각을 자극했다. "신 쌀"이라 말했을 때 웨이터가 알겠다고 했지만 그럼에도 불구하고 여전히 짠 빠에야는 맥주 없이는 먹을 수 없었다. 남편에게 "신 쌀 외치지 않았으면 도대체 얼마나 짠 거야?" 했더니 "신 쌀이 소금 추가 아냐?" 하고 놀린다. 나도 어이 없어 피식 웃고 말았다.

우리에겐 너무 늦은, 그러나 스페인 사람들에겐 이른 저녁을 후다닥 먹고 지하철역으로 이동했다. 지하철 근처에선 다시 아침의 소매치기 기억을 떠올리며 조심해서 걸었고, 오늘 구입한 T10 티켓을 마지막으로 이용했다.

2월 24일 바르셀로나 대성당에서 미사 드리다

스페인에서 맞이하는 첫 주말에 바르셀로나 대성당에서 미사를 드리기 위해 집을 나섰다. 이젠 익숙해진 골목길을 지나 지하철역 근처의 카페의 커피 냄새를 맡으며 어제 걸었던 길을 걸었다. 다행히 미사 전에 바르셀로나 대성당에 도착했다. 성당 입구에서 경비원이 출입을 엄격하게 통제하는데 내 묵주반지와 묵주팔찌를 보여주며 미사에 참석하고 싶다고 했더니 통과시켜 주었다. 단 한 마디 "아멘"만 알아들었던 미사였지만 마음속으로 감사기도를 드렸다. 남편 스마트폰으로 오늘의 독서(성경구절)를 읽고 폰을 테이블에 올려두려다 그만 사고가 났다. 테이블이 경사져서 스마트폰이 미끄러지면서 돌바닥에 떨어져 액정 구석에 살짝 금이 갔다. 미사 중인데도 화가 난 남편의 옆모습이 보였다. 바르셀로나에선 1일 1사고의 연속이다. 긴 여행을 앞두고 감사기도를 드리려던 나의 기특한 마음이 한순간의 불찰로 평정심을 잃고 말았다. 미사 덕분에 대성당 입장료는 안 내고 들어갔으나 액정 때문에 남편 눈치를 자꾸 보게 된다.

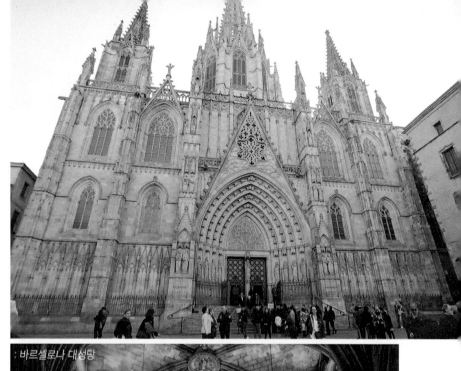

: 바르셀로나 대성당

난방이 안 되는 성당 실내와 달리 미사가 끝나고 성당 밖으로 나가니 햇살이 눈부시고 따뜻했다. 성당 앞 광장에선 까딸루냐 민속 음악을 연주하는 연주대의 음악에 맞춰 둥근 원을 그리며 사람들이 까딸루냐 민속춤을 추고 있었다. 원 안에 가방을 모아두고 사람들은 크고 작은 여러 개의 원을 형성해서 춤을 추고 있었다. 여행객으로 보이는 사람들도 가방을 원 안에 던지며 춤추는 행렬에 뛰어들고 있었다. 나도 뛰어들어 그 민속춤을 추고 싶었으나 스마트폰 액정 때문에 잔뜩 찌푸린 남편 눈치가 보인다. '아, 결혼 30년이 넘었고 내 나이가 몇인데 이깟 액정 때문에 눈치를 보고 살아야 하나.' 하는 말이 목구멍까지 올라오는데 참았다. 객지에서 싸워봤자 좋을 리 없으니. 그리고 갱년기가 되면서 수시로 삐지고 중

: 비스베 다리

성화되어 가는 남편을 구슬리는 게 낫겠다 싶어서 화제를 돌렸다.

다음 목적지인 산 하우메 광장(Plaça de Sant Jaume)에서 커피를 마시기 위해 이동하다가 비스베 다리(Pont del Bisbe)를 만났다. 우연히 대성당 옆길을 따라 걷다가 사람들이 멈춰 서서 사진 찍는 모습을 보고 명소임을 직감했다. 건물과 건물을 이어주는 작은 다리는 중세시대에 지어진 명소로 '베네치아 탄식의 다리'와 비슷한 모습으로 만들어졌다고 여행 책

자에 소개되었다.

바르셀로나 시청과 까딸루냐 자치정부 청사가 있는 광장에는 건물 입구 경비가 삼엄하다. 까딸루냐 독립의 강한 의지가 담긴 까딸루냐 기와 독립의 염원이 담긴 커다란 노란 리본(세월호 노란 리본과 같은 모양)이 건물 밖에 걸려 있다. 광장에서 눈에 띄는 제법 큰 카페에 들어갔다. 'COSTA'라는 체인점으로 보이는 카페로 들어가서 2층에 자리 잡고 앉았다. 2월이라고는 믿어지지 않는 햇빛 가득한 주말 광장의 모습을 바라보며 아이스 카페라떼로 갈증을 달랬다.

산 하우메 광장에서 벗어나 바르셀로나 대성당을 지나서 산타 카테리나 시장(Mercat de santa caterina)으로 향했다. 시장에 식당이 있겠냐고 의아해하는 남편에게 맛집으로 소개된 식당이 그 시장에 있다고 자신 있게 말했다. 우리나라의 재래시장과는 달리 시장이 실내에 있고 깔끔하다. 시장의 물결 무늬 지붕이 독특하고 멋스러워서 자꾸 쳐다보게 된다. 시장에 위치한 식당이라 작고 소박하리란 예상은 보기 좋게 빗나갔다. 고급 레스토랑 못지않은 분위기와 신선한 식자재가 손님을 반겨 주는 곳이었다. 식당에서 자리를 안내받고 주문을 했다. 우리가 생각하는 재래시장처럼 가격이 저렴하지는 않았지만, 대하 구이와 새우 볶음밥은 정말 근사했고 맛도 훌륭했다. 우리가 들어서고 잠시 후부터는 대기하는 줄이 길어질 정도의 현지인 맛집을 찾아갔다는 게 횡재한 듯 기뻤다. 동양인은 우리 부부만 있는 시장 안 식당에서 만족스러운 식사를 마치고 다음 목적지인 까딸루냐 음악당(Palau de la Música Catalana)으로 향했다. 골목들이 다 비슷해서 여기인가 저기인가 보물찾기하듯 두리번거리다가 화려하고 아름다운 음악당을 찾았다. 음악당 내부에 들어갈 수는 있지만 공

: 까딸루냐 음악당

연장 안은 들어갈 수 없었다. 2층으로 이어지는 계단과 천장들의 화사하고 섬세한 장식들을 정신 없이 바라보며, '이곳에서 공연을 본다면 얼마나 황홀할까' 상상해 본다.

　일요일 오후 3시 이후에는 고딕 지구에 있는 피카소 미술관이 무료관람 가능하다는 사전정보를 이용할 차례다. 미술관을 찾아가는 길에 우연히 찾은 카페. 좁은 골목에 있는 오랜 역사를 자랑하는 카페는 에스프레소가 전문이라고 했다. 남편은 에스프레소, 나는 카페라떼를 주문하고 진한 커피로 피로를 이겨낸다. 피카소 미술관 앞 입장을 기다리는 긴 줄 뒤에 서서 차례를 기다리는데 입장료를 내야 한단다. 여행 책자의 정보만 믿고 일부러 오후 3시를 기다렸다 찾아간 미술관에서 잠시 당황했지만, 피카소의 그림을 볼 수 있다는 생각에 입장료를 내고 미술관에 들어섰다. 피카소의 대표작들이 없어서 아쉬웠고 미로의 미술관과 달리 쾌적한 환경이 아니라서 다소 실망했다. 그나마 피카소의 작품 중 벨라스케스의 〈시녀들〉을 모티브로 한 그림이 있어서 흥미로웠다. 나중에 마드리드 프라도 미술관과 성소피아 미술관에서 피카소를 다시 만나기로 하고 미술관을 나섰다.

고딕 지구 골목에 플라멩꼬 공연을 볼 수 있는 식당들이 있었는데 모두 저녁 9시에나 공연을 한다. 그때까지 거리에서 머물 체력이 안 되기에 플라멩꼬는 본고장인 세비야나 그라나다에서 보기로 했다. 귀가하기 위해 큰길로 나서다가 산타 마리아 델 마르 성당 근처를 지나게 되었다. 바르셀로나 첫날 들렀던 타파스 바에 들어가서 타파스와 맥주로 오늘의 일정을 마무리하기로 했다. 연달아 3일 동안 매일 만 7천 보 이상을 걷게 된다. 이렇게 3달 여행하면 다리 근육이 발달해서 근육녀로 귀국할 것 같다. 재직할 때 병원을 자주 드나드는 내게 동료들은 운동을 권했었다. 서울에서 인천까지 출퇴근하는 게 내 체력엔 무리인지라 운동은 숨쉬기 운동만 하며 겨우 생존만 하고 버틴다고 했는데, 이러다 근육 발달한 여전사로 변신하는 게 아닐까?

2월 25일 사그라다 파밀리아 성당(Sagrada Familia)에서 가우디를 다시 만나다

스페인을 여행할 때 사그라다 파밀리아 성당(Sagrada Familia)과 알함브라(Alhambra)의 나스르 궁전은 사전 예약을 하지 않으면 들어갈 수 없다고 해서 3개월 전에 미리 예약했었다. 오늘은 너무 보고 싶었던 사그라다 파밀리아 성당에 가는 날이다. 가우디의 역작이자 미완성 작품인 이 성당을 얼마나 보고 싶었는지. 9시 30분 입장 시간에 맞추기 위해 서둘러 숙소를 나섰다. 지하철역에서 내려 성당이 보이기 시작하자 심장이 요동쳤다. 신앙심 강한 가우디가 신의 영감으로 만들어가던 어마어마한 규모의 성당이 눈앞에 나타나자 할 말을 잃고 말았다. 인간의 상상으로는 불가능한 모습의 성당이 우리 앞에 있다는 게 비현실적으로 느껴졌다.

입장 시간에 맞춰 성당 안에 들어가 엘리베이터를 타고 상층부에 올랐다. 한 사람이 겨우 지날 수 있는 좁은 계단을 오르내리며 창문을 통해 성당 첨탑을 볼 수 있다. 첨탑 규모가 엄청나기에 안에서 사진을 찍어 봤자 공룡 비늘 하나에 불과할 것 같았다. 계단을 오르내리며 상층부를 힘겹게 돌아보고 내려와서 본당 안에서 사방을 둘러보았다. 화려한 스테인드글라스가 햇빛을 받아서 오묘하게 빛을 발하고 있었다. 세 개의 파사드(Façade) 중 가우디가 제작한 성당 정면 '탄생의 파사드'는 오래 전 제작되어 부조의 빛이 어두웠으나 예수 탄생 관련 일화가 섬세하게 표현되었다. 오랜 세월 동안 혼신의 힘을 쏟아 건축하려던 사그라다 파밀리에 성당을 위해 자신은 돌보지 않았다고 알려진 천재 건축가 가우디. 불의의 교통사고로 병원에 입원했지만 그의 초라한 행색으로 제대로 치료도 못 받고 운명을 달리한 가우디에 대한 안타까운 사연이 더욱 그에 대한 연민과 존경심을 불러일으킨다. 성당 건축은 스페인 내전과 세계대전으로 중단되기도 했지만 스페인 사람들은 대를 이어 100년 넘게 가우디의 정신을 계승해서 성당을 완공하려고 한다.

가우디의 뒤를 이은 예술가가 제작한 '수난의 파사드'는, '탄생의 파사

: 사그라다 파밀리아 전면

드' 반대쪽인데 섬세하고 우아한 '탄생의 파사드'와 달리 너무 현대적이라 이질감이 느껴졌고 신비함이 덜했다. 그리고 '영광의 파사드'는 현재 제작 중이라 공개되지 않았다. 성당 안의 신비한 종교 힘에 이끌려 중앙의 예배당에서 기도하고 일어서다 의자에 거금 50유로가 놓인 걸 발견했다. 옆자리에서 일어나 이동하는 청년에게 당신 것이냐고 물었더니 냉큼 받아서 가버린다. 고맙다는 인사도 없이. 사진 찍느라 여념 없던 남편에게 50유로 얘길 했더니 어처구니없다는 표정으로 나를 본다. 지나가는 청년은 자기 돈이 아닌데 동양 아줌마가 주니 횡재했다고 받아서 얼른 도망간 거라고. 그럼에도 난 상관없었다. 이 성스러운 성당에서 남의 돈을 내 것인 양 주머니에 넣었다면 두고두고 마음 불편했을 테니까.

바르셀로나에서 가장 기대했던 오늘의 일정을 감격과 황홀함에 빠져 마치고 나니 점심시간이었다. 성당을 좀 더 오래 눈에 담기 위해 성당 옆 맛집을 찾아가서 가벼운 점심 메뉴를 시켰다. 점심을 먹는 동안에도 가우디의 역작을 보고 또 보며 감탄을 거듭했다.

다음 목적지는 산 파우 병원(Hospital de sant pau). 사그라다 파밀리에 성당에서 걸어서 10분 남짓이면 도착할 수 있는데, 걷다가 자꾸 뒤돌아보게 만드는 가우디의 성당이 시간을 지체하게 만든다. 길거리 가게에서 우리네 만두와 비슷한 모양의 튀김 만두 하나를 남편이 간식으로 먹는 동안 나는 먼 발치에서 사그라다 파밀리에 성당을 바라본다. 분명, 사랑에 빠진 게다. 보고 있어도 보고 싶고 멀어지면 그립고. 가우디 작품 앓이가 시작되었다.

유네스코 문화재로 등재된 산 파우 병원은 〈헨젤과 그레텔〉에 나오는 동화 속 집 모양이다. 병원이 이렇게 아름답고 화사해도 좋을까 싶을 정도로 멋지다. 입장료를 내고 병원 내부에 들어가지는 않고 건물 밖을 돌며 보다가 현재 운영되고 있는 뒤쪽 병원으로 이동했다. 의사와 학생들이 수시로 지나가는데도 병원 뜨락은 조용하고 한가해서 평화롭기까지 하다. 우리나라 병원 시설과 의술은 세계 최고 수준이지만, 환자들이 조용하고 편하게 치료받기에는 병원 환경이 너무 소란스럽다. 산 파우 병원 같은 아름답고 조용하고 한가한 병원에 일주일만 입원하면 모든 병이 치유될 것 같다는 생각을 해봤다. 평화롭지만 말이 안 통해서 오히려 없던 병이 생기려나?

너무 오래 걸어 다녔더니 피곤한 데다 방향감각을 잃었다. 남편은 구글 지도를 탐색하는데 느린 와이파이가 목적지를 못 찾고 헤매고 있다. 나는 영어가 통할 것 같은 학생에게 지하철역을 물었다. 기계치라고 나를 놀리는 남편은 여전히 스마트폰을 들고 쩔쩔매고 있는데, 나는 아날로그 방식으로 길을 묻는다. 걸어서 5분 거리에 지하철역이 있다고 해서 남편을 불렀다. 대답 없는 스마트폰과 씨름하는 남편과 함께 역으로 향했다. 스페인 지하철역은 우리나라 지하철역과 달리 출입구도 눈에 띄지 않고, 입구가 좁은 데다 지하철 역사 안은 어둡다. 지하철에서 소매치기당한 쓰라린 기억 때문에 지하철역에 들어설 땐 더욱 조심하게 된다.

지하철역에서 나와서 숙소로 돌아가기 전에 자라(ZARA)와 망고(MANGO) 매장을 들렀다. 소매치기당한 남편의 경량점퍼를 새로 구입하기 위해서. 겨울철 제품을 정리하며 세일하기에 49.99유로에 구입했다. 세고비아나 똘레도에 가면 날씨가 바르셀로나보다 찰 것 같아서 방한복 구입이 필수였는데 한국과 비슷한 가격에 점퍼를 구입하니 뿌듯했다.

조금 일찍 귀가해서 빨래도 하고 저녁은 맛집 레스토랑에서 먹기로 했다. 어제 널어둔 빨래가 다 말라서 정리하고 오늘 빨래를 세탁한다. 수건이 부족하니 매일 세탁기를 돌려야 하는 불편함이 있다. 2월이지만 날씨가 따뜻하고 햇볕이 강해서 빨래는 잘 마른다.

저녁 무렵 아파트를 나서서 처음 가는 길로 향했다. 남편이 신봉하는 트립어드바이저 앱에서 소개한 식당은 정말 현지인 맛집이었다. 가격은 요리 하나에 25유로 정도로 살짝 부담스러웠지만 한 번은 제대로 된 식당에서 식사하기로 했던 약속을 지킨 날이다. 사그라다 파밀리에 성당의 감동이 식사 때 화제였다. 구엘 궁전과 사그라다 파밀리에를 보고 감동한 우리는 가우디의 창의력에 경의를 표하며 구엘 공원에 큰 기대를 갖게 되었다. 남편은 시내 곳곳에 가우디 건축물 투어 안내가 있는 이유를 알 것 같다고 했다. 나는 나중에 성당이 완성되면 다시 오겠노라고 슬김에 다짐도 했다.

2월 26일 구엘 공원(Parc Güell)에 오르는 길을 잃다

구엘 공원(Parc Güell) 가는 길을 찾느라 인터넷을 열심히 탐색했으나 우리 숙소에서 구엘 공원 바로 앞까지 가는 대중교통을 찾을 수 없었다. 버스 노선들도 있었지만 어디서 타야 할지 모르겠어서 지하철을 이용하기로 했다. 다행히 우리 숙소가 있는 디아고날역에서 L3 초록색 노선을 타고 세 정거장만 가면 구엘 공원을 갈 수 있기에 무료입장(개장 전 입장하면 무료입장이 가능하다는 알찬 정보에 따라)할 목적으로 일찍부터 서둘렀다. 지하철역에서 나왔지만 구엘 공원은 보이지 않았고 이정표도 없어서 출근하는 행인들을 붙잡고 길을 물었다. 워낙 명소라 현지인들은 내 질문을 알아듣고 방향을 가리키는데 2~3명이 가리키는 방향이 제각각이라 난감했다. 물어물어 오르막길을 아침부터 등산하는 기분으로 걷기 시작했다. 방향은 맞다는데 가파른 언덕길을 올려다봐도 구엘 공원으로 보이는 곳이 안 나타났다.

혁혁거리며 매표소에 도착했는데 어느새 9시가 지나서 티켓을 구입해야 했다. 이른 아침부터 무료입장을 노리고 생고생한 게 억울했지만 너무 아름다운 입구 건물과 알록달록 타일 모자이크에 억울함은 금세 사라지고 말았다. 구엘 공원의 상징인 타일 모자이크 도마뱀 앞에서 차례를 기다려 사진을 찍었다. 형형색색의 타일 조각 모자이크로 만들어진 구불구불한 벤치에 앉아 한숨 돌리다 보니 가우디의 창의력에 새삼 감탄하게 된다. 작은 돌들을 쌓아서 만든 휘어진 곡선 기둥들의 터널은 얼마나 신기한지 고개를 갸웃거리며 앞과 뒤를 자꾸 돌아보게 한다. 가우디는 샘

: 구엘 공원 도마뱀 조각

: 구엘 공원 돌기둥 터널

물처럼 솟아오른 영감으로 세상 그 누구도 상상하지 못한 건물과 공간들을 창조한 것 같다. 구엘 공원에서 2시간 정도 머물며 모자이크 하나하나와 눈 맞추고 만져보고 걸었다. 자연과 어우러진 가우디의 창조물에 흠뻑 빠졌다. 그러나 올라왔던 길을 다시 내려갈 생각을 하니 한숨이 나왔다. 그래도 내리막은 오르막보다 수월했고 구엘 공원이 기대 이상으로 만족스러웠기에 발걸음 가볍게 하산할 수 있었다.

다음 목적지도 가우디의 작품. 까사 비센스(Casa Vicens)는 가우디의 첫 작품으로 알려져 있는데 구엘 공원에서 가깝다고 계산되어서 걷기 시작했다. 바르셀로나 외곽 쪽에 위치한 까사 비센스는 원색의 화려한 색감이 동화 속 궁전 같았다. 가우디의 무한한 창의력도 위대하지만 화려한 원색의 건축물을 인정한 건축주들도 대단하단 생각이 든다. 예술가의 창의력도 구매자가 거부하면 실현될 수 없는 것이기에. 구엘 공원에서 체력 방전이 심했기에 외부에서 10여 분 바라보며 감상한다. 사진 몇 장 찍고 일단 점심을 먹으러 이동했다.

지하철역으로 가기 위해 지나가는 사람들에게 묻고 다시 물으며 폰따나(Fontana) 역에서 L3 지하철을 탔다. 그리고 발음을 흉내 내기도 힘든 Passeig de Gracia 역에서 하차했다. 바르셀로나 타파스 식당 중 최대 규모라는 엘 나시오날(El Nacional)을 찾았다. 출입문을 들어서자 눈이 휘둥그레질 정도의 규모와 아름다운 인테리어에 이끌려 촌놈 서울 구경하듯 두리번거렸다. 출입문 오른쪽은 메뉴를 주문받는 고급 식당으로 보였고, 왼쪽으로 다양한 타파스가 진열된 바가 우리가 찾는 곳 같아서 자리 잡고 앉았다. 다양한 타파스 중 요기될 만한 것들을 고르고 맥주를 주문했다. 세련되고 품위 있는 타파스 식당에서 눈 호강하는 경험을 했다. 구엘 공원 탐방으로 갈증이 심했는데 차가운 맥주가 식도로 넘어가니 기분이 좋아진다. 우리 부부 모두 바르셀로나에서 가우디의 건축물들을 순례하며 그의 독창적인 작품들에 감탄하고 있다. 아이 같은 순진한 상상력이 그의 건축물에 반영되어 보는 사람들을 동화의 세계로 인도한다. 가우디의 건축물 앞에서 우린 아이처럼 박수 치며 웃기도 하고, 입을 다물지 못한 채 감탄하기도 하고.

간단한 타파스와 맥주로 재충전하고 바르셀로나 대학으로 향했다. 식당에서 6~7분 거리의 대학을 찾아가며 봄이 오는 바르셀로나 거리를 천천히 걸었다. 대학에 재직 중인 남편은 여행 중 대학 순례하는 걸 즐긴다. 남편은 유럽의 유서 깊은 대학들과 미국의 엄청난 규모의 명문 대학들 사진을 찍어서 대학 순례를 기념한다. 바르셀로나 대학은 시내에 위치해 있어서 그런지 규모가 크지는 않다. 가우디의 건축물들을 보고 난 터라 대학 건물은 큰 감흥을 주진 않았다.

까딸루냐 광장을 지나 람블라스 거리를 지나 15분쯤 걸어서 왕의 광장(Plaça del Rei)으로 이동했다. 중세 때 건축된 왕궁에서 콜럼버스가 이사벨 여왕을 알현했다고 한다. 늦은 오후 고즈넉한 광장은, 알고 보니 바르셀로나 대성당 근처인데 일요일 성당 방문 때는 이 광장을 찾지 않았었다. 광장 한편에서 스케이트보드 연습하는 10대를 보면서 '여왕이 이 모습을 보면 기겁을 하겠지.'라고 생각한다. 수백 년 전엔 말 타고 지나다니던 광장에서 현대식 보드 연습에 빠진 10대는 자신의 실력을 주변 사람들에게 보이고 싶은지 쉬지 않고 보드에 오른다.

오늘의 마지막 목적지는 바르셀로나 해변이다. 해변에서 일몰을 감상하기 위해 버스를 타러 이동하다가 작은 카페를 발견했다. 유럽의 식당이

나 카페 중 100년 역사를 자랑하는 곳이 많은데 'Cafes El Magnifico'도 그런 곳 중 하나다. 나중에 알고 보니 단지 오랜 역사만 자랑하는 곳이 아닌 바리스타 경연대회에서 상도 많이 받은 곳이라고 했다. 진한 풍미를 전하는 카페라떼가 3유로도 안 한다. 우리나라 사람들이 정말 사랑하는 스타벅스 매장을 바르셀로나에서 못 봤다. 도시 곳곳의 아름다운 카페에서 진하고 맛있는 커피를 3유로도 안 하는 착한 가격으로 팔고 있으니, 세계적인 업체도 스페인에선 기를 못 펴는 것이리라. 커피를 받아들고 밖으로 나와서 지나가는 사람들을 바라보며 천천히 커피를 마셨다.

바르셀로나 해변으로 가기 위해 버스 정거장에서 버스를 기다리다가 목적지행 버스 기사와 눈이 마주쳤다. 주어, 서술어 다 버리고 "바르셀로네따(Barceloneta)?" 하고 간절한 눈빛으로 물었더니 기사가 타라고 손짓한다. 시내에서 바다는 가까웠지만 오늘도 이미 1만 8천 보 이상 걸었기에 더 이상 체력 소모를 피하기로 했다.

버스에서 내리자마자 바닷가를 보니 보자기에 조악한 물건을 올려놓고 행인을 바라보는 상인들 수십 명이 보였다. 바닷가를 느긋하게 산책하며 일몰을 즐기고 늦게까지 머물기로 했던 계획을 바꿨다. 늦게까지 해변에 머무는 것은 안전하지 않을 것 같아 식당을 찾아 들어갔다. 관광객 상대 식당들이라 바깥 메뉴판에 음식 사진과 가격이 친절하게 안내되어 있다. 입간판 메뉴들을 보다가 눈길을 끄는 적당한 식당으로 들어섰다. 이른 시간이라 손님은 우리밖에 없어서 한산했다. 여기서 내가 맛본 스페인 최고 메뉴(해산물을 좋아하는 내 중심 기준)인 맛조개 요리를 먹을 수 있었다. 내가 여태까지 본 중 가장 큰 맛조개가 올리브 오일에 구워져서 나오는 요리였다. 아주 단순한 요리인데 허브 가루 입은 싱싱한 조개가 주는 풍미가 샹그리아와 함께 몸과 마음을 행복하게 만들었다.

여유 있게 저녁 식사를 즐기는 스페인 사람이 보면 깜짝 놀랄 속도로 우리는 식사와 음주를 마치고 어두워지기 전에 해변을 벗어났다. 버스를 타고 무사하게 숙소가 있는 디아고날역 근처에서 하차하자 미션 수행의 만족감에 피로감도 사라졌다. 지하철은 역만 찾으면 가는 방향 안내도를 보고 탈 수 있는 데 반해 버스 탑승은 어렵다. 스페인어를 잘하면 물어보고 타고 내릴 수 있겠으나, 우리는 설명해 주어도 알아들을 수 없으니까.

2월 27일 바르셀로나에서 여분의 날을 보내다

스페인에 도착해서 시차 적응과 체력 회복을 위해 바르셀로나에서 일주일을 머물기로 계획했기에 시간 여유가 있다. 오늘 하루는 바르셀로나 여분의 하루여서 다시 가보고 싶은 장소를 찾기로 했다.

골목길 상점들이 문을 여는 모습을 바라보며 느긋하게 발걸음을 옮긴다. 숙소 근처의 익숙해진 카페에서 모닝커피도 마시고 지하철역으로 향했다. 에스컬레이터에선 가방을 앞으로 돌려 메고 T10 티켓도 능숙하게 구입할 수 있다. 지하철이 플랫폼에 멈춰서면 수동문 손잡이를 돌려서 열고 승하차하는 것도 익숙해졌다.

우리가 처음으로 지하철 타고 갔던 에스파냐 광장으로 향했다. 예전 투우장을 쇼핑센터로 개조한 그 건물 옥상에 식당들이 있다는 걸 지난번에 확인했었기에 거침없이 옥상으로 향했다. 몬주익 광장이 보이는 전망 좋은 식당 창가에 자리를 잡았다. 나는 해물 빠에야를 남편은 스테이크를 주문했다. 내일은 자동차를 렌트해서 이 도시를 떠날 예정이기에 오늘은 점심 만찬을 즐기기로 했다. 봄 햇살 가득한 창가에서 스페인 전통 음식을 먹고 몬주익성에 오르기 위해 150번 버스를 타러 갔다. 모든 일이 처음은 어렵고 서툴지만 두 번째는 훨씬 수월하다. 버스에 올라 주위를 두리번거리다가 호안 미로 미술관을 지날 땐 웃음을 짓기도 한다. 고민 없이 종점에서 내려서 오르막길을 올라 티켓을 사고 몬주익성 안에 들어섰다. 초록 잔디와 원색의 꽃들이 아름다운 조화를 이루고 있다. 마치 성주처럼 고요하고 한적한 성 안을 느릿느릿 걸어다녔다. 지난번처럼 카페에서 커피도 주문하고 야외 테이블에서 따사로운 햇볕을 즐기며 커피를 홀짝거렸다. 저녁이면 해넘이를 보며 맥주 한 잔 기울였겠지만, 우리의 마지막 미션이 남아서 자제하기로 했다.

5월에는 한국으로 귀국하기 전에 바르셀로나로 돌아와서 다시 몬주익 광장을 들를 예정이다. 까딸루냐 미술관 앞 분수에서 주말 저녁에 진행하는 멋진 분수쇼를 보며 바르셀로나와 작별을 고할 것이다.

무념무상의 상태에서 햇빛을 즐기며 커피를 마신다. 더없이 평화롭고 한가한 이 순간이 너무 행복하다. 몬주익성에서 나와 150번 버스를 타고 몬주익 광장에서 하차했다. 에스파냐 광장 지하철역에서 황당한 일을 겪었다. 멀쩡하게 생긴 젊은 청년이 지하철 탑승구를 지나는 내게 자신도 티켓을 태그해 달라는 몸짓을 한다. 무시하고 남편에게 티켓을 넘기니 남편에게 또 뭐라고 말하며 부탁의 몸짓을 하는데 남편도 그냥 지나쳤다. 티켓을 건네주는 순간 그 청년이 우릴 떠나 도망갈 것 같은 불길한 예감이 들어서.

까딸루냐 광장 근처에 백화점이 있었던 기억을 떠올려서 찾아갔다. 광장에 엄청난 규모의 화웨이 스마트폰 광고판을 보며 서운했는데 백화점 안 로비에 삼성 갤럭시 체험관이 있고 현지인 여러 명이 관심 보이는 모습에 기분이 좋아졌다. 해외에 나가서 우리나라 자동차나 가전제품을 만나면 어깨가 으쓱해지면서 가슴 뿌듯한 자부심을 느끼곤 한다. 전자제품 코너에 가서 내비게이션을 찾았다. TOM TOM 제품이 몇 종류 있어서 가격을 눈여겨보고, 다른 곳과 비교하기 위해서 백화점에서 나왔다. 까딸루냐 광장 다른 쪽 백화점을 찾아가서 같은 제품을 비교해 봤다. 첫 번째 백화점이 가격도 좋고 물건도 다양해서 갔던 길로 되돌아가서 내비게이션을 구입했다.

우리 여행의 필수품인 내비게이션 구입 미션을 수행하고 나니 홀가분하다. 일정은 여유 있었으나 내비게이션 구입을 위해 백화점 두 곳을 돌아보는 동안 해가 기울어지고 있었다. 까딸루냐 광장과 람블라스 거리의 멋진 가로등에 불이 들어오자 낮과 다른 풍경이 펼쳐진다. 짐도 정리하고 내비게이션도 연구하기 위해 일찍 귀가하려던 애초의 계획을 변경하기로 한다. 가로등 불빛에 살아나기 시작하는 람블라스 거리의 타파스 바에 들어갔다. 즉석요리 식자재 진열대에 어제 먹었던 맛조개가 우리 선택을 기다리듯 놓여 있다. 망설임 없이 당당하게 두 묶음을 요리해 달라고 주문했더니 종업원이 탁월한 선택이란다. 남편도 어제 맛본 맛조개 구이가 맛있다며 같이 요리를 주문하고 맥주잔을 기울였다. 가로등 불빛이 낮과 다른 낭만적 분위기를 만들어내는 거리를 바라보며, 이만하면 스페인 입국은 성공이라고 자축했다.

〈바르셀로나 여행 팁〉

1. 바르셀로나 시내 관광은 도보나 대중교통을 이용하자. 지하철 노선이 잘 되어 있다. 시내에서는 주차 공간을 찾기가 힘들다.

2. 지하철 무인 발매기를 이용해서 T10 티켓을 구입하면 대중교통 10회 이용이 가능하다. 2명이 이용할 경우 5회 탑승할 수 있다.

3. 여행 책자나 블로그에 소개되어 있듯이 소매치기를 조심해야 한다. 당일 필요한 경비를 주머니나 가방 등에 분산해서 넣고 다닌다. 대중교통 이용 시엔 가방을 앞으로 메고 타야 한다. 식당이나 카페에서도 가방이나 스마트폰을 조심해야 한다.

4. 까딸루냐 미술관을 토요일 3시 이후 방문하면 무료입장이 가능하다. 미술관 앞 몬주익 분수쇼는 5월부터 겨울 전까지 토요일 밤에 진행된다. 몬주익 광장은 낮에도 아름답지만 밤의 음악 분수 쇼도 환상적이다.

5. 점심 식사는 식당의 '오늘의 메뉴'를 이용하면 10유로 정도의 가격으로 에피타이저와 메인 요리, 디저트까지 푸짐하게 먹을 수 있다.

6. 바르셀로나에서 다른 도시로 이동할 때 자동차를 렌트한다면, 한국에서 미리 사전 예약하고 공항보다 시내 영업소를 이용하면 렌트 비용을 크게 절약할 수 있다. 단기 여행인 경우에는 내비게이션을 대여하는 게 경제적이나 우리처럼 긴 여행을 하는 경우에는 내비게이션 대여 비용과 구입 비용이 비슷하기 때문에 구입해서 이용하다가 가지고 와서 나중에 다시 유럽에 갈 때 사용할 수 있다.

7. 일교차가 심해서 가벼운 카디건이나 경량점퍼를 가방에 넣고 다니면 좋다. 가방 지퍼를 옷핀으로 고정시키면 소매치기 예방에 효과적이다.

8. 식당에서 주문하는 맥주나 물은 가격이 비슷하다. 생맥주는 한 잔에 2~2.5유로, 물 한 병도 2유로라서 맥주를 좋아한다면 식당에서 맥주를 주문하면 갈증을 해소할 있다.

9. 타파스는 가벼운 안주로 한 개에 3~5유로 정도 한다. 식사할 목적으로 타파스를 먹다 보면 지출이 예상보다 클 것이다. 스페인 사람들처럼 저녁 식사 전 가벼운 간식 정도로 즐기기를 권한다.

10. 스페인의 커피 가격은 부담이 없다. 2~3유로의 가격으로 진하고 맛있는 커피를 즐길 수 있으므로 광장의 예쁜 노상 카페에서 망중한의 여유를 즐기기를 권한다.

지로나
(Girona)

2월 28일 Oh, My 시체스(Sitges)

세계적인 자동차 렌트 업체의 한국지사가 있어서 자동차를 예약할 때 전화 통화하며 직원에게 궁금했던 것들을 물어 보았었다. 우리는 여행을 떠나기 3달 전 한국에서 자동차 렌트를 예약했다. 바르셀로나에서의 일 주일 도보여행을 제외해도 80일이나 되는 긴 여행이기에 자동차 운도 따라 주어야 한다. 자동차 렌트 업체 사이트에서 검색해 본 결과 미국과는 달리 유럽에서는 오토 기어의 자동차를 찾기가 어려웠다. 누군가 우리처럼 긴 자유여행을 계획한다면 자동차를 시간적으로 여유 있게 예약하길 권한다. 그래야 렌트 비용도 절약되고(출국일 직전에 계약할 때에는 가격이 많이 오른다) 자동차 선택 폭도 넓어진다. 스페인의 옛 도시들은 도로 폭이 좁아도 너무 좁다. 에어비앤비 숙소를 검색해서 무료주차가 가능한 곳을 고르면, 숙소 후기에 큰 차를 절대로 가져오지 말라는 조언이 많다. 그리고 우리보다 한 달 먼저 스페인 여행한 지인도 소형차를 권했다. 그런데 더 중요한 것은 공항 업소보다 시내 업소에서 차를 빌리는 게 가격이 크게 저렴하다는 것. 바르셀로나에선 걷거나 대중교통을 이용하기로 했고,

바르셀로나를 떠날 때 자동차를 빌릴 계획을 세웠다. 그런데 같은 차종임에도 공항 영업소가 시내 영업소보다 렌트 비용이 훨씬 비싸서 한국지사에 문의했었다. 공항은 주차비용이 비싸서 자연히 같은 차라도 렌트 비용이 비싸다는 사실을 알게 되었다. 그래서 바르셀로나 시내에 있는 산츠(Sants) 기차역 허츠(Hertz) 영업소에서 자동차를 렌트하기로 예약했다.

바르셀로나를 떠나는 날이라 아침부터 긴장해서 짐을 확인하고 또 확인했다. 우리가 머문 집안도 깔끔하게 정리하고 짐 정리까지 마쳤다. 집 근처 추로스 맛집을 찾아가서 금방 튀겨낸 따끈한 추로스와 초코라떼로 당보충을 했다. 그리고 숙소 근처의 지하철역 앞 정든 단골(?) 카페에 가서 마지막으로 커피도 마시며 익숙한 거리와 골목들과 이별을 준비했다.

호스트가 알려 준 대로 아파트 1층 우체통에 열쇠를 넣고 숙소를 떠났다. 울퉁불퉁한 돌길에서 두 개씩 캐리어를 끌며 큰길가에 있는 호텔 앞으로 이동했다. 호텔로 들어오는 택시를 타고 목적지로 이동할 예정이었다. 택시기사에게 산츠(Sants) 기차역 허츠 영업소 주소를 보여 주니 안다고 했다.

기차역에 도착해서 택시비를 지불하고 엄청난 규모의 역에 들어서서 직원에게 허츠 영업소를 물었다. 직원은 친절하게 자동차 렌트 영업소가 모여 있는 곳을 알려 주었다. 그런데 거짓말처럼 여러 렌터카 영업소 중에 허츠 영업소만 없었다. 역사를 돌고 돌아도, 그리고 이 사람 저 사람 붙잡고 물어도 허츠 영업소가 나타나지 않았다. 당황한 우리는 기차역 밖으로 나와서 주위 사람에게 주소를 보여 주었더니 역에서 100미터 정도 떨어진 건물로 가란다.

마침내 우여곡절 끝에 찾은 허츠 영업소에 들어가서 우리 차례를 기다렸다. 한국에서 출력해 간 렌트 예약증을 보여 주니, 영업소 직원이 우리에게 새 차를 만난 행운의 주인공이라고 축하해 준다. 그 직원은 자동차 키를 건네면서 주의사항을 한참 늘어놓았다. 말이 빨라서 몇 마디 못 알아들었으나 자동차 유리창 파손(여행 책자들 보면 주차된 차 유리창을 파손하고 가방을 꺼내 간다는 경고가 엄청 많았다)과 물건 도난을 조심하라는 충고였다. 차량 사고가 나면 경찰에게 신고하라는 말도 덧붙였다.

차고는 영업소에서 100미터 정도 떨어진 곳에 있어서 짐을 끌고 찾아가야 했다. 영업소 직원이 행운이라고 말한 이유는 우리에게 배당된 자동차가 파란색 르노 클리오로 주행거리가 500킬로미터 정도의 새 차였던 것이다. 키를 받고 차에 오른 남편은 긴장한 기색이 역력했다. 네비게이션 Tom Tom에 입력한 주소로 목적지를 설정하고 마침내 지하 5층 주차장에서 벗어났다.

예상치 못한 문제는 끊임없이 발생한다. 걸어 다니기만 했던 바르셀로나였기에 운전하기에 얼마나 힘든지 체감하지 못했던 우리는 연이은 로터리에 당황했다. 다들 알아서 로터리를 돌아서 직진하고 좌회전하고 우회전도 하는데, 우린 많은 차들을 피해서 어떻게 로터리를 빠져나갈지 난감하기만 했다. 우여곡절 끝에 고속도로에 접어들자 새 차에서 나는 냄새에 만족스러움을 느낀 것도 잠깐, 톨게이트에서 또 당황했다. 직원이 없는 곳에서 돈을 투입하려 했으나 기계는 신용카드만을 필요로 했다. 급하게 남편의 지갑에서 카드를 꺼내서 통행료를 계산하니 톨게이트 차단기가 열렸다.

바르셀로나에서 30분 거리의 시체스(Sitges)는 영화제도 열리는 한적한 바닷가로 소개된 곳이다. 오늘의 최종 목적지인 지로나(Girona) 숙소 가

기 전에 잠시 들러서 바다도 보고 점심도 먹기로 했다. 고속도로를 빠져
나가 좁은 골목길에 접어들어서 주차할 장소를 찾았다. 유료주차장이 안
보여서 한적한 가정집 앞 주차공간에 주차하고 해변 쪽으로 걸었다.

　남편이 갑자기 해변의 남자를 가리키며 "저 남자 나체야."라고 외치며
놀란 눈길로 나를 본다. 도수 없는 선글라스를 착용한 나는 먼 거리의
피사체가 사람인지는 알겠는데 나체인지 아닌지는 확인할 수 없었다. 좀
더 걷는데 동성애자로 보이는 두 남자가 나체로 해변에 누워있는 모습을
보고 말았다. "Oh, My God, Oh, My Sitges!" 바르셀로나 근교의 조용하
고 한적한 해변으로만 소개되었던 그곳은 나체 해수욕장이었다. 문화적
충격을 받았으나 호들갑 떨며 뛸 수도 없고, 좋아하는 바다를 애써 외면
하며 걸었다. 상가가 모여 있는 바닷가 식당에 가서 점심을 주문했다. 철
이른 평일 해변엔 사람도 드물었고 식당에도 손님이 별로 없음에도 간단
한 오징어 요리가 40분쯤 기다려야 나왔다. 맞다, 여기는 스페인이었다.
식당에 들어서면서부터 "빨리빨리"를 외치는 우리나라와는 다른 곳임을
새삼 깨닫는다. 매사 빨리빨리에 익숙한 우리가 도저히 따라잡을 수 없
는 달팽이 속도의 느림이 있는 곳이 바로 스페인이다.

　시체스에서 유명한 명소라는 산 세바스띠안 성당과 마리셀 뮤지엄을
방문할 예정이었다. 그러나 바르셀로나에서 자동차 렌트로 시간이 지체
되었고, 점심 식사로 시간이 또 지체되는 바람에 성당만 찾기로 했다. 바
닷가 전망 좋은 곳에 위치한 뮤지엄 방문은 포기하고 좁은 골목길을 걸
어서 성당만 보고 우리의 파랑이(르노 클리오)가 주차된 곳으로 돌아갔다.
해변에 눈길을 주면 또 어떤 장면과 마주칠지 몰라서 먼발치만 보며 걸
었다. 자동차 렌트할 때 주의받은 도난 사고는 일어나지 않았다. 인적 드

문 주택가라서 안전했나 보다.

시체스에서 1시간 40분 거리에 위치한 성벽의 도시 지로나(Girona)에 가서 에어비앤비 숙소 호스트와 만나기로 약속했기에 미련 없이 시체스를 떠났다. 여행 계획 세울 때 읽은 한 여행 책자 덕분에 지로나에 대해 알게 됐다. 서너 페이지 정도에 소개된 지로나는 오래된 성벽의 도시였고, 오나르 강변의 알록달록한 예쁜 집들이 내 마음을 사로잡아서 여행 목적지에 추가했었다. 우리에게 잘 알려지지 않은 지로나가 지금은 스페인에서 내 마음을 가장 사로잡은 도시다. 그만큼 사랑스럽고 평화롭고 아름다운 도시다.

에어비앤비 숙소의 주소가 가리키는 곳은 차량 진입이 안 되는 곳이다. 숙소 근처 성당 앞 광장에 잠시 주차하고 호스트에게 연락했다. 체크인 시간인 3시가 훌쩍 지났음에도 청소 중이라며 잠시 기다리란다. 성당 앞에 주차하고 기다려도 되냐고 물으니 안 된다는 문자를 보내고 잠시 후 마음씨 좋게 생긴 아주머니가 나타났다. 그분은 호스트 소개란에 영어 소통이 가능하다고 했건만 영어를 1도 못하는 분이었다. 손짓으로 가리키며 멀리 떨어진 공용주차장에 주차하라고 했다. 그리고 자신은 지금 퇴근해서 아직 에어비앤비 집 청소를 못 마쳤으니 30분 정도 기다리라고 번역해서 스마트폰을 보여 주었다. 가방만 내려놓고 남편은 주차하러 떠나고, 호스트 아주머니는 청소하러 떠나고, 낯선 곳에서 혼자 가방 4개를 지키자니 무섭기도 하고 처량하기도 했다.

오랜 성벽 도시의 좁은 골목에 있는 우리 숙소는 엘리베이터까지 갖춘 현대식 아파트다. 방이 넓지는 않지만 아늑하고 깔끔하고 따뜻했다. 호스트 아주머니가 방금 청소를 마친 실내엔 세탁기는 물론이고 건조기까지 갖추어진 나름 쾌적한 조건의 아파트다. 낯선 곳에서 청소 끝나기를 기다린 보람이 있었다.

골목길 탐색에 나선 우리는 단 30분도 안 되어 지로나에 흠뻑 빠지고 말았다. 인적 드문 골목길의 오래된 돌길과 아담한 집들이 멋스러운 조화를 이루고 있었다. 깔끔한 식당들과 한적한 카페들의 평화로운 분위기에 매료되었다. 번잡하고 소란스러운 바르셀로나와 달리 고요한 중세도시는 우아한 품격으로 이방인들을 맞이해 주었다. 골목길에서 재미있는 메뉴를 보고 Pub으로 들어갔다. 샘플 맥주 3잔이 5유로, 안주도 3개 골라서 5유로. 신선한 에일맥주와 간단한 안주, 그리고 우리네 김치와 같은 올리브 피클. 우리나라에서 수입한 올리브 피클과 달리 스페인 식당이나 Pub에선 직접 담근 신선하고 맛있는 올리브 피클을 내놓는다. 우리의 김치처럼 이들은 올리브 피클을 직접 담가서 내놓는 것 같다. 스페인을 여행하며 올리브에 빠져서 귀국한 후 마트에서 올리브를 구입해서 먹어 봤다. 그런데 스페인에서 먹었던 감칠맛 나는 신선한 올리브 피클이 아니었다. 지금 우리 집 냉장고엔 안 먹고 방치해 둔 올리브 피클 병이 2~3개 있다.

상큼한 맥주와 간단한 안주로 요기하고 작은 슈퍼마켓에서 와인과 딸기를 샀다. 신선해서 다시 밭으로 돌아갈 것 같은 딸기 한 판이 5유로였다. 남편이 어떻게 다 먹냐고 하는데, 3일 동안 머물면서 다 먹을 것이니 걱정 말라고 장담했다. 지로나 이후의 도시를 여행할 때에도 시장에 들러 유기농 딸기나 체리, 블루베리를 저렴하게 사서 먹었는데, 신선해서 2~3일 정도는 전혀 무르지 않아서 냉장고에 넣어 두고 먹기 좋았다.

인적이 아예 없는 고요한 지로나 골목을 걸어서 우리 숙소로 돌아왔다. 남편에게 지로나에 대한 인상을 물으니 대만족이란다. 바르셀로나에선 가우디의 건축물을 제외하곤 큰 감동이 없었는데 지로나는 조용하고 골목길이 너무 멋지다고 만족해한다.

3월 1일 Oh, My 지로나(Girona)

바르셀로나와 달리 너무 조용해서 아침이 온 지도 모르고 편안하게 잤다. 한적한 골목길을 누비며 지로나 대성당을 지나서 성곽길을 찾았다. 스페인과 포르투갈은 아프리카에서 넘어온 이슬람교를 믿는 무어인들에게 800년 가까운 오랜 세월 지배받았었고 이웃 나라들의 침입을 수시로 받았던 터라 튼튼한 성벽 도시가 많다. 지로나 성벽은 중세시대의 구도시를 둘러싸고 있다. 성벽 위로 나 있는 길을 누구나 자유롭게 걸어 다닐 수 있다.

파란 하늘 아래 인적 없는 성벽길을 영화 속 주인공인 양 천천히 걸으며 구도시를 내려다보며 지로나의 매력에 빠져 있었다. 외국인이 다가오더니 한국에서 왔냐고 물었다. 본인도 서울 ○○전자에서 근무했었다고 말하며 우리 부부 사진을 찍어 주고, 그들 부부 사진도 찍어 달라고 한다. 사진을 찍고 서로 행운을 빌어 주며 기분 좋은 인사를 나누고 헤어졌다.

1시간 정도 성벽길을 걷다 지로나 대학으로 내려갔다. 아담한 중세건물 캠퍼스에서 밝고 활기찬 대학생들이 걸어 다니는 모습이 보기 좋았다. 대학 내 카페에서 커피를 사서 캠퍼스 안의 햇빛 따사로운 중정 턱에 걸터앉았다. 커피를 마시는 동안 평온한 캠퍼스를 바라보며 긴장과 걱정을 내려놓았다. 지난주 바르셀로나에 도착해서 이틀 동안 잠을 전혀 못 자는 통에 너무 힘들어서 여행을 포기해야 할지 고민도 했었는데. 말도 안 통하는 스페인에서의 긴 여행이 설렘과 기대감도 주었지만, 무의식 속에 두려움도 자리 잡고 있었는지 모르겠다. 지로나에 도착해서 꿀잠을 잔 것만으로도 이 도시가 마음에 든다.

시간이 멈춘 것 같은 대학을 벗어나서 람블라 데 라 리베르타트(Rambla de la Lebertat)라는 이름도 어려운 중세건물 아케이드(Arcade)를 찾아야 하는데, 골목길에서 헤맸다. 지나가는 중년 부인에게 지도를 보여 주며 길을 물으니 설명하려다 우리를 근처까지 인도해 주었다. 스페인어로 설명해서 알려 주기엔 골목을 벗어나는 게 어려웠기 때문이리라. 친절한 그분께 도시가 너무 아름답다고 하니 함박웃음을 짓는다. 상가 근처까지 안내한

: 지로나 골목

뒤 손을 흔들어 주는 그분께 거듭 감사 인사하고 돌아섰다.

튼튼한 돌 아치의 중세건물 상가를 걸으며 더욱 이 도시의 매력에 빠졌다. 건물 곳곳에 까딸루냐의 독립을 염원하는 노란 리본이 걸려 있었다. 이곳은 드라마 〈알함브라 궁전의 추억〉을 촬영한 곳이기도 하다. 출국하기 전에 내가 좋아하는 배우가 출연하는 데다 우리가 여행할 알함브라가 제목에 들어 있어서 흥미롭게 드

라마를 봤다. 몇 달 전 우리가 여행하기 전에 우리나라 배우와 스텝들이 지로나에서 드라마 촬영했을 모습을 상상하니 중세의 흔적이 묻어나는 아케이드가 더욱 친근하게 느껴진다.

점심은 우리 숙소 근처 식당에서 먹기로 했다. 남편이 알아보니 트립어드바이저에 평이 아주 좋은 식당이라고 해서 찾아갔다. 주인이 영화를 좋아하는지 영화 포스터 사진 액자가 벽면을 장식하고 있는 식당에 자리 잡고 앉았다. 오늘의 메뉴를 보다가 도대체 가늠이 안 되는 요리를 호기심에 주문했다. 식전 수프는 야채수프인데 건강한 맛이었고 메인 요리는 정말 처음 보는 음식이었다. 얇은 밀가루 전병을 바삭하게 구워서 그 안에 갖은 야채와 치즈를 듬뿍 올린 아름다운 요리인데 어찌 먹어야 할지 몰라 난감했다. 종업원에게 어떻게 먹어야 하는가 물어보니 잘라서 먹으란다. 야채를 좋아하는 내겐 신선하고 창의적인 건강식이었다. 남편은 요리가 독특하고 건강하게 보이긴 하지만 두 번은 안 먹어도 되겠다고 했다.

건강한 점심을 먹고 아담한 도시를 더 돌아보기로 했다. 강이라기보다는 시냇물에 가까운 오나르강을 건너 신시가지를 돌아보고 다시 구시가지로 돌아오기 위해 강가에 섰다. 여행 책자 사진에서 봤던 알록달록한 강가 건물들의 모습이 한 폭의 수채화처럼 우리 앞에 펼쳐져 있었다. 강가에 서서 그리고 다리 위에 서서 사이좋게 어깨동무하고 있는 강변 집들을 사진에 여러 장 담았다. 지로나는 고적하고 평화로운 중세 모습이 고스란히 남아 있는 도시다. 상가들을 돌며 스페인의 유명한 구두들도 구경하고 기념품 가게들로 둘러보았다. 그러다 강가 카페에서 커피를 마시며 지나가는 사람들 바라보고 햇볕을 즐겼다.

: 오나르 강변

중학교 교사로 재직하는 동안 평화롭게 점심 식사를 한 적은 손에 꼽을 정도다. 교무실 밖에서 시끄럽게 떠들며 다니거나 교실에서 싸우다 중재를 요청하는 어린 제자들이 45분 점심시간의 평화를 빼앗아가곤 했다. 자주 점심시간을 쪼개 회의를 하는 통에 그 짧은 점심시간을 반이나 빼앗긴 적도 많았다. 점심 식사 후 커피를 느긋하게 즐기는 날은 일주일 중 5교시가 없는 하루 정도였다. 지각할까 조바심하며 운전은 언제나 급한 마음처럼 거칠었고, 점심은 늘 대충대충 때우기 일쑤였다. 시간의 노예처럼 살았던 30년 동안 나는 매일 시간을 분 단위로 쪼개어 썼다. 그러다 건강에 이상 징후가 여기저기 나타나기 시작했다. 허약체질이라 응급실에 간 적도 많았고 40대에 두 차례나 폐렴으로 입원 치료를 받기도 했다. 교직 생활 마지막 해엔 여러 차례 몸에서 이상 징후가 나타났다. 갑작스런 고열과 근육통으로 타미플루 처방을 받기도 했고, 주말에 집에 있다가 분수처럼 쏟아지는 코피에 온 가족이 놀란 적도 있다. 이유를 알 수 없는 코피를 집에서 학교에서 몇 차례 쏟고 불안해하자 남편이 허먼 멜빌(Herman Melville)의 소설 『필경사 바틀비(Bartleby, the Scrivener)』를 건네주며 읽어 보라고 했다. "지금, 당신은 멈추어야 해. 더 이상은 안 된다는 걸 본인이 더 잘 알 텐데."라고 걱정스런 말과 함께 얇은 단행본을 건넸다.

자본주의의 상징이라고 할 수 있는 뉴욕 월가의 한 변호사 사무실에 필경사로 채용된 바짝 마른 바틀비는 정말 열심히 일해서 고용주를 만족시킨다. 먹지도 않고 쉬지도 않고 고용주의 요구대로 일만 하던 바틀비가 어느 순간부터 "저는 안 하는 편을 택하겠습니다."라고 말하기 시작한다. 그 어떤 요구나 강요에도 그는 거듭 "저는 안 하는 편을 택하겠습니다."라는 같은 말만 되풀이한다. 고용주가 퇴사를 요구해도 온몸으로 거부하고 사회와 담을 쌓던 바틀비는 결국 스스로 먹는 행동을 거부하고 죽음을 맞이한다.

잘 먹지도 않고 잠도 못 자고 일중독으로 시름시름 앓고 있던 내가 소진되고 있다는 걸 누구보다 남편이 잘 알고 있었다. 남편은 내가 바틀비처럼 비극적 결말을 맞이하기 전에 스스로 일과 결별하기를 당부하고 있었다. 내가 명예퇴직을 결정하게 된 결정적 이유는『필경사 바틀비』가 들려준 거부의 자유의지 때문이다. 더 이상 일을 할 수 없어서 퇴직하는 게 아니라, 나 스스로 안 하는 편을 택하기로 했다.

심각한 번아웃 상태로 교직 생활을 마치고 한동안은 하루 24시간을 어떻게 써야 할지 몰라서 난감했다. 노예 생활에서 해방되어 자유를 찾은 노예처럼 아무것도 안 하고 가만히 있는데 익숙하지 않았다. 한동안은 내 자유가 낯설었다. 일중독 증세에서 벗어나기까지 한동안 나는 불안하고 혼란스러웠다.

스페인에 도착해서 처음으로 천천히 여유롭게 다닌 하루가 만족스러웠다. 낙천적인 스페인 사람들처럼 강가 카페에 앉아서 무념무상의 여유를 누리는 자유를 만끽했다. 커피에서도 강가 바람에서도 그리고 햇볕에서도 자유가 느껴졌다. "아무것도 안 하고 멍하니 앉아 있으니 참 좋네." 우리는 지로나의 평화로운 풍경 속에 스며들고 있다. 그리고 스페인의 자유로움에 물들어가고 있다.

저녁엔 낮에 봐두었던 람블라 데 라 리베르타트 거리 한편에 위치한 하몽 전문 식당에 갔다. 나는 돼지고기 냄새조차 못 맡지만 남편에게 좋은 추억거리가 될 것 같아 천장에 수십 개 하몽이 주렁주렁 매달린 식당

(식당 안은 돼지고기 특유의 누린내가 난다)에 들어갔다. 맥주 두 잔과 하몽 한 접시, 그리고 나는 서비스 올리브를 흡족하게 먹었다. 남편은 요리사가 직접 썰어서 준 하몽이 아주 맛있다고 만족스러워했다. 식당에서 나와서 10분 거리의 숙소까지 가는 골목길을 이리저리 돌아보며 중세도시의 밤길을 즐겼다. 바르셀로나와 달리 소매치기 걱정 안 하고 느긋하게 이 골목 저 골목 밤길을 누비고 다녀도 안전하다. 낯설지만 신선하고 평온한 도시가 우리 마음을 사로잡았다. Oh, My Girona! 이 도시와 나는 사랑에 빠졌다.

3월 2일 Oh, 살바도르 달리(Salvador Dali), 토사 데 마르(Tossa de Mar)

오늘은 초현실주의 예술가 살바도르 달리(Salvador Dali)의 미술관이 있는 피게레스(Figueras)로 가는 날이다. 지로나는 중세도시라서 구시가지 골목에는 주차할 공간이 없다. 우리의 파랑이가 주차된 공용주차장까지 10분 정도 걸어가니 꽤 넓은 무료 공용주차장이 있다.

40분 정도 차로 이동하며 평화로운 스페인 마을들을 지났다. 정말 운 좋게도 달리 미술관 바로 건너편에 주차할 수 있었다. 주차비 지불 영수증을 차 앞쪽에 놓고 미술관을 바라본 순간 감탄이 흘러나온다. 책에서 봤던 핫핑크색 미술관은 예상보다 규모가 컸다. 그리고 핫핑크색 미술관 위에 설치된 계란 모양의 조형물만 봐도 달리의 독특한 취향이 그대로 느껴진다. 미술관 전체를 사진에 담으려면 도로 건너편 우리 차가 주차된 곳에서 사진을 찍어야 하는데, 지나가는 차들이 많아서 미술관 전경을 담기 어려웠다.

　주말엔 미리 예약하지 않으면 티켓을 구입하는 데 시간이 오래 지체된
다는데 우린 운이 좋았다. 미술관 관람 티켓을 구입하면 바로 옆 달리 보
석박물관도 입장이 가능했다. 미술관 외부부터 무척 달리스러웠는데, 실
내에 들어서자 3층 높이의 설치예술과 대형 그림들에 압도된다. 수많은
그림들과 설치 예술작품, 그리고 그가 제작한 자신의 침대와 가구들을
보며 그의 천재성에 계속 놀라게 된다. 수많은 작품으로 채워진 미술관
의 전시실을 돌며 그의 격정적인 창작 열의에 감탄했다. 잘생긴 외모에
가늘고 긴 콧수염을 트레이드마크로 만든 달리는 자신의 아내를 모델로
많은 작품을 남겼다. 피게레스 근처 바닷가에 아내를 위해 저택을 지을
정도로 사랑이 넘친 달리는 작품도 정말 많이 남겼다. 예상했던 것보다
많은 작품들을 보고 놀랐는데, 미술관 옆 보석박물관의 보석 디자인도
독창적이고 아름다워서 놀랐다. 보석에 대해 아는 게 별로 없는 내 눈에
도 보석 하나하나가 예술작품으로 보일 정도로 아름다웠다. 그의 천재적
영감이 만들어낸 다양한 작품들을 보며 여러 번 감탄했다.

　그의 작품들을 감상한 뒤 달리 미술관 뒤편 식당에서 미술관을 바라
보며 점심을 먹었다. 식사 후 근처 카페에 가니 달리의 사진이 걸려 있었
다. 주인은 자랑스럽게 자기 카페에 달리가 자주 찾아왔다고 했다. 작은
도시 전체가 달리를 찾는 관광객들로 북적이는 곳을 보며, 바르셀로나는
가우디가 먹여 살리고 피게레스는 달리가 먹여 살린다는 생각이 들었다.

　달리 미술관을 떠나기 전에 핫핑크색 건축물에서 눈을 떼지 못하고 한
동안 바라보았다. 우리 같으면 상상조차 할 수 없는 화려한 색상의 거대
한 미술관 건물과 어마어마한 작품들이 가능했던 것은 스페인 사람들의

: 살바도르 달리 미술관

: 달리 작품

자유와 예술에 대한 사랑 때문이 아닐까 생각했다. '빨리빨리' 문화에 젖어 초고층 건물도 초고속으로 완성시키는 우리와 달리, 가우디의 성당처럼 100년 넘는 초대형 건축물도 몇 대를 이어 완성해 가는 스페인 사람들의 열정과 자부심에 새삼 존경심이 들었다.

자유여행 기간이 긴 만큼 패키지여행으로 볼 수 없는 장소들을 여기저기 들르는 여유가 생긴다. 피게레스가 프랑스 국경과 가까워서 남편은, 프랑스 국경을 넘었다 돌아오자고 했지만 내가 반대 의사를 표했다. 프로방스나 고흐의 아를(Arles)을 보기 위함이 아닌, 단지 국경 한번 넘어 보자는 것은 시간 낭비라는 생각이 들었기에.

달리에 대한 기분 좋은 흥분을 가라앉히고 우리는 피게레스에서 1시간 남짓 거리에 위치한 토사 데 마르(Tossa de Mar)로 향했다. 우리 숙소가 있는 지로나보다 남쪽이라 멀리 돌아서 귀가하는 셈이지만 중세시대 성벽을 바다와 함께 감상할 수 있는 매력적인 장소라 목적지로 정했다.

반원의 만을 걸어서 언덕 위 성벽을 따라 걸어 올라가면 절경과 마주하게 된다. 토사 데 마르는 지중해 푸른 바다와 어우러진 중세의 고풍스러운 성과 성 안 건물들이 기분 좋게 반겨 주는 그런 곳이다. 골목들을 지나 푸른 바다와 마주하는 절벽에 서면 아름다운 풍경에 마음을 빼앗기고 만다. 중세 기사들이 지키는 성 안에서 평화로운 일상을 살아가는 서민들의 모습을 상상해 본다. 아름다운 풍경과 평화로운 일상 속 서민들의 모습을 상상하는 내 생각이 틀릴 수도 있다. 늘 적의 침략에 대비해야 하고 기근에 힘들어하는 일상 속에서 서민들은 바닷가 절경이 눈에 들어오지 않았을 수도 있었겠지만.

해 질 무렵 귀가하기 위해 지로나 공용주차장에 도착하니 주차할 곳이

: 토사 데 마르 성벽

: 토사 데 마르 해변

: 토사 데 마르 성 안

없다. 토요일이라 인근 대도시에서 주말 나들이 온 현지 관광객들이 많았나 보다. 주차장 안을 2~3번 돌다 겨우 빈자리를 발견해 주차하고 숙소 근처 아담한 광장(이 도시에 처음 도착해서 나 혼자 가방을 지키고 있었던 곳) 카페의 야외 테이블에 자리 잡고 앉았다. 낮에는 한산했던 카페가 저녁이 되자 빈 테이블 찾기 어려울 정도로 사람들로 붐볐다. 밤 문화를 즐기는 스페인 사람들의 토요일 저녁이니 두말할 필요 없이 흥겨움이 넘친다. 맥주를 주문하고 낯익은 지로나 골목과 현지인들을 바라보며 우리가 이방인이라는 사실도 잊는다. 시끌벅적한 현지인들과 관광객들 사이에 동양인은 우리 부부밖에 없었지만 전혀 어색하거나 불편하지 않다. 우리도 그들도 다 같이 지로나라는 중세도시를 사랑한다는 공통점 때문이리라. 오래도록 골목을 마음과 눈에 담는다. 언제고 스페인을 다시 여행하게 되면 첫 번째로 찾고 싶은 도시가 지로나이므로.

몬세라트
(Montserrat)

3월 3일 **몬세라트 절경을 품은 엘 브루크(El Bruc)**

지로나에서 몬세라트까지는 1시간 40분 정도 거리여서 12시에 있는 몬세라트 대성당 미사에 참석하기 위해 10시쯤 지로나를 떠났다. 사랑에 빠졌던 지로나를 떠나면서도 위안이 된 것은, 몬세라트 대성당 미사 후 에스꼴라니아(Escolania) 소년합창단의 성가를 들을 수 있다는 기대 때문이었다.

사진으로만 봤던 몬세라트 산의 위용에 감탄한 것도 잠시였다. 편도 1차로의 몬세라트 대성당으로 가는 산악도로는 12시가 넘어도 꽉 막힌 채 움직일 기미도 안 보였다. 더러 몇 대의 차들이 그 좁은 도로에서 차를 돌려서 가는 모습을 보며, 우리도 차를 돌려 에어비앤비 숙소가 있는 인근 소도시 엘 브루크(El Bruc)로 향했다. 가톨릭 신자가 많은 스페인에서 까딸루냐 최고의 성지인 몬세라트 대성당에서 주일미사를 드리겠다는 야무진 꿈은 포기해야 했다.

산악도로를 벗어나서 작은 마을의 주일 장터를 만났다. 장터가 열린 곳엔 주차 공간 찾기도 어려울 정도로 사람들이 많았다. 인근 마을에서 주민들이 찾아온 것 같았다. 겨우 주차하고 장터를 구경했다. 직접 수확한 농산물과 치즈, 빵들을 파는 모습을 보며 이곳의 식생활을 탐색했다. 우리는 주말에 대형 마트에 가서 일주일치 식자재를 사는데, 여기서는 신선한 야채와 치즈들을 생산자로부터 직접 구입한다. 현지인들끼리 물건을 생산하고 판매, 소비하니 지역 경제에도 도움이 될 것 같다. 아이들이 간식거리를 들고 부모 뒤를 따라다니는 모습에 눈길이 간다.

몬세라트 대성당과 수도원을 방문할 목적으로 에어비앤비 숙소를 찾을 때 엘 브루크(El Bruc)라는 소도시를 알게 되었다. 몬세라트 산에서 20분 거리의 그 소도시의 숙소는 독채인 데다 거실에서 몬세라트 산을 조망하는 행운까지 덤으로 주는 곳이었다. 숙소에 도착해서 보니 하루 숙박비 8만 원도 안 되는 가격이 미안할 정도로 아늑하고 깔끔한 데다 편의시설도 훌륭했다. 에어비앤비 건물 뒷마당에 주차장이 있어서 주차 문제는 걱정할 필요가 전혀 없었다. 우리가 머문 2층 독채엔 방 두 개와 몬세라트가 한눈에 들어오는 통창의 거실이 있고 주방 시설까지 나무랄 데가 없었다. 짐을 풀고 마을을 탐색하고 장도 보기 위해 집을 나섰다.

엘 브루크는 읍 정도 규모도 안 되는 아주 작은 마을이다. 도로 양편에 식당과 카페 같은 몇 개의 편의시설이 있었지만 거리엔 사람이 없었다. 우리 숙소 바로 옆 슈퍼마켓은 문을 닫았고(일요일은 영업을 안 한다) 식당이나 카페도 모두 문을 닫아서 슬슬 걱정이 되었다. 한 군데 아주 허름하고 작은 구멍가게가 문을 열었기에 들어갔다. 가게엔 야채 약간과 먼지 쌓인 과자가 전부였다. 게다가 영어는 물론이고 스페인어도 안 통하는 까딸루냐 할머니가 가게 주인이었는데, 동양인을 처음 본 듯 우리를 경계했다. 가게 안에 오크통이 보여서 마시는 동작을 하며 와인이냐고 물으니 고개를 끄덕이셨다. 와인을 달라고 하니, 직접 오크통에서 와인을 작은 병에 따라 주었다. 이른바 이 고장만의 수제 와인이었으리라.

마을 거리를 어슬렁거리며 천천히 돌아도 10분 정도밖에 소요되지 않았다. 낮잠 시간인 시에스타 시간이 지나고 저녁이 되면 한두 군데 식당이 문을 열겠거니 생각하며 숙소로 돌아왔다. 거실 창문으로 보이는 몬세라트를 감상하며 음악을 들었다. 우리 둘 다 숙소의 쾌적함과 멋진 풍경을 말없이 즐겼다. 블루투스 스피커를 미리 장만한 것은 잘한 일 같았다. 부드럽고 풍부한 음색의 음악은 여행의 낭만을 더없이 풍요롭게 만들어 주었다. 거실 창문 밖으로는 몬세라트 산이 웅장한 모습을 보여 주고, 스피커에서는 우리들이 좋아하는 음악이 그 풍경에 풍성한 감성을 더해 준다.

저녁에 나가 보니 사람이 드문드문 보였고 문을 연 식당도 보였다. 그 중에서 손님 많은 식당에 들어서니 그곳 손님들과 종업원의 시선이 일제히 우리 부부를 향했다. 자리를 잡고 주문하려는데 도통 모르겠는 까딸루냐어 메뉴라서 종업원에게 해산물, 새우, 오징어와 같은 단어를 말했다. 종업원은 고개를 흔들더니 카페의 젊은 종업원을 우리에게 데려온다. 가게 안 손님들도 우릴 흥미롭게 바라보는 가운데, 영어 시푸드(sea food)와 스페인어 감바스(Gambas, 새우)와 깔라마르(Calamar, 오징어)를 천천히 발음해도 종업원은 고개를 갸우뚱했다. 영어도 스페인어도 안 통하는 이런 상황에선 몸짓과 손짓으로 설명할 수밖에. 나는 손을 모아서 오징어가 헤엄치는 동작을 보여 주었다. 먹고 살기 위해 창피를 무릅쓰고 용감하게 바디 랭귀지를 하니 그제야 알겠다고 고개를 끄덕인다. 정말 어렵게 오징어 요리와 맥주(생맥주 통을 가리켜서) 두(손가락 두 개를 펴고) 잔을 주문했다. 식당 주인과 종업원들, 손님들의 시선을 한 몸에 받으며 어렵게 주문을 하고 받아든 요리는 고생을 보상받을 정도로 맛있었다. 그리고 곁들여 나온 올리브 피클이 너무 맛있어서 엄지 척했더니 한 번 더 서비스를 주었다.

자유여행이 처음이라면 지금 같은 낭패의 순간을 맞이했을 때 우리도 무척 당황했을 것이다. 미국과 캐나다 자유여행 당시 웃지 못할 일들을 겪었던 선경험 덕분에 스페인어는 물론, 까딸루냐 언어도 못하는 우리는 용감하게 여행에 나섰고 문제가 발생하면 임기응변으로 풀 수 있다는 호기까지 생겼다.

내일은 몬세라트 대성당에서 꼭 미사 드릴 수 있기를 기대하자고 하며, 자신들의 언어를 지키는 까딸루냐를 위해 건배했다. 귀국해서 외국어대학교 스페인어학과를 다니는 조카에게 까딸루냐 지방에서의 에피소드를 말했다. 조카는 스페인어와 까딸루냐어가 완전히 다르고 풍습도 다르다고 말했다. 스페인어도 못하는 우리가 까딸루냐에서 주문에 성공한 역사적인 날이다. 이 없으면 잇몸으로, 언어가 안 되면 몸짓과 손짓으로…. 이 또한 좌충우돌 자유 여행의 묘미가 아니겠는가.

3월 4일 검은 성모상을 만나다

여행 책자들은 자동차 여행보다 대중교통을 이용하는 사람들에게 정보를 제공할 목적으로 출판되기 때문에 자동차로 여행할 경우에는 운전하는 시간과 거리를 사전에 별도로 조사해야 한다. 스페인 여행 전에 정

말 궁금했던 점은 몬세라트 수도
원과 대성당에 가기 위해서는 꼭
푸니쿨라를 이용해야만 하는가였
다. 책자에는 바르셀로나에서 출
발하는 기차를 타고 역에서 내려
서 산악열차를 타고 또 푸니쿨라
를 이용해야 대성당에 갈 수 있다
고 소개되었는데, 자동차로 갈 경
우에는 어떻게 가야 하는지 소개

: 검은 성모상

: 몬세라트 성당 입구

: 몬세라트 성당 내부

몬세라트(Montserrat)　　**77**

되어 있지 않아 난감했다. 어제 성당 근처에서 차를 돌려 엘 브루크 숙소로 이동했기에 오늘에야 드디어 까딸루냐인들의 성지이자 가우디에게 영감을 주었다는 몬세라트 대성당을 만날 수 있는 날이다.

주방에서 누룽지를 끓이며 창밖 풍경을 넋 잃고 바라본다. 몬세라트 산을 어제에 이어 오늘도 숙소 창문을 통해 보고 또 본다. 그만큼 눈을 뗄 수 없는 매력적인 모습이다. 실제로 산길을 달리며 가까이에서 감상해도 웅장한 몬세라트 산등성이의 다양한 변신은 경이롭기만 하다.

어제는 몬세라트 성당 방면으로 꽉 막혔던 산악도로가 오늘은 한산했고 주차장도 여유 공간이 많았다. 주차장에서 10분 정도 걸어서 조금만 걸어 올라가면 식당과 상점을 지나 몬세라트 산 품에 폭 안겨있는 대성당을 만나게 된다. 산과 성당이 하나로 보이는 성당 입구에 길게 늘어선 줄 뒤에 서서 30분 정도 차례를 기다리면 성당에 입장해서 검은 성모상과 마주할 수 있다. 검은 성모상을 만지며 간절하게 소망을 빌면 소원이 이루어진다고 해서 우리 차례를 기다렸다. 검은 성모상 앞에서 소원을 비는데 울컥해서 눈물이 흐른다. 뒤에서 기다리는 사람들을 생각해서 성모님과의 아주 짧은 만남에 만족해야 했다. 검은 성모상이 위치한 2층에서 내려다보면 성당 안이 한눈에 들어온다.

성당 1층으로 내려와서 실내를 둘러보며 미사를 기다렸다. 미사가 시작되자 60~70대가 주축인 수사들이 들어와서 제대 좌석에 앉으며 엄숙한 분위기를 자아냈다. 젊은 수사들도 더러 있었으나 나이든 수사들이 부르는 성가는 아름답고 성스러웠다. 성당 안을 가득 채우는 수사들의 성가로 가슴이 뜨거워지고 눈도 뜨거워졌다. 에스꼴라니아 소년합창단의 성가를 듣기 위해 기다렸으나 미사가 끝나고 30분이 지나도 합창단은 나타나지 않았다. 관리인에게 물으니 오늘은 공연이 없다고 해서 아쉬움이 너무 컸다. 성당 안을 울리는 합창단의 성가를 꼭 듣고 싶었는데. 이곳을 나중에 다시 한 번 찾아오라는 신의 의도였을까.

점심 식사를 하기 위해 성당 옆의 카페테리아를 찾았다. 성당을 찾는 사람들이 많아서 그런지 카페테리아 안은 밖에서 보기보다 넓었다. 간단히 요기하고 푸니쿨라를 타고 전망대에 오르기 위해 승강장으로 이동했다.

푸니쿨라 승강장에 가서야 여행 책자 내용을 이해할 수 있었다. 몬세라트 산 아래 기차역에서 성당이 있는 곳까지 오는 산악열차에서 내려서 대성당을 보고, 산 호안(San Joan) 전망대에 오르는 푸니쿨라를 타고 몬세라트 산의 정상 부근까지 오를 수 있다. 우리처럼 자동차를 이용할 경우에는 대성당 주차장에 차를 주차하고 대성당 검은 성모상을 만난 후, 푸니쿨라를 타고 전망대로 이동하면 된다. 운 좋게 푸니쿨라 제일 앞자리에 서서 전망대로 오르는 동안 기암절벽의 몬세라트 산에 폭 안겨있는 성당을 볼 수 있었다. 산과 성당이 자연스럽게 하나로 연결된 그곳을 성지라고 하는 이유와 가우디가 이 산과 성당에서 영감을 얻어 사그라다 파밀리에 성당을 구상했다는 점이 이해되었다. 푸니쿨라에서 내려서 굽이굽이 산비탈을 끼고 도는 산길을 걸으며 또 다시 몬세라트와 사랑에 빠졌다. 웅장한 몬세라트 정상 부분에 서니 하늘이 내 어깨까지 내려온 것 같다. 손을 뻗으면 하늘에 닿을 것 같다. 디스코춤을 추듯 손을 뻗어 하늘을 찔러댔다. 쪽빛 하늘이 내 머리에 내려오는 상상을 하면서…. 가우디의 건축물과 지로나에 이어 세 번째로 몬세라트에 마음을 빼앗겼다.

푸니쿨라를 타고 성당 쪽으로 내려가서 주차장으로 가기 전에 카페에서 커피를 마시며 오래오래 몬세라트를 눈에 담았다.

: 산 호안 푸니쿨라

: 산 호안 전망대에서 본 몬세라트 성당

: 몬세라트 산 전경

숙소로 돌아가서 세탁기 돌리고 스페인 저녁 시간인 8시를 기다렸다. 어제와 다른 식당으로 갔다. 해산물 요리를 찾는 내게 주인이 추천한 낯선 메뉴를 주문하고 기다리는 동안 식당 안을 둘러보았다. 벽면 가득 몬세라트산 그림 액자가 걸려 있다. 까딸루냐인들의 몬세라트에 대한 애정과 경외심을 느낄 수 있었다. 남편이 주문한 스테이크는 평범했으나 내 요리는 병아리콩에 조개 서너 마리 들어있는 난생 처음 보는 수프였다. 호기심을 가지고 먹었으나 어제 갔던 식당에서 바디 랭귀지로 주문했던 오징어 요리에 비하면 맛이 덜했다. 기대했던 몬세라트 대성당에서 미사를 드린 경험과 연세 드신 수사들의 성스러운 성가를 화제로 즐거운 저녁을 마무리했다.

〈지로나, 피게레스, 몬세라트 여행 팁〉

1. 바르셀로나 북쪽의 지로나는 바르셀로나에서 당일로 여행할 수 있는 곳이다. 한적한 중세의 오래된 골목길과 성벽길을 걸어 보고 싶은 사람들에게 강추한다.

2. 스페인의 커피와 맥주 가격은 정말 착하다. 도시 곳곳의 광장엔 카페와 식당들이 있는데, 3유로 정도의 비용으로 커피나 맥주를 즐길 수 있다. 카페에서 맥주와 하우스 와인을 파는 곳도 많은데 대개 2.5~3유로 정도의 가격으로 여유 있게 커피를 즐길 수 있다. 안주 없이 맥주나 와인만 주문하고 오래 앉아 있어도 눈치 주는 곳은 없다.

3. 살바도르 달리를 알고 있다면, 프랑스 국경과 가까운 위치에 있는 피게레스 방문을 추천한다. 미술관 외관부터 심상치 않은 독특한 예술 취향이 인간 상상력의 무한대를 보여 주는 곳이다. 주말에 방문할 계획이라면 미리 티켓을 예약해 두자. 미술관 옆 보석박물관에도 들러 달리의 천재적 창의력 넘치는 보석 디자인 작품을 한 번 더 확인하자.

4. 스페인의 작은 도시들은 주말에 슈퍼마켓이나 상점 문을 닫는 곳이 많다. 미리 물과 식료품을 구매하지 않으면 난처한 상황에 처할 수 있다. 시골 식당들은 저녁 8시 이후에 문을 여는 곳들이 많다.

소스 델 레이 까톨리꼬
(Sos del Rey Católico)

3월 5일 소스 델 레이 까톨리꼬의 하루, 적막 속 파라도르(Parador)

스페인에는 귀족들의 저택이었던 고성(古城)들을 4성급 국영 호텔로 만든 파라도르(Parador)가 있다는 정보를 여행 계획 단계에서 알게 된 것은 정말 큰 수확이었다. 스페인 사람들도 파라도르에 묵는 것을 좋아할 정도로 만족도가 높다고 한다. 한국에서 파라도르(홈페이지 이용) 회원 가입까지 하고 여정에 따라 숙소 예약할 때 파라도르를 먼저 검색했다. 우리가 여행하는 몇 도시에서 가격 부담이 크지 않은 파라도르 숙소를 예약하고 내심 기대가 컸다.

블로그 정보에 따르면 몬세라트에서 다음 여행지인 발렌시아로 가기 위해 해안도로를 이용하면 톨게이트 통행료가 너무 비싸다고 했다. 고속도로 통행료를 절약하기 위해 내륙 쪽으로 이동 경로를 정하고, 그 경유지를 사라고사(Zaragoza)로 택했다. 우리의 첫 파라도르를 소스 델 레이 까톨리꼬(Sos del Rey Católico(Zaragoza))로 예약하고 내 계획에 자부심이 컸다. 유럽의 비싼 호텔 숙박비에 비해 너무 착한 가격에 4성급 호텔을 예약한 내 정보력에 스스로 큰 점수를 주고 오늘의 파라도르에 대한 기대

: sos del ray católico 골목 풍경   : 파라도르 입구

: 파라도르에서 본 마을 풍경

감에 들떴다.

내비게이션이 안내하는 목적지로 가다 보니 인적 없는 중세도시 골목길로 들어서게 되었다. 여행 책자에 소개된 사라고사는 꽤 큰 도시이고 번화한데 우리가 사라고사라고 알고 간 그곳은 한적해도 너무 한적해서 이상할 정도였다. 사람이 없어 길을 묻지도 못하고 헤매다 겨우 우리의 첫 파라도르를 찾았다. 파라도르 문을 열고 들어간 로비는 돌바닥도 가구들도 고풍스러웠다. 체크인하고 웰컴 드링크 티켓까지 받아들고 방에 들어서 보니 우리가 들어간 성벽 밖으로 드넓은 전원풍경이 펼쳐져 있었다.

밖에서 보면 아주 오래된 저택이고 실내도 옛 모습 그대로지만 엘리베이터가 설치되어 있다. 방의 가구들도 고풍스러워서 귀족의 저택에 초대받은 느낌이 든다. 고성의 아늑하고 쾌적한 방엔 발코니가 있어서 마을 전경은 물론이고 저 멀리의 초원까지 조망이 가능했다.

파라도르 바깥으로 나가서 중세의 골목들을 걷는데 사람은커녕 개미한 마리도 안 보였다. 침묵의 유령도시 아니 유령시골 같은 곳을 이리저리 헤매다 수백 년은 된 것 같은 성당이 보여 들어가려 했으나 문이 잠겨 있었다. 당장 어디선가 중세 갑옷 입은 기사들이 말 타고 나타날 것 같은 작은 광장에도 인적이 없었다. 시에스타 시간이라 사람이 없는 것일 수도 있다고 생각하며 돌아다니다가 문이 열린 식당을 발견해서 들어갔다. 무뚝뚝한 남자 주인은 문을 닫는다고 말하며 우리를 반기지 않았다. 식당 안에 앉아 있는 손님들을 보다가 돌아서서 나오려는데 안주인으로 보이는 중년 여성이 우리더러 자리에 앉으라고 했다. 식당 휴식 시간이 다가와서 더 이상 손님을 들여놓고 싶지 않던 남편과 달리 안주인은 딱해 보이는 동양인에게 친절을 베풀고 싶었던 것 같다. 맥주 두 잔과 간단한 안주를 주문하고 식당 창밖을 바라보며, 오늘은 뭔가에 홀린 것 같다고 생각했다.

나중에 알고 보니 파라도르 중엔 도시 외곽에 위치한 곳들도 많았다. 우리가 머물게 된 이곳은 사라고사에서 멀리 떨어진 곳이었다. 이곳은 15세기에 형성된 아라곤 지역의 중세도시 모습이 그대로 보존된 곳이라 영화 촬영도 했다고 한다. Sos del Rey Católico는 아라곤의 왕인 페르디난드 2세가 태어난 곳으로 수백 년 전 도시 모습이 그대로 남아 있다. 아라곤의 왕 페르디난드 2세는 까스띠야의 이사벨 여왕과 결혼하고 스페인에서 무어인을 몰아내고 스페인 통일에 기여한 스페인의 영웅이기도 하다. 파라도르 홈페이지에서 숙소 이름 옆 괄호 속에 사라고사로 적혀 있어서 예약했는데, 사라고사와도 발렌시아와도 거리가 아주 먼 낯선 중세도시에 도착하게 된 셈이다.

식당에서 나와 골목길을 걸어 파라도르로 돌아가는 동안에도 사람은 구경도 못했다. 파라도르 2층 식당에 가니 넓은 홀에 손님은 한 명도 없고 웨이터만 자릴 지키고 있었다. 웰컴 드링크 티켓을 내밀며 와인 두 잔을 주문했다. 야외 테이블에 앉아서 신기한 체험한다고 생각하며 고요 속 견고한 중세도시를 오래오래 바라봤다. 이슬람의 무어인으로부터 자신들을 지키기 위해 철옹성의 성벽 도시를 쌓아 올렸을 수도 있겠다고 생각했다.

〈파라도르 이용 팁〉

1. 파라도르(Parador) 홈페이지(영어 안내도 있는)에서 회원 가입하고 여행 도시를 찾아서 예약할 수 있다. 성수기와 여행 임박해서 예약하면 가격이 비싸진다. 우리는 몇 달 전 계획을 세우고 예약해서 일반 호텔보다 저렴하게 이용할 수 있었다.

2. 파라도르 이름 옆 괄호 안에 도시 이름이 있는데 잘못하면 우리처럼 엉뚱한 도시로 갈 수도 있다. 이런 일은 꾸엥까에서 한 번 더 일어나서 당황한 적이 있다.

3. 55세 이상의 투숙객은 숙박비가 할인된다. 예약할 때 체크해서 할인 적용을 받는다(해외에선 체크인할 때 여권을 제시해야 하므로 거짓말하면 안 된다).

4. 파라도르 회원 가입하면 친구를 의미하는 파라도르의 아미고(Amigo)가 된다. 아미고는 체크인할 때 환영 인사에 해당하는 웰컴 드링크 티켓을 받을 수 있다. 4성급 호텔인 파라도르의 라운지나 식당은 고풍스러우면서도 품격이 있는데 그곳에서 티켓을 내밀면 와인이나 맥주를 준다.

5. 파라도르의 식사는 가격대가 높아서 저녁에 정식 메뉴를 주문하면 부담스럽지만, 무료나 유료로 조식(저녁에 비해 가격이 저렴해서 덜 부담스럽다)을 이용하면 매우 흡족한 식사를 할 수 있다.

발렌시아
(Valencia)

3월 6일 **구도심 골목길을 돌고 또 돌고**

우리의 첫 파라도르는 고요해도 너무 고요해서 편안하게 숙면을 취할 수 있었다. 아침에 식당으로 가니 손님은 우리와 다른 테이블의 두 명이 전부다. 맛있는 빵과 오믈렛, 주스, 진한 커피를 대접받으며 잠시 귀족이 된 듯했다.

바르셀로나에서 지중해 연안의 발렌시아로 가는 해안도로 통행료를 절약하려고 사라고사 파라도르를 예약한다고 한 일이, 발렌시아로 가는 길을 한참 멀게 만들었다. 오늘 이동 거리가 4시간 40분 예상되어 서둘러 체크아웃하고 한적한 중세도시 Sos del Rey Católico를 떠나기로 했다. 장거리 이동이라 교대로 파랑이를 운전하기로 했고 도중에 휴게소에 들러서 간단하게 요기하기로 했다.

스페인 고속도로나 지방도로를 달리다 보면 휴게소가 나타난다. 휴게소에서 음식과 간식, 커피도 판매하기에 운전하다 교대할 때 들러서 잠시 쉬어갈 수 있다.

2003년 우리 가족 첫 해외여행이었던 서유럽 패키지여행(고난의 행군에 가까운 여행하며 많은 도시를 관광했다고 만족했던) 때엔 가이드가 휴게소 화장실은 돈을 내고 이용해야 한다고 해서 이해가 안 됐고, 실제로 화장실에서 돈을 받아서 황당하기도 했었다. 장거리 이동 중에 휴게소에서 우리 가족 네 명이 돈을 내고 화장실을 이용하며 아까워했던 기억이 있는데, 스페인 휴게소는 화장실을 무료로 이용한다. 외국인들이 한국에 와서 놀라는 게 지하철과 공항에서의 무료 와이파이 이용과 고속도로 휴게소의 편리함이라고 하는데, 해외여행을 하다 보면 우리나라 휴게소처럼 편리한 곳을 찾기 힘들다. 발렌시아 숙소 체크인 시간에 맞추기 위해 휴게소에서 오래 머물지는 않고 운전 교대할 때만 이용했다.

발렌시아를 지중해 연안의 한산한 휴양도시로 상상했는데, 도시에 진입하자 도로를 꽉 메운 자동차에 놀랐다. 도심 한복판에 위치한 에어비앤비 숙소를 예약했는데 내비게이션이 상가의 한 상점 앞에 멈춰 서게 했다. 숙소를 찾으며 복잡한 상가의 이면도로를 세 바퀴째 도는데, 어디서 중년 남자가 나타나더니 도로 옆에 주차하라고 수신호를 보냈다. 에어비앤비 호스트냐고 물으니 그렇다고 했다. 그 남자 지시대로 정말 비좁은 주차공간에 남편이 진땀 흘리며 주차시키니 돈을 달란다. 어이없어하며 남자에게 1유로를 주니 완강하게 거부하며 당당하게 2유로를 요구했다. 돈을 주니 씩 웃으며 우리 앞에서 사라졌다. 우리는 근처 노숙자에게 속아서 어이없게 그에게 술값을 주고 만 셈이다.

남편은 호스트 대리인과 문자를 주고받으며 조금 전 헤매고 다녔던 상가로 다시 차를 이동했다. 우리가 헤매고 다닌 상가 옆 좁은 골목 안에 예약한 숙소가 있었다. 어렵게 건물 안 정해진 주차공간(복잡한 도심지 아파트엔 주차공간도 비좁고 반드시 지정된 주차공간에 주차해야 한다)에 주차하니, 호스트 대신 아파트를 관리하는 젊은 여성이 자기 퇴근 시간이 우리 때문에 지체되었다고 짜증을 내며 아파트 열쇠를 건네주고 총총히 사라졌다.

오늘은 운전시간도 길었고 숙소 찾기도 어려워서 피곤했지만 어두워지기 전에 근처를 탐색하기로 했다. 작은 식당에 들어가서 우리가 알고 있는 감바스 알 아히요와 맥주 두 잔을 주문했다. 노숙자에게 속아서 정말 어렵게 주차(차 앞뒤로 20cm 정도 남는 공간)한 일을 떠올리며 웃음을 터뜨렸다. 오전엔 영주와 기사가 말 타고 나타날 것 같은 고요한 중세도시에 있다가 순간 이동해서 번잡한 현대도시로 날아온 것 같다.

우리 숙소로 들어가는 골목 앞 상점은 빈 침대가 죽 늘어서 있는 곳이라 어떤 영업을 하나 궁금했는데 알고 보니 문신 업소였다. 유리창을 통해 엎드려서 등 전체에 문신하는 광경을 목격했다. '나 여기서 이런 문신한다.'라고 자랑이라도 하듯 통유리창 전체로 실내가 들여다보이는 곳에서 문신을 하는 나라, 공개된 곳에서 진한 애정 표현을 하는 나라, 해변에서 나체로 돌아다니기도 하는 나라가 스페인이다.

3월 7일 오렌지 향기는 바람에 날리고

바르셀로나에서도 오렌지 나무를 봤는데 따뜻한 남쪽 지중해 연안 도시인 발렌시아에선 오렌지 나무가 광장의 화단을 장식한다. 원색의 아름다운 꽃과 함께 주황색 탐스러운 오렌지가 주렁주렁 매달린 구도심의 레이나 광장(Plaza de la Reina)은 정말 화사하고 사랑스럽다. 광장 주변에 발렌시아 대성당(Catedral de Santa María de Valencia)과 미겔레테 탑(Torre

: 레이나광장 카페

: 발렌시아 구도심

del Micalet)이 있고 파스텔 톤 색채로 단장한 예쁜 카페들과 식당도 있다. 카페에서 커피를 주문하고 야외 테이블에 앉아 쪽빛 하늘과 아름다운 광장을 바라보면 기분이 좋아진다. 카페에 앉아 커피를 마시는 사람들 표정이 환하다. 밝고 따뜻한 발렌시아는 오렌지를 닮은 도시라고 생각했다. 대성당에만 들르고 미겔레테 탑을 오르는 것은 포기했다. 구도심의 유명 관광지는 모두 가까이 위치해서 걸어다니며 관광하기 편하다.

레이나 광장에서 가까운 라 혼하 데 라 세다(La Lonja de la Seda)는 이슬람 지배 때 세워진 건물로 유네스코 문화유산으로 등재되었을 정도로 유서 깊고 아름다운 곳이다. 2유로의 착한 입장료를 내고 들어서면 16세기에 건설된 웅장한 건축 예술을 보게 된다. 화려한 천장과 커다란 기둥이 떠받치는 홀을 지나 커다란 방들로 들어서면 벽면을 가득 채운 인물화들이 위엄을 자랑한다. 예전에 비단을 교역하던 거래소라고 하는데 상업적 목적으로 건축되었다고 하기에는 너무 아름답고 웅장했다.

마침 점심때가 되어서 근처의 중앙 시장(Mercado Central)을 찾았다. 고색창연한 건물을 시장으로 이용한다는 게 이해 안 될 정도로 시장이 아름답다. 시장 외부는 입장료를 내야만 할 것 같은 아름다운 유적지처럼 보이는데, 시장 안에 들어가면 스페인의 다양한 식자재를 파는 말 그대로 우리네 전통시장이다. 시장 근처 식당에서 오늘의 메뉴를 주문했다. 빠에야의 본고장답게 점심 메뉴에 빠에야도 있다.

구시가지를 한 바퀴 돌고 나니 발렌시아 바다가 보고 싶어졌다. 숙소로 돌아가서 파랑이를 끌고 바닷가로 향했다. 방파제에 앉아서 파란 바다와 파란 하늘, 그리고 선명한 수평선을 바라보는데 한국 가족에게 미안한 생각이 들었다. 한국에서 아이들도 친지들도 미세먼지로 고생한다고 들었기에 우리만 눈이 시리게 푸른 하늘과 바다를 보고 있다는 사실에 자꾸 미안해졌다. 바다를 너무 좋아해서 해마다 겨울 바다를 보기 위해 강원도를 찾는 나는 바다만 보면 미움도 원망도 짜증도 바다에 묻고 귀가하곤 했다. 말 없이 모든 감정을 받아주고 위로해 주는 바다를 발렌시아에서 보며 행복했다. 지중해 푸른 바다를 마음에 꾹꾹 눌러 담고 발렌시아 마지막 밤을 레이나 광장에서 보내기로 했다.

숙소 주차장에 차를 주차시키고 해 질 무렵 레이나 광장을 찾아갔다. 저녁 날씨는 쌀쌀했지만 가로등 불빛 아래 야외 테이블에 자리 잡았다. 눈이 부신 한낮의 레이나 광장과 고즈넉한 저녁의 레이나 광장을 바라보는 알찬 하루였다. 오늘도 새우와 홍합요리 안주와 함께 맥주잔을 들어 축복받은 도시에서의 하루를 마무리했다. 발렌시아 첫날 신도시를 보려고 했던 원래 계획은 포기했어도, 숙소 찾기로 길을 헤맸어도, 어리숙한 우리를 노리던 노숙자에게 2유로를 주었어도 다 괜찮다. 여기는 내 생의 첫 발렌시아니까. 귀국해서 스페인을 떠올리면 웃을 수 있는 추억의 도시가 될 테니까.

알리깐떼
(Alicante)

3월 8일 **지중해가 보이는 산타 바르바라성(Castillo de Santa Bárbara)**

발렌시아를 떠나서 해안도로를 따라 2시간 정도 달리면 오늘의 목적지인 알리깐떼(Alicante)에 도착한다. 알리깐떼 숙소로 가기 전에 가파른 절벽 위 산타 바르바라성(Castillo de Santa Bárbara)에 들르기로 했다. 산타 바르바라성이 보이는 바닷가 주차장에 주차하고 차에서 내리는데 주차장에서 차 안을 들여다보고 다니는 두 남자를 발견했다. 주차한 차 안을 노리는 소매치기로 보여서 가방을 가득 실은 우리 차를 떠나지 못하고 잠시 차를 지키고 서 있었다. 그때 순찰하는 경찰차가 나타나자 수상한 두 남자는 급히 몸을 피했다. 분명 차 안 물건을 노리는 소매치기임을 짐작할 수 있었다. 바닷가 카페에서 커피를 마시려던 계획을 변경해서 산타 바르바라성으로 이동했다.

깎아지른 절벽에 위태롭게 서 있는 고성에 오르니 지중해 푸른 바다가 끝없이 펼쳐져 있고 해변의 건물들이 아득하게 내려다보였다. 푸른 바다와 파란 하늘이 맞닿은 수평선을 한동안 바라봤다. 눈물이 날 정도로 아름답고 평온한 지중해와 고성의 조화가 감동을 준다. 성 안의 사람들

: 산타 바르바라성

은 적으로부터 자신들을 지키기 위해 이렇게 오르기 힘든 절벽 위에 성을 쌓고 바다를 내려다봤을 것이다. 따가운 햇볕이 내리쬐는 성 안을 돌다가 카페에서 피자와 커피로 점심 식사를 해결했다. 함락되지 않게, 그리고 무너지지 않게 견고한 성을 쌓고 자신들을 지키려 했던 역사는 동서양이 다르지 않은 것 같다.

산타 바르바라성에서 우리가 머물 알리깐떼 해변에 위치한 파라도르까지는 30분도 채 안 걸리는 가까운 거리였다. 알리깐떼 파라도르는 바닷가에 현대식으로 지은 호텔 건물로 방에서 바다와 정원의 야자수를 볼 수 있는 곳이다. 여름휴가를 즐기는 유럽인들이 좋아하는 지중해 연안 도시들은 여름 휴가철에 방 구하기도 어렵고 가격도 비수기에 비해 2~3배 오른다고 한다. 우리는 일찍 예약한 덕분에 조식까지 포함한 하루 숙박비로 10만 원도 안 되는 가격에 머물 수 있는 행운을 누렸다. 내게 여행 일정부터 숙소 예약까지 일임했던 남편도 쾌적한 파라도르에 대한 만족도가 높다.

체크인하고 바닷가를 걸었다. 뛰어다니는 아이들, 오붓하게 데이트를 즐기는 연인들, 개와 산책하는 사람들의 여유 있는 모습이 마음을 편하게 했다. 산책하다가 사람들이 북적이는 바에 들어가서 간단한 안주와 맥주를 주문했다. 알리깐떼까지 찾는 동양인은 흔하지 않아서 그런지 이곳에서 우리 이외의 동양인은 만나지 못했다.

오늘 낮 바닷가 주차장에서 수상한 두 남자를 발견했던 일을 상기했다. 우리가 눈치채지 못하고 바닷가 카페에서 시간을 보냈다면 무슨 일이 벌어졌을지 상상하니 등골이 오싹했다. 깨진 자동차 유리창과 없어진 우리의 가방들(그 안에 여권과 여행 경비도 들었는데)로 인해 얼마나 난감했을지 상상만으로도 끔찍했다. 그리고 우리가 스페인에서 처음 시도한 에어비앤비 숙소에 대한 평도 나누었다. 주인이 직접 관리하는 바르셀로나와 지로나, 몬세라트의 숙소는 깔끔하고 그릇이나 양념 등이 잘 갖추어져서 만족스러웠다. 관리인에게 맡겨진 숙소는 청결도도 그저 그랬고 없는 물품들이 있어서 불편하다는 점에 의견 일치. 다음 숙소는 주인이 직접 관리하는 곳이길 기대하기로 했다.

해 질 무렵 파라도르로 돌아가서 카페에 들렀다. 체크인할 때 받았던 웰컴 드링크 티켓을 내밀고 와인을 주문했다. 잘 가꾼 야자수 정원이 보이는 카페에 앉아서 마시는 와인은 우리를 근사한 낭만 여행객으로 만들어 주었다. 웰컴 드링크는 처음 머무는 파라도르에서만 주는 줄 알았는데, 두 번째 파라도르인 알리깐떼에서도 받게 된 걸 행운이라고 여기며 기분 좋게 축배를 들었다.

3월 9일 초록색 산정호수의 구아달레스트 성(El Castell de Guadalest)

알리깐떼에서 이틀 묵기로 했기에 오늘은 가까운 계곡으로 드라이브하기로 했다. 한 시간 거리에 트립어드바이저 여행 안내 앱에서 추천하는 아름다운 계곡과 작은 성을 찾았다. 오전에 구아달레스트 성(El Castell de Guadalest)에 다녀오기로 했다. 스페인 산악도로는 정말 좁고 위험한 곳이 많다. 유럽에서 태어나서 자란 사람들은 구불구불한 길과 좁은 도로가 익숙하겠지만, 우리와 같은 여행객들은 가드레일조차 없는 산악도로가 아찔하기만 하다. 남편은 스페인 도로 건설 기술이 떨어져서 산을

빙 돌아서 가게 길을 만드는 것 같다고 한다. 나는 가우디의 정신을 이어받아서 곡선의 도로를 선호하는 게 아닐까 생각하고. 산을 뚫어서 터널을 만들고 길을 놓으면 편리할지는 모르나 자연 훼손이 심해지니 자연 보존을 위해서 우회도로를 만드는 게 아닐까. 구불구불 산길을 오르니 작은 주차장이 있고 맞은편에 작은 성으로 들어가는 골목이 나타난다. 관광객들을 위한 기념품 가게들과 식당들이 있고 언덕 위 아담한 광장에선 사람들이 볕을 즐기며 커피나 물을 마시며 쉬고 있다. 산 위에 넓은 초록색 호수가 있어서 산책하기도 좋았다. 천천히 호수 주변을 걸으며 긴장도 여행의 피로도 잠시 잊었다.

알리깐떼는 휴양도시라서 바다를 바라보는 것 말고는 딱히 관광할 곳이 없었는데 한 시간 정도 이동하니 바다와 완전히 다른 산과 계곡, 호수를 만날 수 있어서 좋았다.

오후에 알리깐떼로 돌아가서 해변을 천천히 산책했다. 해 질 무렵 파라도르 반대편 바닷가까지 걸어갔다. 바닷가 식당에서 맥주를 마시며 사랑스러운 해변을 바라봤다. 여행을 떠나기 전에 스페인과 포르투갈을 세 달 동안 여행한다고 주변에 알리니 모두 걱정스럽게 생각했다. 여행 경비, 세 달 동안 먹어야 할 서양 음식, 내 체력 등을 걱정해 주었다. 여행 경비는 30년 교직 생활을 무사히 마친 보상인 내 퇴직금으로 해결했다. 음식은 준비해 간 비상식량으로 향수를 달래다 큰 도시에서 한국 식품점을 들러서 보충하기로 했다. 가장 큰 문제는 나의 저질 체력이었다. 미국, 캐나다 여행 때에도 마지막에 체력이 고갈되어 힘들었던 경험이 있기에 이번엔 느린 여행을 하기로 마음먹었다. 여행 출발 전 내가 다니는 병

: 구아달레스트 성 주변의 호수

: 구아달레스트 성

원에 가서 만일의 경우를 대비해서 약을 한 보따리 처방받았다. 기관지 확장증 환자인 내가 매일 복용할 약 3개월분 이외에도 폐렴 치료 항생제, 기침 억제제, 해열제 등 많은 약을 챙기며 만일의 불상사를 예방하려고 노력했다. 그래서 경유해야 하는 도시 몇 군데를 제외하곤 한 도시에서 최소 2일 이상 머물며 체력을 아끼기로 했다. 짐을 싸고 푸는 일도 시간과 체력이 제법 소모되기에.

이만하면 아직은 성공적이라고 후한 점수를 주며 남은 일정도 잘 보낼 수 있기를 다짐한다. 쌀쌀해지는 해변에서 알리깐떼에서의 마지막 추억을 남겼다.

엘체
(Elche)

3월 10일 엘체를 거쳐 까르타헤나(Cartagena)로

스페인 지중해 연안 도시들인 바르셀로나와 발렌시아, 알리깐떼를 지나 말라가와 네르하로 여행할 수도 있지만, 스페인 내륙의 도시들을 여행하기 위해서 우리의 여행경로는 지그재그(남편도 갈지자로 돌아다니는 경로를 이해 못해서 고개를 갸우뚱거렸지만, 나의 오랜 고민 끝에 정해진 경로)로 이어진다. 내륙의 꾸엥까, 세고비아, 마드리드, 똘레도, 꼬르도바를 여행하기 위해 경유 도시로 까르타헤나를 오늘의 목적지로 정했다.

파라도르에서 든든하게 아침 식사를 마치고 알리깐떼를 떠나 주일미사를 드릴 도시 엘체(Elche)로 향했다. 남쪽으로 향할수록 지중해의 강렬한 태양은 3월임에도 위력을 발휘한다. 발렌시아에서 오렌지 나무를 보며 신기했는데, 알리깐떼부터는 열대의 야자수를 가로수로 만나게 된다. 번화가에 있는 엘체 대성당 근처에 어렵게 주차장을 찾아서 주차하고 성당에 들어섰다. 우리 주위에서 미사를 드리던 현지인들이 놀라는 것 같았다. 동양인들이 잘 찾지 않는 도시의 대성당 미사에 참석하고 나오니 너무 강렬한 햇빛에 어지러웠다. 우리의 7월 같은 태양의 위력에 쉽게 지

: 엘체 야자수공원

: 엘체 대성당 전경

쳤다. 대성당 앞 광장에서 시원한 커피로 갈증을 달랬다.

　야자수의 도시 엘체에 온 김에 야자수공원을 찾았다. 꽤 넓은 공원 안은 다양한 야자수와 키 큰 선인장들이 잘 가꾸어져 있어서 산책하며 즐기기 좋았다. 뜨거운 태양을 피해 야자수 그늘 아래서 휴식을 취하고 오늘의 숙소가 있는 까르타헤나(Cartagena)로 이동했다.

　호텔 체크인 후 까르타헤나 시내와 해변을 둘러보기 위해 거리로 나섰다. 일요일 저녁 도시는 고요하고 인적도 없어서 이상할 정도였다. 낮 동안 머물렀던 엘체는 뜨거운 태양 때문에 어지럽고 현기증이 날 정도였는데, 저녁의 까르타헤나는 스산한 바닷바람에 한기가 느껴진다. 2시간 정도 짧은 관광을 마치고 숙소로 향했다. 로마시대 유적지가 있는 까르타헤나도 다음 목적지 꾸엥까로 가기 위한 경유지이므로 가볍게 둘러보고 호텔로 향했다.

꾸엥까
(Cuenca)

3월 11일 꾸엥까가 아닌 알라르꼰(Alarcon) 파라도르

까르타헤나에서 중세 성벽도시 꾸엥까까지는 4시간 거리였기에 호텔 근처 카페에서 크로와상과 커피로 간단한 식사를 마치고 오늘의 목적지를 향해 출발했다. 오늘 우리가 머물 호텔은 꾸엥까의 파라도르로 고색창연한 도시를 돌아다니기 좋은 위치에 있어서 내심 기대도 컸고, 내 뛰어난 정보 수집능력과 부지런한 예약 활동이 창출한 결과라서 자부심도 컸다.

교대로 운전하다가 피곤하면 휴게소에 들러 커피도 마시고 잠시 쉬었다. 마침내 언덕 위 꾸엥까의 고풍스러운 파라도르에 도착했다. 주차 장소를 찾을 수 없어서 나 혼자 체크인하기 위해 프런트로 향했다. 호텔 예약확인서를 들고 당당하게 직원에게 체크인을 부탁하며 주차장소를 묻는데, 중년의 직원이 나를 딱하게 바라봤다. 예약번호와 날짜를 보여 주며 우리가 예약한 것을 확인시켜 주었다. 그 직원 말에 의하면 우리가 예약한 곳은 이곳 꾸엥까가 아니고 알라르꼰(Alarcon)이며, 여기서 80㎞ 떨어진 곳이라는 청천벽력 같은 소릴 했다. 당황해서 어쩔 줄 몰라하는 내

게 친절하게 파라도르 책자를 꺼내더니 여기는 Cuenca(Cuenca) 파라도르이고, 우리가 예약한 곳은 Alarcon(Cuenca) 파라도르라고 했다. 낭패도 이런 낭패가 없었다. 머릿속이 하얘지고 다리 힘마저 풀렸다. 꾸엥까에 두 개의 파라도르가 있으리라고는 꿈에서도 상상 못했는데. 이런 절망적인 대답을 남편에게 통보해야 하다니. 꾸엥까의 성벽이 보이는 파라도르를 마음에 들어하며 어디에 주차하냐고 묻는 남편에게 최대한 무미건조한 목소리로 "여기 아니래. 내가 예약한 곳은 여기에서 80㎞ 떨어진 꾸엥까의 다른 파라도르래."라고 말했다. 남편의 파랗게 질린 표정을 외면하고 "내가 파라도르까지 운전할게."라고 말하고 운전대를 잡았다.

Alarcon(Cuenca) 파라도르 가는 길은 계곡 옆 좁은 산길과 야생의 초원을 거쳐서 1시간 넘게 가야 했다. 지나가는 자동차와 마주치는 일도 없을 정도로 외진 곳으로 이동하는 동안 둘 다 말이 없었다. 아무것도 없을 것 같은 허허벌판을 달려서 드디어 또 다른 중세도시 성벽과 마주했다. 꾸엥까와 사뭇 다른 멋진 성벽이 나타났다. 성으로 들어가는 좁은 아치문 앞에 잠시 차를 세웠다. "여기 봐. 멋지네. 스페인의 고성은 정말 근사해."라고 말하며 1시간여 구겨졌던 체면을 세웠다. 며칠 전 갔던 Sos del Rey Católico와도 또 다른 모습의 고성으로 진입했다. 주차하고 캐리어 바퀴가 달그락거리는 소리를 내는 돌길을 지나 성벽 안 또 하나의 고성인 파라도르 아치형 출입문을 통과했다. 프런트에 가서 예약증을 내밀었더니 우리에게 2층 방 열쇠(고풍스러운 커다란 옛날 열쇠)를 건네며 식당과 조식시간을 안내했다. 몇 백 년 전 지어진 저택 안에 작은 엘리베이터도 설치하고 최신식 욕실로 개조한 것을 제외하고는 옛 모습 그대로의 투박한 돌 건축물이었다. 세월의 흔적을 느낄 수 있는 방의 벽은 두께가

: Alarcon 진입로

: 파라도르 정원

: 파라도르 전면

1미터쯤 되는 돌로 축성되어서 그 견고함에 감탄하게 만들었다.

방에 가방을 두고 성 안을 돌아봤다. 고성 안 옛 건물들은 세월의 흔적과 함께 그대로 제자리를 지키고 있는데 거리에 사람이 없었다. 파라도르 호텔을 예약하며 두 번째로 겪은 실수였으나, 실패했다는 속상함보다는 의외의 중세도시의 고요함에 매료되었다. 더러는 목적지보다 옆길로 잘못 들어서서 실수로 간 곳이 더 좋을 수도 있는 법. 오전에 까르타헤나를 출발해서 꾸엥까에 들렀다 절망하며 찾아온 곳인데, 고성 안은 너무 평온하고 파라도르 시설도 훌륭했다. 이쯤 되면 실수도 행운으로 만드는 신의 한 수.

이른 저녁 시간에 파라도르 인근 식당에 들어서니 남자 손님 세 명이 술을 마시다가 동양인 부부를 보고 놀라는 눈치였다. 하기야 이런 중세도시에 난생 처음 보는 동양인들이 나타났으니 스페인 촌부들은 놀랄 수밖에. 간단한 안주와 맥주로 오늘의 해프닝을 마감했다.

3월 12일 절벽 위 난공불락 꾸엥까(Cuenca)

Alarcon(Cuenca) 파라도르의 조식은 감동적일 만큼 훌륭했다. 고풍스럽고 고급스러운 가구들로 장식된 넓은 홀에 우리와 다른 테이블까지 손님은 네 명이었다. 손님이 이렇게 없는데 유지되는 것은 국영 호텔이 아니라면 불가능할 것 같았다. 중년의 매니저가 메뉴를 주문받고 갓 구운 맛있는 빵을 바구니 가득 담아서 가져다 주었다. 신선한 주스도 정중하게 따라 주며 시중을 들어서 우리가 잠시 귀족이 된 것 같은 착각을 일

으키게 했다. 간단한 조식 메뉴도 훌륭했고 디저트 커피도 진하고 맛있었다. 이곳에서 이틀을 묵기 때문에 내일도 귀족처럼 품격 있는 대접을 받을 것이란 생각에 소소한 행복을 느꼈다. 어제는 꾸엥까 파라도르가 아닌 이곳에 오게 된 걸 어이없어 하더니 남편도 조용한 중세도시의 파라도르가 마음에 든다고 했다. 예약 실수로 찾은 고요한 이 파라도르가 내게도 큰 감동을 준다. '스페인을 즐기기로 했으니 중세 모습이 오롯이 남아 있는 이런 곳도 체험해 보렴.' 하고 신께서 일부러 나를 이끄신 게 아닐까.

어제의 침묵과 걱정스러웠던 1시간 거리의 이동 시간을 오늘은 경쾌한 음악과 함께 즐길 수 있다. 우리가 머문 파라도르도 훌륭하고 날씨도 산뜻했다. 꾸엥까에 대한 기대까지 더해져서 드라이브가 즐겁다. 마음먹기에 따라 같은 길도 사뭇 다르게 느껴진다. 꾸엥까에 도착해서 공용주차장에 파랑이를 주차했다.

유네스코 문화유산으로 지정된 스페인의 많은 도시 중 하나인 꾸엥까는 절벽 위 요새의 도시다. 무어인이 세운 도시를 12세기 까스띠야 왕국이 빼앗으며 가톨릭 색채가 더해졌다. 중세의 옛 모습이 그대로 남아 있는 곳인데 성 아래 관광객을 위한 공용주차장이 자리하고 있다. 주차장에서 좁은 계단과 골목길을 10분쯤 올라서 꾸엥까 대성당에 도착했다. 화사한 파스텔 색채의 건물들이 있는 마요르 광장(Plaza Mayor) 한쪽에 위풍당당하게 서 있는 대성당. 12세기에 건설된 예스러운 꾸엥까 대성당에 입장료를 내고 들어갔다. 비성수기라서 그런지 사람이 없어서 고요한 침묵의 성당 안을 천천히 둘러보며 중세인들의 간절한 염원을 떠올려 보았다. 성당 밖으로 나와서 파란 하늘 아래 서 있는 우아한 대성당과 사랑

: 꾸엥까 대성당

스러운 마요르 광장을 번갈아 바라보며 사진을 찍었다.

꾸엥까 명소로 소개된 허공에 매달린 집(Casas Colgadas)을 찾기 위해 좁은 골목을 헤매다 드디어 절벽 위에 위태롭게 서 있는 집을 발견했다. 수직 절벽 위에 집을 짓고 좁은 발코니에 서서 절벽 아래를 바라보는 일상은 어땠을까? 고소공포증이 있는 나로서는 상상조차 할 수 없는 공간인데 그곳

: 허공에 매달린 집

: 산 파블로 다리

에 집을 짓고 삶을 살아낸 중세인들의 담력에 감탄했다. 허공에 매달린 집 앞 계곡에 자주색 산 파블로 다리(Puente de San Pablo)가 걸려 있다. 다리 위에서 보면 꾸엥까 성벽과 허공에 매달린 집을 한눈에 볼 수 있을 것 같다는 남편 말을 듣고 망설이다가 허공 위 다리에 올랐다. 도저히 걸어서 건널 자신이 없어서 포기하겠다고 하니, 남편이 자기 등만 바라보고 걸으란다. 어쩌면 다시 못 올지도 모르는 꾸엥까인데 멋진 절경을 포기할 수 없어서 고소공포증을 무릅쓰고 걸었다. 덜덜 떨며 걷는데 추락할 것 같은 공포가 느껴지자 다리 중간에서 오도 가도 못하고 서 있었다. 심호흡을 하고 어렵게 허공에 매달린 집을 바라봤다. 절벽 위에 매달려 있는 그 집이나 다리 위에서 덜덜 떨며 서 있는 나나 신세 처량하기는 매한가지.

산 파블로 다리 위에서의 공포체험을 마치고 꾸엥까 도시의 전경을 조망하기 위해 정상을 향해서 오르다가 고풍스러운 카페를 발견했다. 놀란 가슴도 진정시키고 계단을 오르내리며 힘든 다리도 쉬게 할 겸 카페로 들어갔다. 야외 테이블에 자리 잡고 커피를 주문했다. 강렬한 자외선에 피부는 이미 가무잡잡하게 변해 있는데도 볕이 좋아서, 그리고 옛 모습 그대로의 골목길이 좋아서 야외 테이블에서 잠시 쉬었다. 여유 속에서 즐기는 커피 맛이 일품이다. 오래된 고성의 아늑함이 진하게 스며든 맛이라고나 할까.

언덕을 올라 꾸엥까 성벽과 도시 전경이 보이는 망가나 전망대(Miradore de Mangana)에 오르니, 꾸엥까가 한눈에 들어온다. 아름다운 협곡에 둘러싸인 성벽과 좁은 골목과 정겨운 집들을 한참 동안 바라보았다. 깎아지른 절벽 위의 성벽을 보니 꾸엥까가 천혜의 요새 도시라는 말이

: 전망대에서 바라본 꾸엥까 풍경

실감 났다. 수직 절벽 아래로는 강이 흘러서 꾸엥까에 적들이 잠입하려면, 강을 건너서 목숨 걸고 성벽에 올라야 했을 것이다. 성벽 곳곳에 경비 초소가 위치해 있었다. 눈이 오나 비가 오나 절벽 위에서 적들이 다가오는지 감시해야 했던 병사들의 모습을 상상하다가 영화 〈남한산성〉과 〈안시성〉을 떠올렸다. 빼앗으려는 침략자도, 빼앗기지 않고 지키려는 자도 힘들었을 침략과 전쟁의 시대에 태어나지 않아 감사했다.

대성당과 허공에 매달린 집은 큰 고생하지 않고 찾았는데 성벽 밖의 공용주차장을 찾으러 가다가 길을 잃고 헤맸다. 익숙하지 않은 좁은 골목길은 이정표도 없어서 이리저리 헤매게 한다. 지나가는 사람에게 길을 물어 주차장을 찾아갔다. 아침에 음악을 들으며 드라이브한 산길을 다시 되돌아서 1시간 이동했다. 허허벌판 위에 중세의 나이든 성벽과 좁은 성문이 짠하고 나타나니 반갑다. 하루만에 정이 든 Alarcon(Cuenca) 파라도르로 무사히 귀가했다. 꾸엥까 중세 도시에서 느꼈던 감동과 파라도르의 고적함이 섞여서 만족감과 행복함을 건네주었다. 두 곳의 꾸엥까를 왔다갔다 한 날의 경험들은 아름답게 마음속 앨범 속에 저장되리라.

세고비아
(Segovia)

3월 13일 위풍당당한 로마 수도교를 보고 또 보고

어제처럼 품위 있는 조식을 귀족처럼 대접받고 3월의 화창한 날씨의 배웅을 받으며 이 도시를 떠날 차례다. 뜻밖의 실수로 예약해서 머물렀던 중세도시 고성은 우리에게 좋은 추억을 남겨 주었다. 아치형 좁은 출입문 앞에 차를 세우고 예의를 갖추어 이별을 고했다. 돈키호테가 로시난테를 타고 세상을 향해 나서듯 우리는 파랑이를 타고 북쪽 미지의 도시로 이동한다.

세고비아(Segovia)는 알라르꼰에서 북쪽으로 3시간 거리에 위치한다. 한동안 허허벌판을 달리다가 복잡한 마드리드(세고비아 다음 목적지)를 거쳐 세고비아에 닿았다. 도시 입구에 위치한 식당에서 간단하게 요기하며 오후 3시 에어비앤비 체크인 시간을 기다렸다.

세고비아에서 4박을 해야 하기에 이것저것 계산할 요소들이 많아서 신중하게 고른 숙소였다. 계속 호텔에 머물다 보면 세탁이 문제라서 며칠 머무는 도시는 에어비앤비 숙소를 예약했다. 짐 싸는 일을 최소화하고 세고비아 근처의 아빌라와 살라망까지 방문하기 위해 4일 동안 머물기로 한 세고비아. 주차가 가능하고 로마 수도교가 가까우며 안락한 곳을 찾았다. 간단한 조식까지 제공한다는 호스트의 제안도 마음에 들었다.

영어 소통이 가능하다던 호스트는 중학생 딸을 데리고 집이 아닌 약속한 공원에 나타났다. 에어비앤비에 소개한 내용과 달리 무료주차는 공원 주변 노상 주차장에 한정되어 있었다. 호스트는 자기 차가 세워져 있던 곳에 우리 차를 주차하게 한 후, 2인승 자동차인 스마트(유럽의 극소형차)에 우리 캐리어 4개를 욱여넣으며 웃었다. 나를 배려해서인지 나는 자기 차에 구겨져서 앉게 하고, 남편은 자기 딸과 걸어서 집까지 오라고 했다. 그 모든 상황은 딸의 통역으로 진행되었다. 아파트 앞에 거주자를 위한 주차공간이 있었는데도 우리더러 10분 거리의 공원 주차장(운이 좋아야 자리가 나는)을 이용하게 한 이유는, 아마도 거주자 주차 공간 이용료를 절약하기 위한 것 같았다. 아파트는 반지하였기에 어둡고 살짝 눅눅한 냄새도 났다. 에어비앤비 홈페이지에 소개된 내용과 사뭇 다른 이곳에서 4일을 잘 머물러야 한다.

가방을 어렵게 옮기고 나니 남편과 호스트의 딸이 나타났다. 호스트가 웃으며 조식이라고 가리킨 것은, 마트에서 사온 것 같은 값싼 빵 몇 개와 비스킷 몇 개였다. 호스트 자신도 멋쩍었는지 딸을 통해 불편한 점은 메시지 보내라며 서둘러 아파트를 떠났다.

오전까지는 멋진 저택에서 귀족 같은 대접을 받으며 흡족했는데, 불과 몇 시간만에 신분이 강등되어서 서민으로 전락한 기분이었다. 값이 싼데는 다 이유가 있는 법인데 내가 서둘러 예약해서 좋은 조건의 집을 저렴하게 이용할 수 있다고 자만한 결과였다. 파라도르는 어느 곳을 선택해도 실망을 하지 않지만, 에어비앤비는 행운이 많이 따라주어야 한다.

숙박비 아끼려고 저렴한 에어비앤비를 선택하면 오늘처럼 열악한 숙소를 만나기 쉽다. 눅눅한 집안 공기를 환기시키기 위해 창문들을 모두 열어두고 밖으로 나섰다.

스페인 내륙 북쪽에 위치한 세고비아는 남쪽 도시들에 비해 추웠다. 우리 숙소는 로마 수도교와 5분 거리에 위치해 있었다. 처음이지만 처음 같지 않은 스페인의 오래된 골목길을 지나 드디어 위풍당당한 로마 수도교(Acueducto de Segovia)와 마주하자 감탄사가 흘러나왔다. 사진에서만 봤던 2천 년 역사의 거대한 수도교를 보는 순간, 로마인들의 건축술과 통치력을 실감하며 감탄했다. 세고비아에서 17㎞나 떨어진 산에서 물을 끌어오기 위해 30m 높이의 거대한 수도교를 건축한 로마인들의 통 큰 계획과 담대한 실천력에 그저 감탄할 뿐이었다. 2천 년 오랜 세월을 견딘 견고한 로마 수도교는 이후로도 몇 천 년 역사를 외롭게 견딜 것이다. 세월 따라 변하는 것은 지배했던 국가나 왕조일 뿐.

: 세고비아 로마 수도교

해 질 무렵의 쌀쌀한 날씨에도 로마 수도교가 주는 감동에 30분 이상 머물며 감상하다가 마요르 광장으로 이동했다. 대성당의 귀부인이라고 불린다는 우아한 세고비아 대성당(Catedral de Segovia)을 보기 위해 마요르 광장으로 가는 동안에도 아름다운 상가들을 두리번거리게 된다. 마요르 광장에선 행사에 참여한 사람들과 인터뷰하는 방송 진행자와 경비하는 경찰들로 분주해 보였다. 마요르 광장에서 바라본 대성당은 웅장하면서도 우아하고 아름다웠다. 스페인의 대성당들은 난방이 안 되어서 안에 들어서면 돌의 한기가 고스란히 느껴진다. 바깥도 추웠지만 거대한 성당 안도 춥기는 매한가지였다. 추위에 떨며 웅장한 성당 내부를 둘러보고 밖으로 나오니 어느새 광장의 행사는 마무리되었고 해질 무렵의 차분함이 느껴졌다.

　숙소로 돌아가다가 아기돼지 요리 사진을 내건 많은 식당을 만났다. 세고비아 명물 꼬치니요 아사도(Cochinillo Asado)는 아기돼지를 통째 구

: 세고비아 대성당

운 요리인데, 세고비아 여행객들에게 인기라고 했다. 돼지고기를 못 먹는 나는 물론이고, 하몽을 좋아하는 남편도 작은 아기돼지 요리 사진은 애써 외면했다.

해 지고 어두워지는 저녁 귀갓길에 다시 만난 수도교는 여전히 늠름하게 자리를 지키고 있었다. 이 도시에선 로마 수도교가 내 마음을 훔쳤다. 스페인에 와서 1일 1사고에 이어 1일 1사랑에 빠진다. 요샛말로 '금사빠'의 당사자가 바로 나다. 불혹의 40대에도 매일, 아니 매 순간 감정의 변덕으로 좌절하곤 했는데, 지천명의 50대에도 이렇게 지조 없이 사랑이 옮겨 다니다니. 그만큼 스페인은 사람의 마음을 매 순간 훔칠 정도로 사랑스럽다.

우리의 아지트로 돌아가서 파라도르와 호텔에 머물며 미루었던 세탁을 했다. 따뜻한 라면과 즉석밥으로 저녁 식사하며 오늘 있었던 황당한 일들을 말하며 웃고 말았다. 남편은 처음 보는 10대 스페인 소녀와 숙소까지 걸어온 일이, 나는 작은 차에 짐과 함께 구겨져서 온 일이 웃음거리였다. 호스트도 민망해하며 가리킨 조식은 안 먹게 될 것이고, 공원 근처 무료 주차공간을 이용하는 건 순전히 운에 맡길 수밖에 없는 일이라 우리에게 행운의 여신이 손을 내밀어 주길 기대하기로 했다. 아무리 마음에 들지 않는 에어비앤비라도 여행에서의 장점은 있다. 세탁을 할 수 있다는 점이다. 스페인에는 미국과 달리 호텔에 코인 세탁기가 없다. 그래서 스페인 여행 일정의 중간 중간에 에어비앤비를 집어넣었는데 그것은 묵은 옷들을 세탁하기 위한 것이 주목적이었다. 물론 주방이 있기 때문에 저녁 시간에 간단한 저녁과 안주를 만들어 먹을 수 있고, 아침에 일어나서 누룽지나 컵라면을 먹을 수 있는 장점이 있다. 파라도르에 비해 턱없이 초라한 에어비앤비였지만 세탁과 요리를 할 수 있다는 점 때문에 그런대로 만족한 숙식을 할 수 있음에 감사하기로 했다.

3월 14일 알까사르(Alcázar)는 내 마음을 흔들고

스페인에 와서 매일 눈부신 햇빛과 파란 하늘을 만나며 상쾌하게 아침을 맞이했다. 오늘은 디즈니만화 〈백설공주〉 성의 모델로 알려진 세고비아의 알까사르(Alcázar)에 가는 날이다. 여행 떠나기 전 지인이 "세고비아의 알까사르를 보고 나면 다른 도시의 알까사르는 다 시시해질 거야. 세고비아 알까사르는 백설공주의 성 그 자체야."라고 말했던 그 알까사르를 영접하는 날이라 발걸음도 가볍다.

우리 숙소에서 30분쯤 걸어서 알까사르성 앞에 도착한 순간, 심장이 마구 뛰었다. 어렸을 때 본 디즈니만화 〈백설공주〉 성의 온전한 모습이 마음을 흔들었다. 어제는 로마교에, 오늘은 알까사르에 마음을 빼앗겼다. 매일매일 사랑하는 대상이 바뀌고 있다. 원래 내가 그런 사람이 아님에도 스페인은 매일매일 새로운 대상과 사랑에 빠지게 한다.

성 안으로 들어가니 화려한 금도금의 천장과 멋진 그림들, 그리고 창문 밖으로 보이는 풍광들에 마음을 빼앗긴다. 곳곳에 설치된 중세 기사 갑옷 입은 모형들도 시선을 붙잡는다. 오디오 가이드로 한국어 안내를 들으며 천천히 성 안을 돌아보고 탑 위 옥상으로 나갔다. 아름다운 세고비아 시내 중앙에 대성당이 위치해 있다. 밝은 햇살 아래 펼쳐진 시내 풍경과 알까사르의 뾰족한 첨탑들을 넋을 잃고 바라봤다. 이베리아 반도의

: 알까사르에서 본 세고비아

: 알까사르

치열한 투쟁의 역사가 만든 고성들이, 수백 년 지난 현재엔 해마다 수많은 관광객을 불러 모으는 관광 명소라는 반전의 결과물을 만들었다.

알까사르에서 2시간 정도 머물며 성 안의 방들과 첨탑들을 천천히 돌아보고 나와서도 비현실적인 쪽빛 하늘 아래 당당하게 서 있는 알까사르에서 눈을 뗄 수가 없다. 아름다운 대상은 눈에, 마음에 담아야 한다는 내 소신이 이끄는 대로 오래오래 바라본다.

다시 세고비아 시내로 돌아가며 자꾸 알까사르성을 뒤돌아본다. 언젠가 다시 만날 것을 다짐하며 알까사르에 대한 미련을 접기로 한다. 시내로 접어들어서 산 아드레스 문(Puerta De San Andres)을 찾았다. 중세에 지어진 아치 구조의 성문 탑 위에 서 있는 관광객을 발견하고 탑에 오르기 위해 이리저리 돌아봐도 올라갈 방법을 찾지 못했다. 그러다 남편이 안내소를 발견하고 들어갈 방법을 알아냈다. 남편과 떨어져서 반대쪽에서 탑을 살펴보고 있던 내게 빨리 오라고 소리쳤다. 내 한심한 운동신경을 고려하지 않고 투박한 돌길에서 뛰다가 넘어졌다. 아끼던 청바지가 찢어졌고 추워서 청바지 안에 껴입은 요가 바지도 찢어졌다. 찢어진 바지 사이로 무릎을 보니 피가 배어 나왔다. 일어서려는데 너무 아파서 눈물이 찔끔 나왔다. 잘 걷지 못하는 나를 보고 지나가는 관광객이 괜찮냐고 묻는데 창피하고 무안하고. 스페인에 와서 하루에 한 번 사고가 안 나면 이상할 정도다. 아파서 절룩거리며 남편을 흘겨본다. 왜 빨리 오라고 해서 이 지경을 만들었는지.

숙소까지 걸어가서 상처를 보니 퉁퉁 부어오른 무릎에 피가 배어 있었다. 남편은 병원에 가야 하지 않겠냐고 하는데, 말도 안 통하는 병원에서 난감한 상황은 피하고 싶었다. 상처를 소독한 후 연고를 바르고 옷을 갈아입고 집을 나섰다. 해 질 무렵 로마 수도교 옆 식당에서 맥주를 마시며 어두워지는 저녁 풍경을 바라봤다. 오전의 알까사르에서의 충만한 행복감은 오후 부주의한 사고로 부서지며 상처를 남겼다. 다시 찾은 로마교 앞 아소게호 광장(Plaza del Azoguejo)에서의 황홀한 일몰 풍광과 쌉싸래한 맥주가 오늘의 아픔을 보상한다. 오후 산 안드레스 문 앞에서 나를 불러 넘어지게 했다고 남편에게 짜증을 부렸는데, 돌이켜보니 내 급한 마음이 부른 화였다. 다친 나를 보고 어쩔 줄 몰라하는 남편에게 공연히 화를 낸 것 같아 미안한 마음이 든다. 하루에도 감정의 롤러코스터를 몇 번씩이나 타는 나는, 50대에도 불혹에 이르지 못했다.

3월 15일 살라망까(Salamanca) 대학 정문 개구리 조각을 찾아서

오늘은 세고비아에서 2시간 거리의 유네스코 문화유산 도시인 살라망까(Salamanca)를 찾는다. 800년 역사의 살라망까 대학이 있는 도시를 향해 눈부신 태양 아래 초원을 달리면서 멀리 만년설의 산도 봤다. 남쪽과 기후가 다른 만큼 풍경도 다른 한적한 지방도로를 기분 좋게 드라이브했다. 살라망까로 들어서며 바라보게 된 돌길은 2천 년 전 건설된 로마교다. 진격의 로마인들은 세상의 모든 도시를 로마처럼 만들 계획이었나 보다. 스페인 북쪽까지 진출해서 2천 년을 견디고도 끄떡없는 로마교를 건설했으니.

살라망까 구도심에 가까워지자 웅장한 살라망까 대성당이 제일 먼저 눈에 들어왔다. 대성당 근처에 안전하게 주차하고 홀리듯 대성당부터 찾

: 살라망까 대성당 전경

있다. 멀리서부터 엄청난 규모에 놀랐는데 가까이 가서 보니 사그라다 파
밀리에 성당처럼 전체 모습이 한눈에 들어오지 않았다. 중세시대 때 교
황과 주교들의 권력이 절대적이었으니 모든 도시 중심에 대성당을 건설
했으리라 짐작은 했지만 상상 이상의 규모와 건축 기술에 감탄할 뿐이
다. 대성당 안은 아치형 기둥들이 천장을 떠받치고 있고 제단과 천장은
화려하기 그지없다. 성가대의 자리도 규모가 크고 아름다워서 성가를 한
번 들어보고 싶다는 생각을 하게 만든다.

　성당 밖으로 나와서 마요르 광장으로 향했다. 광장 근처 기념품 가게
들엔 이 도시의 마스코트인 청개구리 모형들이 많았다. 스페인에서 가장
오래되었다는 살라망까 대학교 정문에 조각된 작은 청개구리를 찾으면

: 살라망까 대학문

: 살라망까 로마교

지혜를 얻게 되고 행운이 온다고 해서 인기 명물이라고 하는데, 그를 기념하는 개구리 조형물들을 기념품으로 판매하는 가게들이 많았다. 광장 문화를 사랑하는 스페인답게 모든 도시마다 크고 작은 광장들이 있고 광장엔 식당과 카페들이 손님을 기다리고 있다. 광장 입구 카페에서 아이스 카페라떼를 마시며 광장을 바라봤다. 햇볕을 즐기는 여유로운 사람들의 모습에 이방인인 우리도 느긋해진다. 한여름 40도를 육박하는 무더운 날씨에 일을 멈추고 시에스타를 즐기는 사람들이 개미처럼 참고 일하는 우리를 보면 이해할 수 없을 것이다. 우리는 살기 위해 일하고, 스페인 사람들은 즐기기 위해 일하는 것처럼 보인다.

커피로 재충전하고 이제 행운의 개구리를 찾을 차례다. 대학 근처 대학생들에게 개구리가 있는 정문을 묻는데, 수줍은 여학생이 미안하다고 하며 다른 학생을 우리 앞에 세운다. 영어를 전혀 못하는 여학생이 데려온 학생도 설명하려다가 왼쪽과 오른쪽이 헷갈리는지 또 다른 대학생을 데리고 왔다. 순식간에 10여 명의 대학생이 모여서 우리에게 손짓으로 가리키며 길을 안내하는데, 순진하고 친절한 그 호의에 감동해서 고맙다고 인사했다. 낯선 동양인 부부에게 친절을 베풀었다는 기쁨이 드러나는 순진한 표정을 보며 우리도 환하게 웃어 주었다. 해외에서 지도를 들고 헤맬 때면 슬그머니 다가와서 호의를 베푸는 사람들이 있다. 미국 여행할 때 길을 물었더니 직접 전화를 걸어서 물어보고 알려 준 사람을 만난 적이 있다. 지하철에서 내릴 곳을 물으면 해당 역에서 내리라고 알려 주는 사람도 있었다. 외국인에게 호의적으로 다가와서 먼저 도와주겠다고 할 때 그 도시와 현지인들이 다르게 보였다. 우리 부부도 외국 관광객이 많이 찾는 서울에 사니 길 찾는 외국인이 있으면 도움을 주자고 다짐했건만, 관광객들이 자주 찾는 곳에 가질 않으니 친절을 실천할 기회가 거의 없다.

대학생들과의 즐거운 만남으로 찾게 된 살라망까 대학문. 작고 섬세한 조각이 가득한 문을 아무리 쳐다봐도 청개구리를 찾을 수 없었다. 앞에 서 있던 세 명의 여대생들이 개구리를 찾았는지 기뻐하기에 어디서 왔냐고 물었다. 스웨덴에서 여행 왔다는 그 학생들에게 청개구리가 어디 있는지 물었더니 해골 조각 위에 너무나 작은 청개구리 위치를 알려 주었다. 위치를 알려 주어도 찾기 힘든 아주 작은 청개구리였다. 남의 도움을 빌려서 행운과 지혜의 마스코트를 찾아서인지 내겐 그 일 이후 지혜가 생겼다는 느낌이 전혀 들지 않는다. 행운은 스스로 찾는 자에게 오는 것인데 너무 쉽게 얻으려는 조급함 때문에 내게 오지 않은 것 같다.

세고비아에서 4일 머물지 말고 이 도시에서 하루, 내일 갈 아빌라에서 하루 머물 여정을 계획했다면 좋았을 거라는 아쉬움이 컸다. 짐 싸고 푸는 일이 귀찮기는 하지만 색다른 도시에서 머물 기회를 포기한 것 같아 살짝 후회도 됐다. 다음에 스페인에 오게 되면 일정을 쪼개어 여기저기서 머물러야겠다고 야무진 생각을 했다.

반나절 만에 살라망까와 사랑에 빠져서 이별하기 아쉬운 마음에 로마교 아래 강가를 산책했다. 강가를 걸으며 로마교와 살라망까 대성당을 번갈아 바라보며 이번 여행이 꿈만 같다고 생각했다. 소매치기도 당했고 넘어져서 다치기도 했지만, 이만하면 정말 괜찮은 여행이라고 나 스스로에게 후한 점수도 주었다.

3월 16일 아빌라(Avila) 성벽을 걷고 또 걸어서

　오늘은 세고비아에서 1시간 거리의 아빌라(Avila) 성벽 도시에 가는 날이다. 어제 운 좋게 공원 근처 무료 주차공간에 주차했던 우리의 파랑이를 타고 복잡한 세고비아 시내를 벗어났다. 파란 하늘 아래 한적한 지방 도로를 기분 좋게 달려서 아빌라에 도착했다. 멀리서부터 천 년 가까운 세월을 버티며 당당하게 아빌라를 지키고 있는 12미터 높이의 장엄함 성벽이 보였다. 아빌라 성벽 안으로 진입해서 주차할 곳을 찾았으나 마땅한 곳이 없어서 30분 정도를 계속 골목길을 돌고 또 돌았다. 그러다 우연히 들어선 골목길 안쪽에서 유료주차장을 발견했다. 넉넉하게 시간 계산해서 미리 주차비 정산한 영수증을 차 앞면에 두었다. 성벽 입장료를 내고 아빌라 성벽에 올랐다.

　이베리아 반도의 아픈 역사로 인해 아빌라도 로마 지배를 거쳐 무어인의 식민지가 되었고, 그 후 다시 가톨릭 세력인 까스띠야 왕국에 의해 국토가 회복된 곳이다. 무어인의 재침략을 막기 위해 11세기에 건설되었다는 역사가 믿어지지 않을 정도로 아빌라 성벽은 견고하기 이를 데 없다. 해발 1,130m 고도에 높이 12m, 총길이 2,500m에 이르는 난공불락의 성을 지을 수 있었던 것은, 그만큼 생존의 절박함이 컸기 때문이리라. 성벽 위 길을 걸어다니며 아빌라 성 안을 볼 수 있고, 성 밖 멀리까지 조망할 수도 있다. 쪽빛 하늘 아래 위풍당당한 성벽과 붉은 지붕의 고풍스러운 건물들이 완벽한 조화를 이룬 그림 같은 성벽의 도시. 매일매일 새로운 유네스코 지정 세계 문화 유산도시를 돌며, 상상을 초월하는 아름다운 도시와 문화유산을 볼 수 있음에 감사하고 또 감사했다. 볼 수 있고 들

: 아빌라 성벽

: 아빌라 성벽

: 아빌라 성벽길

을 수 있고 걸을 수 있음에 거듭 감사한 나날을 보내고 있다.

눈부시고 뜨거운 태양 아래서 성벽길을 1시간 넘게 걸었더니 어지러웠다. 성벽길에서 내려와서 광장으로 향했다. 간단하게 요기하고 커피로 갈증을 달랬다. 입장료를 내고 들어간 아빌라 대성당은 바깥 세상의 혼란스러움을 한순간에 가라앉힐 정도로 고요했고 기품 있었다. 아빌라의 성녀인 데레사 수녀상 앞에서 묵상하고 아름다우면서도 웅장한 성당 안을 천천히 관람했다.

성당 아래쪽 길을 걸어서 데레사 수녀 생가 앞 동상도 찾았다. 중세 수녀원의 개혁을 주장하고 기도와 빈곤한 삶을 지향한 데레사 수녀. 병자를 돌보며 자기희생의 삶을 산 아빌라 성녀 앞에서 잠시 머물렀다. 아빌라 성벽길과 골목길을 걸으며 언제고 이 도시를 다시 찾을 것 같다는 생각도 들었다. 그때는 이 도시에서 하루 머물며 미사도 드리고 밤거리도 걸어보리라.

: 성녀 데레사 조각

세고비아로 돌아와서 공원 근처의 무료주차가 가능한 곳으로 갔다. 행운의 여신이 손을 들어준 걸까. 마침 자리가 있어서 주차하고 숙소로 돌아왔다. 내일 마드리드로 떠나기에 짐 정리까지 마쳤다.

: 아빌라 대성당

: 아빌라 대성당 내부

마드리드
(Madrid)

3월 17일 스페인 수도 입성하기 어려워

4일 머문 세고비아를 떠나기 전에 아소게호 광장(Plaza del Azoguejo)에 있는 카페에서 뜨거운 커피와 빵으로 아침 식사를 했다. 아침 햇살을 받으며 당당하게 서 있는 로마 수도교와 마지막 작별인사를 했다. 숙소로 돌아와서 떠날 준비를 했다. 집 앞에 가방을 모아놓고 남편이 공원에 주차한 파랑이를 끌고 와서 짐을 실었다. 이제 세고비아를 떠나 스페인의 수도로 떠난다.

오늘은 마드리드로 향하는 날. 날씨도 좋았고 컨디션도 좋아서 마드리드 입성을 축복받는다고 생각했다. 숙소 체크인 시간까지 시간이 많이 남아서 마드리드 인근 아울렛(Las Rozas Village)에 들러서 구경하기로 했다. 딱히 살 물건은 없지만 구경하며 시간을 보낼 계산이었다. 일요일이라 사람들이 많아서 북적거리는 아울렛을 한 바퀴 돌며 구경했다. 점심식사도 하고 커피도 마시며 시간을 보내고 드디어 대도시인 마드리드 시내로 들어설 차례다.

마드리드로 진입하는 복잡한 지하도로에서 버벅거리고 그러다 출구를 놓쳐서 헤매며 겨우 우리의 에어비앤비 숙소가 있는 골목에 도착했다. 문제는 좁은 골목길에서 지하주차장으로 진입하기가 만만치 않다는 것. 지하주차장으로 진입하는 각도가 안 나와서 남편이 힘들어하자 젊은 남자 호스트가 나서더니 자기가 주차해 주겠다고 했다. 고맙다고 인사하고 운전대를 넘겨주었더니 호스트는 거침 없이 지하주차장으로 진입하며 우리의 파랑이 왼쪽과 오른쪽 모두에 흠집을 냈다. 내가 너무 놀라서 차에 난 흠집을 어떻게 하냐고 따졌다. "문제 없어. 너희 보험이 다 처리해 줄 거야. 너희는 든든한 보험이 있잖아."라고 아무렇지 않게 말하며 웃기까지 했다. 호스트는 사색이 된 우리에게 자신의 아파트를 자랑스럽게 소개했다. 그러곤 식탁에 놓인 와인을 선물이라고 말하며 자신의 아파트에서 편안하게 잘 지내라고 했다. 좋은 여행 하라고 위로인지 격려인지 모를 말을 남기고 유쾌한 호스트는 떠났다. 마드리드 중심부 골목에 위치한 아파트 실내는 깨끗하고 쾌적했다. 방의 가구 배치, 넓은 거실과 모든 게 갖추어진 주방까지 아파트는 흠잡을 데 없이 완벽했다. 단지 렌터카에 난 흠집이 자꾸 마음에 걸렸다.

놀란 가슴 진정시키고 일단 숙소 인근부터 탐색하기로 했다. 걸어서 15분 거리에 솔 광장(Plaza de la Puerta del Sol)을 먼저 찾아갔다. 관광객으로 발 디딜 틈 없는 광장에서 유명한 곰 동상을 찾았다. 많은 관광객들이 곰 동상과 사진을 찍기 위해 줄을 섰다. 광장 맞은편 보도블럭 위에서 스페인의 원점(Zero Kilometer Origin of Spain Km. Origen De Las Carreteras Radiales)도 찾았다. 그곳에서 스페인의 9개 중요도로가 출발한다고 하는데, 원점을 밟으면 마드리드를 다시 찾게 된다는 속설이 있다고 해서 우리도 발자국을 남겼다.

: 솔 광장의 곰 동상

: 스페인의 원점(0 Km)

솔 광장에서 마요르 광장(Plaza Mayor)도 가까워서 걸으며 도시를 둘러보았다. 원색의 고풍스러운 건물에 둘러싸인 마요르 광장 역시 많은 관광객들이 사진을 찍느라 정신이 없었다. 해 질 무렵 세월의 무게를 안고 서 있는 건물들은 더욱 우아해 보였다.

각종 타파스와 맥주를 즐길 수 있는 산 미겔 시장(Mercado de San Miguel)으로 향했다. 시장이라고 하지만 건물 안에 위치한 대형 푸드코트와 같은 곳이다. 주말 저녁이라 시장 안은 현지인과 관광객들로 붐볐고 흥겨움이 넘쳤다. 중앙에 시식할 수 있게 놓여 있는 긴 테이블에도 비집고

: 마요르 광장

들어갈 공간이 없었다. 시장이라고 하지만 일반 식당과 타파스 가격이 같았고 오히려 맥줏값은 펍보다 비쌌다. 우리도 유쾌한 현지인들 사이에 서서 가벼운 타파스와 시원한 맥주로 요란했던 마드리드 입성을 자축했다.

호스트에게 렌터카 회사인 허츠사에 전화해서 오늘 발생한 가벼운 접촉 사고 처리에 대해 문의해 달라고 부탁했었다. 저녁에 날아온 그의 답장은 간단했다. 아무 문제없다는 답변이었다. 자기 말을 확인하고 싶으면 아토차(Atocha) 역에 있는 허츠사에 직접 가보라고 했다. 그의 말이 정말일까 의아해하며 한국 허츠 지사에 전화했다. 헐, 한국 지사에서는 호스트의 말과 달리 우리에게는 불가능에 가까운 신고절차를 알려 주었다. 우리 차로 인해 주차장 벽이 손상되었으면 변상해야 된다면서 사고 지점 사진을 찍어서 경찰서에 가서 신고하라고 했다. 경찰서에 가서 사고 조서를 쓰고 현지 허츠사에도 신고하라고 했다. 말도 안 통하는 스페인에서 경찰서를 찾아가서 신고하라니 마른하늘에서 떨어진 날벼락이었다.

내일은 경찰서에 가서 번역기를 돌려가며 조서를 써야 한다. 호스트의 간단한 답변과 정반대로 상황이 돌아가서 당황했지만, 우리에게 닥친 일이니 어떻게든 해결해야 한다. 스페인에 도착해서 가장 큰 위기를 맞이하고 둘 다 풀이 죽은 날이다. 아침까지만 해도 찬란한 햇빛 아래 우직하게 서 있는 로마 수도교를 바라보며 축복의 하루를 예감했었는데….

3월 18일 마드리드 경찰서에서 천사를 만나다

오전 중에 경찰서에 가서 사고접수를 해야 한다는 중대한 미션을 수행하기 위해 비장한 심정으로 숙소를 나섰다. 숙소 근처 작은 광장에서 무슨 행사가 있는지 경찰들이 모여 있기에 다가가서 경찰서 위치를 물었다. 경찰 한 명이 우리에게 스페인어로 위치를 설명하려다가 포기하고 간단한 지도를 그려 주며 주소를 적어 주었다. 스페인 수도에 있는 경찰서라서 눈에 잘 띄는 곳에 있을 줄 알았는데 찾아가기가 쉽지 않았다. 지나가는 사람들에게 경찰이 알려 준 주소를 보여 주며 경찰서로 가는 길에 한국 식당을 발견했다. 스페인 한복판에서 만난 한국어 간판은 눈물 나게 반가웠지만 오늘의 중요 미션 수행 때문에 경찰서로 직행했다.

지금 생각해도 기적으로 여겨지는 일이 경찰서 앞에서 일어났다. 경찰서 입구에서 스페인 여경과 대화하고 있는 한국인을 만난 것이다. 너무 반가워서 도움을 요청하고 우리 상황을 자세하게 설명했다. 우리 상황에 대해 설명을 들더니, "아시다시피 스페인 도로는 너무 좁아서 주차하다 차가 긁히는 일이 자주 일어나요. 주차하다 차가 긁혀도 아무도 탓하지 않아요. 렌터카 업체도 문제 삼지 않을 거예요."라고 말해 주더니, 스페인 여경에게 우리가 찾아간 이유를 자세하게 설명했다. 스페인 여경은 다른 차가 우리 차에 접촉사고를 냈냐고 물었다. 경찰서에는 주차 사고 신고서라는 양식이 아예 없다고 한국인 분을 통해 설명해 주었다. 경찰서 앞에서 10여 분 동안 통역을 해주던 그분은 걱정할 필요 없으니 안심하고 관광하라고 말해 주었다. 우리가 만난 친절한 그분은 신께서 보낸 천사가 분명했다. 어리숙한 우리 부부가 경찰서에서 설명도 제대로 못하고 쩔쩔매는 황당한 일을 겪게 될 일을 사전에 차단한 신의 배려라고 여겨졌다. 만일 우리 둘이 경찰서에 들어가서 스페인에는 있지도 않다는 주차 사고 자진 신고서를 찾고 상황을 설명하려고 했다면, 상상도 할 수 없는 에피소드가 일어났을 것이다. 정확하게 우리가 경찰서에 도착한 시간에 경찰서 입구에서 경찰과 대화하고 있는 한국인을 만난 것은 단순한 행운을 넘어 기적이라고 말할 수밖에.

경찰서에서 문제를 해결하고 나니 마음이 가벼워지고 마드리드가 사랑스럽게 보이기 시작했다. 근처 스페인 광장(Plaza de España)에 세르반테스와 돈키호테 동상이 있다는 여행 정보가 생각나서 찾아갔다. 비현실적으로 파란 하늘 아래 우리가 찾던 동상이 우뚝 서 있었다. 세르반테스는 자신이 창조한 두 인물을 위에서 지그시 바라보며 앉아 있고, 호기 넘치는 돈키호테가 앞장서고 산초가 그 뒤를 따르는 조각상. 나중에 똘레도에서도 세르반테스의 동상을 만났고, 라 만차에선 풍차들, 그리고 돈키호테와 산초 동상을 만났다. 그만큼 그들은 스페인 사람들의 사랑받는 작가와 주인공들이다. 예술에 대한 스페인인들의 각별한 애정이 엿보였다.

지도에 표시된 아시안 슈퍼마켓을 발견하고 찾아갔다. 거리에는 중국인이 경영하는 가게들이 몇 군데 있었고, 그 중 아시안 슈퍼마켓이 있어서 들어갔다. 중국

: 스페인 광장 동상

식자재를 파는 곳으로 한국 식자재도 곁들여 파는 가게였다. 반갑게 마주한 종가집 김치(포장엔 종가집 김치라고 적혀 있지만 한국에서 수출한 것으로 보기 어려운) 한 통과 즉석밥, 라면 등을 구입했다. 한국에서 가져간 비상식량이 떨어져서 보급이 필요한 상황이었다. 그리고 경찰서를 찾아가다가 발견했던 작은 한국 식당에 들어가서 남편이 좋아하는 김치찌개도 포장했다. 우리는 양손 가득 한국 식품과 포장한 김치찌개가 담긴 비닐봉지를 들고 세상 부러울 게 없는 표정을 지으며 거리를 걸었다.

숙소로 돌아가는 길에 오페라 광장(Plaza de Opéra) 카페에서 커피를 마셨다. 어제 아파트 지하주차장에서 일어났던 주차 사고부터 오늘 경찰서 앞에서 만난 고마운 한국인과의 조우까지 모든 게 꿈만 같다. 지옥과 천국을 하루 동안 왔다 갔다 한 기분이다.

구입한 김치와 찌개를 아파트 냉장고에 가득 채우고 나니 부자가 된 듯 흐뭇했다. 이제 아토차역 허츠 렌터카 영업소에 가서 주차 사고에 대한 마지막 확인만 하면 남은 두 달 여행은 걱정 없이 진행될 것이다.

아파트 지하 주차장 좁은 공간에 상처 난 채 우릴 기다리고 있던 파랑이를 지상으로 이동시켰다. 남편이 조심스레 운전하고 나는 주차장 출구까지 밖에서 소리 지르며 좁은 통로를 빠져나오는 일을 돕고. 왜 이 아파트 이용자가 후기에 절대 큰 차를 가지고 오면 안 된다고 썼는지 백 번 이해할 수 있었다.

마드리드 번화가를 지나서 아토차(Atocha) 역에 도착했다. 우리의 서울역 같은 곳인데 실내 식물원이 조성되어 있다고 책자에 소개된 그 아토차 역에 주차하고 허츠사를 찾아갔다. 우리가 찍은 파랑이의 긁힌 모습을 찍은 사진을 보여 주었더니, "오케이, 문제없어."란다. 호스트와 경찰서에서 만난 한국인과 경찰 말대로 아무 문제없는 일을 한국 영업소 직원의 고지식한 안내 때문에 고생을 사서 한 셈이다.

우리 부부를 괴롭히던 문제가 완벽하게 해결되자 아토차 역의 웅장함과 아름다운 조경이 눈에 들어왔다. 3층 역사 안에 키 큰 야자수를 비롯해서 각종 식물이 초록빛을 뿜어내는 식물원이 기차역이라니. 멋진 정원 사이사이 식당과 카페가 있고, 기차를 기다리는 사람들은 편하게 넓은 정원에서 쉬고 있었다. 우리의 KTX 역 건물의 소란스러움이나 분주함과는 거리가 먼 조용하고 평화로운 식물원 역이 주는 평온함이 신기하다. 19세기에 건축된 백 년 넘는 세월의 아토차 역 외부도 멋스럽다. 스페인 도시들을 이어 주는 허브역이 이렇게 멋스럽고 아늑할 수 있다는 게 부러울 따름이다. 누구든 마드리드에 간다면 기차를 안 타더라도 꼭 아토차 역에 들러 보기를 권한다. 식물들이 뿜어내는 싱그러운 공기를 마시며 역사를 돌아보는 것만으로도 힐링이 되니까.

아토차 역을 돌아보고 귀가하다가 골목을 잘못 들어섰다. 대로 옆 골목들은 너무 비슷해서 헷갈리기 쉬운데, 문제는 도로가 일방통행로라는 것. 우리 숙소가 있는 골목이라고 짐작하고 들어선 골목은 우리 쪽에서 진입하면 안 되는 일방통행로였다. 맞은편에서 우리 차를 발견한 트럭 운전수가 놀라서 멈추라고 손짓했다. 어쩔 줄 몰라하며 조수석에서 내린 내게 트럭 운전수는 영어를 할 줄 아냐고 묻더니, 우리 차를 천천히 후진해서 뒤쪽 조금 넓은 곳까지 이동하라는 말을 했다. 트럭 운전수는 마주 보고 있는 우리 차를 왼쪽으로, 오른쪽으로 천천히 후진하라고 친절하게 지시해 주었다. 아뿔싸, 긴장하고 당황한 남편이 도로와 인도를 분리하는 가드레일을 연거푸 들이받았다. 지나가던 사람들도 놀라고 트럭 운

: 아토차역

중년 부부의 좌충우돌 스페인 여행기

전사는 안타깝게 우리를 바라보고. 겨우겨우 골목을 빠져나와서 바로 옆 우리 숙소가 있는 골목을 찾아서 문제의 지하주차장으로 들어갔다. 무사히 주차하고 우리의 파랑이를 보니 마음이 아팠다. 어제, 오늘 이틀 동안 여러 군데 흠집이 났다. 500㎞밖에 주행하지 않은 신생아 수준의 차에게 반창고로는 감당 안 되는 상처를 잔뜩 선물했다.

남편은 스페인에서의 운전이 너무 힘들고 피곤하다고 말하며 오전에 사다 두었던 김치찌개와 소주로 위로받는다. 이미 자동차 렌트 업체에 가서 우리 차에 긁힌 상처가 있다고 이실직고했으니, 상처가 조금 더 생겼다고 우리 책임을 따지지 않을 거라고 서로 위로해 주며 마드리드에서의 힘겨운 둘째 날을 갈무리했다.

3월 19일 마드리드에서 자유를 누리다

어제 경찰서를 찾아가던 길에 봤던 알무데나 대성당(Catedral de la Almudena)을 찾았다. 알무데나 대성당은 16세기 똘레도에서 마드리드로 천도한 후 마드리드에 대성당을 건축하기 시작했다가 우여곡절 끝에 20세기 말에서야 마드리드 왕궁과 함께 완공되었다고 한다. 오랜 세월 끝에 완공되어서인지 성당 한편은 오랜 세월이 묻어나고 또 다른 쪽은 현대적인 감각이 묻어난다. 성당 안은 스페인에서 그동안 보았던 대성당들처럼 무겁고 장엄한 분위기가 아니라 밝고 화사한 분위기로 방문객을 맞이한다. 성당 안 성모상 앞에서 안전한 스페인 여행을 간구하는 기도를 했다.

: 알무데나 대성당 마당 조각

성당 마당에서 성당을 바라보다가 벤치에 누워있는 조각상에 눈길이 갔다. 처음엔 노숙자가 담요를 뒤집어쓰고 누워있는 조각인 줄 알았는데, 자세히 보니 조각상 발등에 못 자국이 있었다. 가난한 노숙자의 모습으로 성당 벤치에 누워있는 예수님을 만났다. 우리 곁에 가장 가난한 사람의 모습으로 와 계신 예수님 동상이 마음을 움직인다. 우리 가운데 가장 낮고 가난한 사람에게 손 내밀고 도와야 한다는 말씀의 의미를 떠올렸다.

: 알무데나 대성당

성당 옆 거대한 마드리드 왕궁을 지나 곰 동상이 있는 솔 광장으로 향했다. 서울에서 사 가지고 간 유심칩이 한 달만 사용 가능한 것이라 새 유심칩이 필요했다. 스페인에 도착한 지 어느새 한 달이 되어가고 있었다. 쇼핑몰에 들어가서 문의하니 유심칩을 구입하려면 여권이 있어야 한다고 했다. 여권을 분실할까 봐 캐리어에 넣어두고 다녔기에 여권이 없다고 하니 유심을 판매할 수 없단다. 어차피 내일도 모레도 마드리드에 머무는 만큼 언제든 들를 수 있는 곳이라 구매를 포기하고 번화한 쇼핑가 그란비아(Gran Via) 거리로 접어들었다. 관광객을 위해 활짝 문 열어둔 가게들을 기웃거리며 구경하는 재미가 쏠쏠하다. 무엇을 사겠다는 목적도 없이 돌아다녔다. 쉬고 싶으면 커피도 마시고 점심도 간단하게 해결했다.

마드리드의 대표적인 공원으로 알려진 레티로 공원(Parque del Retiro)을 가볍게 산책하기로 했다. 부담 없이 산책이나 하자고 간 공원의 어마어마한 규모에 놀랐다. 산책하는 사람들, 뛰는 사람들 옆을 지나며 쉼이 있는 스페인 사람들의 생활이 내심 부러웠다. 여행 내내 스페인 사람들이 하루에 다섯 끼(새참 포함)를 먹는다는 여유로운 식사, 하루 2~3시간의 시에스타를 즐기는 느긋한 생활 습관, 아침부터 광장 카페에서 맥주나 커피를 마시며 햇빛을 즐기는 낙천적인 모습들이 이해되지 않았었다. 새벽부터 동동거리며 하루 세 끼를 어떻게 뭘 먹었는지도 모르고, 화장실 갈 시간이 없어서 쉬는 시간에 뛰어다니던 내 30년 교직 생활과 너무나 비교됐다. 아침 일찍 출근해서 하루를 여는 인스턴트커피를 마시는 순간에도 컴퓨터 모니터를 보며 그날 해야 할 일을 챙기느라 커피가 식기 일쑤였는데. 부러우면 지는 거라고 했는데, 평일 날 공원에서 운동하고 산책하는 청춘들을 보며 우리나라의 청춘들이 떠올라서 서글펐다.

산책로를 따라 한참을 걷다 보면 넓은 호수에 닿는다. 파란 하늘, 싱그러운 초록빛 정원과 깨끗한 호수를 이방인인 우리도 느긋하게 즐긴다. 그러다 한쪽에 좌판을 펼쳐 놓고 액세서리 파는 곳에 눈이 갔다. 화려한 귀걸이를 두 쌍에 10유로 주고 샀다. 아이처럼 쪼그리고 앉아서 이것저것 고르다가 화려하고 예뻐 보이는 애들을 구입하고 기분이 좋아졌다.

온종일 걸었더니, 게다가 2시간 공원 산책까지 하고 나니 다리가 뻐근했다. 오늘은 2만 보 이상 걸었을 게다. 귀가하는 길에 해 질 무렵 마요르 광장을 찾았다. 숙소에서 10분도 안 걸리는 거리라서 오며 가며 들르게 된다. 마드리드 3일째, 드디어 평온한 일상을 보낼 수 있음에 감사한 날이다.

: 레티로 공원 호수

3월 20일 마침내 〈게르니카〉와 마주하다

오늘은 파블로 피카소의 〈게르니카〉를 보기 위해 레이나 소피아 국립 미술센터(Museo Nacional Centro de Arte Reina Sofía)를 찾는 날이다. 교과서와 방송에서 수없이 본 명작을 직접 보러 간다는 기대감에 아침부터 들떴다.

미술관 가는 길에 마드리드 추로스 명소를 방문하기로 했다. 추로스의 본고장인 스페인에 왔으니 추로스 명소에서 먹어 봐야 한다는 생각에 산 히네스(San Gines)를 찾아갔다. 한가한 오전인데도 1894년부터 문을 열었다는 100년 역사의 가게 1층에서 직원들이 분주하게 움직이고 있었다. 추로스와 초콜라떼를 주문하고 안내에 따라 지하로 내려가서 사람들 틈에 자리 잡고 앉았다. 다닥다닥 붙은 좌석에 앉은 사람들이 추로스를 맛있게 먹고 있었다.

금방 튀긴 추로스는 따뜻하면서 바삭바삭했고 뜨거운 초콜라떼는 진득거리면서도 적당한 단맛으로 기분 좋게 만들어 주었다. 벽면 가득 유명인사들의 사진이 붙어 있는 모습을 보며, 아이들 간식 같은 추로스로 100년 넘는 가게를 지키고 있는 전통이 부러웠다. 우리나라에선 가게가 조금만 유명해지면 임대료를 감당 못해서 장사를 접어야 한다고 들었다. 스페인에선 도시마다 100년 넘은 식당이나 카페가 있고 여전히 많은 사람들에게 사랑받고 있다. 수수한 간판과 허름한 나무문과 지하의 좁은 테이블의 카페가 사람들에게 사랑받고 오랜 세월 유지된다는 사실이 신기하고도 부러웠다. 우리 동네만 해도 넘쳐나는 카페들이 서로 경쟁하다가 하나가 몇 년 못 버티고 문을 닫으면, 얼마 후 그 자리에 새 치장을 한 카페가 들어서는데. 스페인엔 성당도 건물들도, 심지어는 시장도 수백 년 전통을 자랑하는데, 우리는 끊임없이 새로운 백화점과 마트가 생겨나고 있다. 오랜 전통이 좋다, 역동적으로 변화하는 새로움이 좋다, 둘 중 하나를 선택하기 어렵지만 신구의 조화를 이루며 살면 좋지 않을까.

당 보충도 했으니 오늘의 목적지 레이나 소피아 국립미술센터로 향한다. 어제 레티로 공원(Parque del Retiro)에 가며 지났던 길을 다시 걸으며 낯섦보다 익숙함에 여유가 생겨난다. 이쯤 되면 우리도 마드리드 임시 체류자인 셈이다.

미술관에 들어가서 제일 먼저 피카소의 〈게르니카〉를 찾았다. 미술관에서 가장 많은 사람이 모인 곳을 찾아가면 흑백의 거대한 작품 〈게르니카〉와 마주하게 된다. 너무 많이 봐서 잘 아는 그림이라고 생각했는데, 막상 대작 앞에 서니 가슴 먹먹한 슬픔과 공포가 고스란히 느껴진다.

1937년 스페인 내전 중 프랑코와 연합했던 독일의 폭격으로 스페인 북부의 작은 마을 게르니카는 순식간에 지옥으로 변했고, 1,500명이 넘는 희생자가 발생했다. 게르니카 소식에 분노한 피카소가 남긴 이 작품에서 그의 고통과 절망이 느껴졌다. 그림 앞에 20여 명의 초등학생들이 바닥에 앉아서 선생님의 설명을 들으며 작품을 감상하고 있는 모습을 바라봤다. 사진은 절대로 못 찍게 해서 30분 정도 정면과 측면에서 작품을 오래 감상했다. 작품 왼쪽 부분에 아이의 시신을 안고 하늘을 향해 원망하듯 울부짖는 엄마의 형상을 바라보다가 울컥했다.

피카소의 작품은 한 점도 사진을 못 찍게 해서 눈과 마음에만 담아 오는 것으로 만족해야 했는데, 미로와 달리의 작품들은 사진 찍는 것이 허용되었다.

전시실 중간 중간에서 중, 고등
학생 단체 관람객들도 만났다. 우
리나라에선 미술 방학 과제로 작
품 관람 소감문을 제출하게 하는
모습을 자주 봤는데, 예술의 나라
스페인에선 세계적인 작품들을 단
체로 관람하고 있었다. 관광객들
도 감탄하며 감상하는 피카소, 달
리, 미로의 작품을 어려서부터 자
주 감상하고 공부하는 스페인 아

: 산 히네스 추로스 가게

이들에게서 또 다른 미래의 대가가 나오리라 예상할 수 있는 기회였다.

4시간 이상 작품을 감상하느라 다리도 아프고 힘도 들었다. 볕이 잘 드
는 미술관 1층 카페에서 점심을 먹기로 했다. 간단하게 요기하고 커피를

: 소피아 국립미술센터

마시며 〈게르니카〉의 감동을 나누었다. 우리 둘 다 나중에 다시 스페인을 여행하게 되면 꼭 〈게르니카〉를 다시 보러 오자고 다짐했다. 그러고 보니 스페인을 다시 찾을 때 방문하고 봐야 할 대상이 점점 늘어난다. 아름다운 자연과 수많은 문화유산을 자랑하는 스페인을 찾는 관광객이 많은 이유를 와서 보니 알 수 있었다. 스페인은 정말 사랑스러운 나라다. 죽기 전에 꼭 한번은 천천히 그리고 자세히 둘러보아야 할 나라가 스페인이다.

미술관에서 나와 어제 갔던 레티로 공원(Parque del Retiro)으로 향했다. 뜨거운 햇빛을 받으며 느릿느릿 공원을 산책하다가 상점에서 커피도 마시며 쉼 있는 하루를 보낸다. 오전엔 미술관에서 예술 작품들로 감성 충만한 시간을 보내고, 오후엔 공원에서 자연과 함께하는 여유를 누린다. 공원의 나무와 꽃, 호수가 사랑스럽다고 느끼며.

이젠 너무 익숙해진 솔 광장과 마요르 광장을 지난다. 퇴근하는 스페인 사람들처럼 산 미겔 시장에 가서 시원한 맥주를 한 잔씩 마시고 귀가했다. 미술관에 가서 보고 싶었던 피카소를 만나고, 그 감흥이 이끄는 대로 공원 산책도 즐기고, 시끌벅적한 시장에서 좋아하는 맥주 한 잔의 여유도 즐기고. 넘치지도 부족하지도 않은 길 위에서의 삶. 이만하면 좋지 아니한가?

3월 21일 고야와 벨라스케스 작품으로 영혼이 충만해지다

집에서 나와 프라도 미술관(Museo del Prado) 가는 길에 근처 비야 광장(Plaza de la Villa)을 들렀다. 17세기에 건축된 구시청사와 저택들이 에워싸고 있는 작고 평화로운 광장도 조용히 아침을 맞이하고 있다. 비야 광장을 지나 조금 더 걷다 보면 어제 저녁 맥주를 마셨던 산 미겔 시장을 지나게 된다. 그리고 아침 햇살에 깨어나기 시작하는 마요르 광장, 솔 광장과 차례차례 눈인사하며 마드리드 시내를 걷는다. 마치 마드리드에 오래 머문 사람들처럼.

어제는 소피아 국립미술센터에서 피카소의 〈게르니카〉에 감동하며 하루를 보냈는데, 오늘은 프란시스코 고야(Francisco Goya)와 디에고 벨라스케스(Diego Velázquez), 엘 그레코(El Greco)의 작품들을 만나는 날이다. 프라도 미술관에 도착하니 매표소 입구에서부터 대기하는 줄이 제법 길었다. 티켓을 구입하고 미술관 안내문도 받아들었지만 엄청난 전시실과 마주하니 어디서부터 돌아야 할 지 난감하다. 안내문에 미술관 소장 유명작품의 전시실이 표시되었지만, 워낙 유명작품이 많아서 찾아다니려면 시간과 정성이 필요했다.

중세 화가 히에로니무스 보스(Hieronymus Bosch)의 〈쾌락의 정원〉 세폭화 앞에 많은 사람들이 모여 서서 난해한 그림을 감상하고 있다. 왼쪽 천상의 세계는 단순하게 표현되어 있어서 우리 같은 미술 문외한도 이해할수 있었으나 가운데 현상 세계와 오른쪽 지하 세계는 난해해서 자세히 들여다보게 된다. 화가의 창의력이 창조한 기이한 생명체들을 바라보다가 살바도르 달리가 떠올랐다. 실제로 초현실주의 화가인 달리에게 영감을 준 화가가 보스라고 한다.

엘 그레코의 인상적인 종교화들, 알브레히트 뒤러의 〈아담과 이브〉와 〈자화상〉, 그리고 루벤스의 〈삼미신(三美神)〉, 티치아노의 〈다나에〉 같은 작품들을 넋 놓고 감상하고 다녔다.

벨라스케스의 그 유명한 〈시녀들〉 앞에도 많은 관람객들이 모여서서 작품을 감상하고 있다. 책에서 봤던 그 작품을 바로 앞에서 보고 있다는 현실이 믿어지지 않는다. 사진은 절대로 못 찍게 해서 눈과 마음에 그림을 저장했다. 그의 〈십자가의 그리스도〉와 사랑스러운 〈마르가리타 공주〉 앞에서도 한동안 머물렀다. 〈바쿠스의 승리〉 앞에선 갈증이 났다.

: 프라도 미술관 앞 고야 동상

: 프라도 미술관 앞 벨라스케스 동상

: 숙소 근처 비야광장

나도 그림 속에 들어가서 함께 포도주를 마시며 취하고 싶다는 생각을 했다.

그리고 고야의 작품들과 마주했다. 〈옷 벗은 마하〉와 〈옷 입은 마하〉의 주인공은 우리가 아는 나른한 자세로 관람자를 빤히 바라보고 있다. 마하의 당당한 모습에 옷 입고 그녀 앞에서 서 있는 내가 오히려 공손하게 손을 모으게 된다. 누드화로 인해 곤욕을 치르기도 한 고야의 다른 작품들 중 우리 시선을 붙잡은 작품은 〈1808년 5월 3일〉이다. 프랑스 나폴레옹에 맞서다가 처형당하는 스페인 시민을 그린 그림 앞에 오래 서 있었다. 흰옷을 입고 두 팔 벌리고 서 있는 사람은 순교자처럼 보였다. 종교든 조국이든 가족이든 소중한 무언가를 지키기 위해 목숨을 버리는 주인공의 결연한 의지에 머리를 숙였다. 고야는 말년에 어두운 그림들을 많이 그렸다는데 그중 한 작품으로 충격적인 〈사투르누스〉와 마주하고 공포를 느꼈다. 광기에 사로잡힌 거인이 제 자식을 산 채로 잡아먹는 그림을 보며, 고야 내면의 절망과 두려움이 충격적으로 다가왔다. 광기의 세상에선 부모나 연인, 자식마저도 희생 제물로 삼을 수 있다는 경고처럼 여겨져서.

우리가 알고 있는 유명화가들의 수많은 작품들과 너무나 보고 싶었던 벨라스케스, 고야, 그레코의 작품들을 바로 앞에서 감상했다는 감동과 흥분 때문에 어제처럼 점심식사를 놓치고도 배고픈 줄도 목마른 줄도 몰랐다.

미술관 밖으로 나와서 파란 하늘 아래 프라도 미술관을 수호하고 있는 고야와 벨라스케스 동상 앞에서 다짐했다. 언제고 다시 찾아와서 당신들 작품을 좀 더 천천히 여유 있게 감상하겠노라고.

마드리드 법원 근처에서 몇 명의 시위하는 사람들과 인터뷰하는 방송국 사람들, 시위대의 몇 배나 되는 수의 경찰을 만났다. 어제 동생과 통화했던 일이 생각났다. 우리나라 방송에서 스페인 소식이 전해졌는데, 대도시에서 소요사태가 산발적으로 일어나니 스페인 여행을 자제해야 한다고. 까딸루냐 분리 독립을 주도한 사람들의 재판이 있었나 보다. 한국 뉴스에까지 소개된 시위현장은 떠들썩하지 않고 평화롭다. 마이크 앞에서 주장하는 시위대는 열 명도 안 된다. 경찰들도 거리를 두고 지켜볼 뿐, 전혀 위협적이지 않았다. 법원 근처 카페에서 커피 마시며 시위현장을 바라봤지만 거친 몸싸움이나 위협적인 진압은 없었다. 그리고 지나는 사람들도 지켜보는 사람들도 일상을 침해받지 않았다.

돌아오는 길에 스페인의 원점에 한 번 더 발자국을 남겼다. 언제고 다시 마드리드를 찾겠다는 다짐과 함께. 오전에 지나친 비야 광장은 해 질 무렵 더 평화롭다. 근처 성당 문이 열렸기에 들어가 잠시 기도했다. 스페인에서의 한 달이 너무 소중하고 감사해서 눈물이 나려고 했다. 감상적 분위기에 이끌려 집 뒤 작은 광장에 있는 기념품 가게에 들렀다. 6일 동안 오가며 봤던 가게에서 5유로에 스카프 2개를 샀다. 얇지만 바람이나 강한 햇볕을 가리기에 좋을 듯해서 구입한 스카프는 지금도 아주 요긴하게 잘 사용하고 있다.

스페인 한 달 체류 축하 및 피카소, 고야, 벨라스케스 작품 감상 자축이라도 할 겸 마드리드의 한국 식당을 찾기로 했다. 우리 숙소와 가까운 곳에 한국 식당이 있어서 찾아갔다. 우리가 매일 걸어다닌 대로 옆 골목에 위치한 한국 식당에 들어서자 흥분한 후각과 시각이 어쩔 줄 몰라한다. 스페인 아르바이트생이 메뉴판을 내밀며 한국어로 주문을 받는다.

자주 먹었던 흔한 한국 백반이 너무 그리웠었기에 김치찌개와 된장찌개 백반을 주문하자 밑반찬이 상 가득 차려진다. 얼마 만에 먹는 나물과 한국식 밑반찬인지 반가운 마음에 반찬들을 먹기 시작했다. 남편은 소주가 생각나는지 가격을 묻는데 우리 돈 15,000원 정도라서 살짝 망설인다. 한국 식당의 4~5배 소주 가격을 듣고 놀란 내가 "스페인에선 와인이죠. 소주는 한국에서 즐기고요."라고 정리하니 남편도 망설임을 접는다. 두꺼비는 한국 가서 실컷 잡고 스페인에선 한국에서 만나기 어려운 리오하 와인을 즐기자는 제안을 남편도 받아들인다.

한국인은 밥심으로 산다더니 정말 맞는 말이다. 뜨끈한 찌개와 흰쌀밥을 먹고 나니 힘이 난다. 그래, 남은 두 달도 잘 버틸 거야.

3월 22일 마드리드 일몰은 데보드 신전(Templo de Debod)에서

바르셀로나의 마지막 날처럼 오늘은 마드리드 여분의 하루. 처음 마드리드에 들어설 때만 해도 낯선 도로에서 불안하고 주차 사고까지 겪어서 두려움에 떨었는데 어느새 마지막 하루를 남겨두었다.

잠 깨어 활기가 넘치는 거리를 지나며 마요르 광장, 솔 광장과 인사한다. 오전과 오후, 하루 두 차례 이상 지나며 정든 이 광장은 어제와 다른 새로운 관광객들에게 추억을 선물하고 있다. 솔 광장의 단순한 곰 동상이 마드리드를 찾는 관광객의 명소를 만들었다.

스페인의 도시들에서 재미있는 발견을 했다. 도시마다 가로등 모양이 다르고 맨홀 뚜껑이 다르다. 바르셀로나에선 가로등과 식수대의 예술성에 매료되었었는데, 마드리드의 맨홀 뚜껑은 솔 광장의 곰 동상이 새겨져서 발밑에서 곰과 자주 마주치게 된다. 몇 걸음 걸을 때마다 만나는 곰이 사랑스럽다. 남편에게 "우리나라도 도시마다 가로등과 맨홀 뚜껑에 도시 특색을 담으면 관광객들이 재미있어 하지 않을까? 해마다 멀쩡한 보도블럭 갈아치우지 말고, 그 예산으로 멋진 도시 색을 만들면 시민들이나 관광객이 좋아할 텐데."라고 말하니 남편도 공감한다.

시벨레스 광장(Plaza de Cibeles)과 시벨레스 궁(Palacio de Cibeles)으로 가는 길에 알칼라 문(Puerta de Alcalá)을 지났다. 알칼라 문은 도로 한복판에 있어 걸어서 접근이 불가능하다. 웅장한 문을 먼 발치에서 바라보다가 잠시 차들이 안 지나갈 때 사진 한 장만 남겼다. 알칼라 문에서 아주 가까운 시벨레스 광장 역시 복잡한 도로 한가운데에 위치해서 접근

: 알칼라의 문

이 어렵다. 광장에 있는 분수를 보고 싶었지만 목숨 걸고 분수로 접근하는 일은 삼가고 시벨레스 궁으로 이동했다. 입장료를 내면 전망대로 직행하는 엘리베이터를 타고 궁 옥상에서 마드리드 시내를 조망할 수 있다. 관광객이 별로 없어 우리 둘이 옥상 전망대를 전세 내다시피 했다. 태양의 나라 스페인은 복 받은 나라다. 엄청난 금을 가져다준 식민지도 무적함대의 명예도 사라졌지만, 수많은 문화유산과 예술작품들이 스페인 사람들에게 자부심과 명예를 안겨주고 있다.

시간이 남아서 시벨레스 궁을 찾아갈 때와 다른 경로를 택했다. 솔 광장 근처 그란비아 거리를 천천히 걸어서 숙소로 돌아가서 짐 정리를 해 두었다. 마드리드에서의 멋진 일몰 명소인 프린시페 피오 언덕(La Montaña del Príncipe Pío)을 향해 나선 건 늦은 오후였다. 알무데나 대성당과 마드리드 왕궁을 지나 고야의 〈1808년 5월 3일〉 작품의 배경인 언덕으로 향했다.

프린시페 피오 언덕에 위치한 데보드 신전(Templo de Debod)은 기원전 2세기에 세워진 이집트 신전이다. 이집트의 댐 건설로 신전이 위태로워지자 유네스코에서 전 세계에 신전 보존에 협조해 달라고 호소했다고 한다. 스페인이 적극적으로 신전 보존에 협조한 덕분에 이집트 정부는 신전들을 수호할 수 있었고, 이집트 정부는 감사의 표시로 데보드 신전을 스페인 정부에 기증했다고 한다. 이집트에서 2000년 세월을 견딘 신전이 스페인 수도 마드리드로 통째로 이전되었고, 우리는 이집트에 가지 않고도 이집트 문화유산 일부를 볼 수 있었다. 무료입장이지만 줄을 서서 차례를 기다렸다가 아담한 신전 내부를 관람할 수 있었다. 신전 관람을 마치고 밖으로 나오자 아름다운 일몰이 기다리고 있었다.

: 데보드 신전

1808년 프랑스의 나폴레옹은 스페인을 점령한 후 스페인 사람들을 야만적으로 진압했다고 한다. 이에 스페인 시민들이 5월 2일 프랑스에 맞서 봉기했고 프랑스군은 그에 대한 응징으로 다음 날인 5월 3일 프린시페 피오 언덕에서 반란세력과 시민들 수백 명을 학살했다고 한다. 그런 야만적인 사건에 분노한 고야는 〈1808년 5월 3일〉이란 작품을 그려서 프랑스의 만행을 고발했다. 다른 나라 사람들에겐 잘 알려지지 않은, 스페인 후손들에게도 잊혀지기 쉬운 역사적 사건들이 〈게르니카〉나 〈1808년 5월 3일〉과 같은 명작을 탄생시켜서 야만의 역사를 끊임없이 상기시킨다.

마드리드 일몰 명소답게 프린시페 피오 언덕에서 바라본 일몰은 너무 아름답고 평화로웠다. 200년 전 대학살이 자행되었다는 역사가 믿어지지 않을 정도로.

귀갓길에 가로등이 켜진 마드리드 왕궁과 알무데나 대성당을 지났다. 오렌지빛 노을과 어우러진 도시 풍경에 마음도 곱게 물들었다. 마드리드 시내를 구석구석 돌아봤음에도 좀 더 머물고 싶다는 유혹이 마음을 흔들었다. 아쉬움은 집 근처 작은 식당에서 맥주 한 잔과 간단한 안주로 달랬다. 마드리드에서의 주차 에피소드와 미술관에서의 감동의 시간들도 오래오래 기억될 것이다.

〈마드리드 여행 팁〉

1. 마드리드 솔 광장, 마요르 광장, 산 미겔 시장, 비야 광장은 일직선에 위치해 있고 도보로 20분 안에 이동이 가능하므로 도보여행을 권한다. 비야 광장에서 알무데나 대성당과 마드리드 왕궁도 걸어서 10분 정도 이동하면 모두 돌아볼 수 있다.

2. 소피아 국립미술센터와 프라도 미술관은 전시된 유명작품들이 많아서 시간 여유 있게 방문하길 권한다. 소피아 국립미술센터에서 5분 정도 걸어서 이동하면 식물원 같은 아토차역을 구경할 수 있다. 미술관에서의 뜨거운 흥분을 아토차역에서 커피 한 잔 마시며 식히면 좋을 듯하다.

3. 스페인 국민 간식인 추로스와 초콜라떼는 당 보충에 좋다. 금방 튀겨낸 추로스와 따끈한 초콜라떼는 단 것을 싫어하는 어른들도 좋아할 맛이다.

4. 가격 부담스럽지 않은 여행선물을 찾는 분들에게 아몬드, 땅콩, 마카다미아와 같은 견과류를 꿀과 버무려 만든 뚜론 선물 세트를 추천한다. 단, 마드리드를 지나 다른 곳을 여행한다면 뚜론이 부서지기 쉬우므로 참고하길 바란다.

5. 간단한 비상약품들은 여유 있게 준비하길 권한다. 무릎을 다쳐서 가져간 일회용 밴드를 모두 사용하고 약국에서 구입하려고 하니 우리나라보다 3배 정도 비쌌다.

6. 한국에서 초고추장을 가지고 가면 매운맛이 생각날 때 요긴하게 사용할 수 있다. 스페인 마트에서 상추나 오이를 구입해서 초고추장을 찍어 먹으면 한국 음식에 대한 그리움 해소에 도움이 된다.

똘레도
(Toledo)

3월 23일 스페인 시골 마을 친촌(Chinchón)을 거쳐서 똘레도로

6일 동안 머문 마드리드를 떠나는 날이다. 익숙한 골목을 빠져나와서 친촌(Chinchón)으로 향했다. 마드리드에서 1시간 거리의 친촌은 스페인의 시골 모습이 그대로 남아 있는 곳이라고 했다. 복잡한 마드리드를 벗어나서 조용한 시골 마을 친촌 골목에 주차하고 마요르 광장을 찾았다. 오래된 목재 발코니는 소박하고 정겨웠다. 광장 한편은 공사 중이었고, 다른 편엔 식당과 카페들이 영업 중이었다.

광장 옆 좁은 언덕길을 올라 성당으로 향했다. 입구에 앉아 계신 신부님께 입장료를 여쭈었더니 1유로만 내라고 하셨다. 입장료라기보다 시골 성당 유지비로 받으시는 것 같았다. 아담한 성당 안을 둘러보고 성당 앞 작은 광장에서 마을을 내려다봤다. 옹기종기 어깨 맞대고 있는 집들이 정겹다. 우리가 떠올리는 고향집이나 시골집 같은 분위기의 작은 마을을 돌아보고, 우리의 파랑이가 주차되어 있는 골목으로 돌아갔다. 한적하고 평화로운 시골 마을이지만 혹시라도 차량 파손하고 물건을 가져가는 불손한 사람이 있을지도 모른다는 걱정 때문에 파랑이가 주차된 곳으로 갔다.

한적한 골목에서 파랑이는 일광욕하며 조용히 제 자리를 지키고 있었다.

점심은 2층에 있는 카페에서 간단하게 빵과 커피로 해결했다. 사랑스러운 시골 골목을 바라보며 마시는 커피 맛은 더없이 훌륭했다.

이제 오늘의 목적지 똘레도(Toledo)를 향해 달린다. 3일 머물 예정인 똘레도에서 에어비앤비 호스트와 만나기로 약속한 시간까지 여유가 있어서 똘레도 전경을 볼 수 있는 전망대로 향했다. 타호강(Rio Tajo)이 에워싸고 있는 똘레도도 꾸엥까와 같은 천혜의 요새 도시다. 초록색 강물 너머 고색창연한 똘레도와 마주하는 순간, 감탄이 터져 나왔다. 16세기 스페인왕국 통일이 완성된 후 마드리드로 수도 이전하기까지 까스띠야 왕국의 수도였던 똘레도는 우리 예상보다 훨씬 아름다웠다. 똘레도를 여행한 사람들이 왜 그렇게 똘레도를 잊지 못하는지, 왜 엘 그레코가 30년 넘는 여생을 똘레도에서 보내며 작품 활동을 했는지 그 이유를 알 것 같았다. 전망대에서 2~3군데 정차하면서 여러 각도로 똘레도 전경을 감상했다. 이리 보고 저리 보고, 아무리 바라봐도 싫증나지 않았다.

우리 숙소 호스트 아주머니와 약속한 시간에 맞춰서 똘레도 공용주차장으로 향했다. 주차장 입구에서 만난 마음씨 좋게 생긴 아주머니가 주차카드를 태그해 주서서 주차장 안으로 들어가 주차하고 짐을 내렸다. 영어를 전혀 못하는 아주머니는 함박웃음으로 우리를 맞이해 주었다. 주차장에서 에스컬레이터를 타고 소꼬도베르 광장(Plaza de Zocodover)으로 향했다. 관광객으로 북적이는 광장 근처에 우리가 머물 숙소가 있었다. 2층 아파트는 깔끔하고 광장과도 가까웠고 대성당과도 가까웠다. 아주머니는 식탁 위 예쁜 크리스털 병에 담긴 와인과 과자를 가리켰다. 자신의 숙소를 방문한 손님에 대한 환영 인사였다. 이를테면 에어비앤비 식 웰

전망대에 본 똘레도 전경

: 똘레도 대성당

컴 드링크라고나 할까. 대화가 안 통하는 아주머니의 환영선물에 환한 미소와 함께 엄지손가락을 치켜세우며 감사 인사를 했다.

숙소가 광장 근처인데다 상가 거리에 위치해서 시끄러울까 걱정되었지만, 똘레도 여기저기 돌아다니기에 최적의 장소였다. 똘레도를 여행한 사람들이 웅장하고 아름답다고 칭찬을 아끼지 않는 대성당으로 향했다. 바르셀로나, 세고비아, 살라망카의 대성당처럼 똘레도 대성당도 가까이에 서면 전체 모습이 눈에 들어오지 않았다. 연륜이 묻어나는 성당의 위엄에 고개가 숙여진다. 똘레도 대성당에서 미사를 드리기 위해서 여행 날짜를 맞추었다. 내일은 주일이라 똘레도 대성당에서 미사를 드릴 예정이다. 쌀쌀한 저녁 바람 맞으며 숙소로 돌아가는 길에 숙소 근처 식당에 들렀다. 아름다운 똘레도 입성을 자축하는 맥주 한 잔으로 오늘의 일정을 마무리했다.

3월 24일 똘레도에서 맞이한 행복한 일요일

똘레도 대성당 미사 시간에 맞춰 성당으로 향했다. 입구에서 경비원에게 묵주반지를 보여 주며 미사에 참석한다고 말하고 성당 안으로 들어갔다. 압도적인 크기의 예수 생애가 그려진 화려한 제단화 앞에 앉았다. 식민지에서 가져온 엄청난 금으로 대성당들은 경쟁하듯 화려한 제단화를 제작한 것 같았다. 가장 낮은 곳으로 향하신 예수의 생과 달리 금으로 도배한 제단화를 마주한 중세의 가난한 농노들의 심정이 어땠을까 궁금했다. 미사에 참석한 사람은 우리를 포함해서 20명도 안 되었다. 노신부님들이 제단 앞으로 나오셔서 미사를 진행하시고 성가를 부르시는데, 몬세라트 대성당의 미사가 떠올랐다. 꿈에도 그리던 똘레도 대성당에서 70세가 넘을 것 같은 노신부님들이 집전하는 미사에 참석했다. 꿈은 이루어진다는 말을 다시 한 번 실감했다.

내가 읽었던 여행 책자들에 의하면 똘레도에선 일요일에 알까사르(Alcázar)와 엘 그레코의 집(Museo del Greco), 산토 또메 성당(Iglesia Santo Tome), 성모 승천 시나고그(Sinagoga del Tránsito) 등이 무료입장된다고 안내되었다. 주일에 똘레도를 찾은 이유는 대성당 미사 참석과 여행경비 절약 목적도 있다.

우리의 첫 번째 목적지는 엘 그레코의 집이다. 그리스 출신으로 독실한 가톨릭 신자였던 엘 그레코는 종교화와 제단화를 많이 그린 화가로 유명하다. 이미 프라도 미술관에서 엘 그레코의 강렬한 색채의 종교화들을 보고 감명받은 터라 그의 작품이 다수 전시된 엘 그레코의 집이 정말 궁금했다. 자신의 조국을 떠나 40년 가까운 세월을 똘레도에서 보내며 많은 종교화를 남긴 그레코의 집이 보이자 우리 둘 다 흥분하기 시작했다. 입구에서 "Today is free"라는 반가운 소리를 듣고 남편 앞에서 우쭐했다. 〈똘레도의 전경과 지도〉를 보며 그의 똘레도 사랑을 짐작할 수 있었다. 똘레도의 골목골목을 눈감고도 그릴 수 있을 정도로 오랜 세월을 보낸 이 도시가 얼마나 사랑스러웠을까. 예수와 12 사도를 강렬한 색채로 인상적으로 표현한 그림 앞에서 그가 어떤 마음으로 그림을 그렸을지 상상할 수 있었다. 경외하는 대상에 대한 최고의 존경심이 드러나는 종교화들을 그리며 그는 얼마나 행복했을까.

엘 그레코의 집에서 나와 두말할 필요 없이 우리는 그의 걸작 〈오르가

스 백작의 매장〉을 보기 위해 산토 또메 성당으로 향했다. 내가 알고 있던 정보와 달리 일요일인데도 이 성당은 입장료를 받았다. 그럼에도 불구하고 우린 〈오르가스 백작의 매장〉을 보기 위해 성당 안으로 들어갔다. 소박하고 아담한 성당 안에 들어가서 엘 그레코의 작품과 마주했다. 그의 강렬한 색채와 붓 터치가 마음을 사로잡는다. 이 그림 하나 보기 위해 입장했는데 사진촬영은 불가다. 관광객 모두 그림과 눈 맞추며 감동을 마음에만 저장한다.

똘레도의 좁은 골목들을 다른 관광객과 섞여서 걸어 다니다 유명한 똘레도의 과자가게를 만났다. 100여 년부터 수녀님들이 만들면서 유래된 마사판(mazapan)은 똘레도에 들르면 꼭 먹어야 될 디저트라고 해서 매장에 들어갔다. 단 음식을 질색하는 남편이 내게 사지 말라고 하는데도 3종류를 조금씩 샀다. 그리고 카페에서 커피를 시켜서 마사판을 한 입 베어 문 순간, 내 생애 가장 단 음식을 만나서 당황했다. 새끼손톱만큼 맛본 남편은 도리질을 하며 다시 안 먹겠다고 한다. 커피와 함께 겨우 한 개 먹고 나머지는 봉지째 가방에 넣었다. 저녁에 쌉싸래한 와인이랑 먹으면 좀 낫겠거니 생각하며.

지도를 보며 좁은 골목길을 헤매다가 유대인의 교회였던 성모 승천 시나고그를 찾았다. 일요일 무료입장의 혜택을 누리며 유대인 교회 안에 들어섰다. 벽면과 천장의 섬세한 조각이 이슬람의 모스크 양식과 비슷해서 놀랐다. 똘레도는 가톨릭교, 유대교, 이슬람교가 공존했다더니 그 영향 때문에 유대교 교회에서도 아름다운 이슬람의 조각 예술을 볼 수 있나 보다. 이슬람 세력이 지배했을 때는 종교의 자유가 허용되어서 세 종교가 공존할 수 있었는데, 스페인이 통일하면서 가톨릭교로 개종하길 강요했다고 한다. 자신의 종교를 지키기 위해 개종을 거부하면 추방되거나 종교재판으로 처형됐다고 한다. 가장 탄압받고 피해 입은 종교인이 유대교를 믿는 사람들이었다고 들었다. 나라 잃고 2천 년 동안 뿔뿔이 흩어져서 유대인 마을을 이루고 자신들의 종교를 지킨 유대인들의 대단한 정신력, 그런 정신력의 바탕이 된 종교의 힘을 새삼 느꼈다.

시나고그를 보고 골목길을 돌다 깜브론 문(Puerta del Cambron)을 지났다. 16세기에 건축된 유대인의 문이라고 알려진 깜브론 문은 5백 년 세월을 견디고도 여전히 견고하고 멋있다. 스페인은 골목들도 심지어는 성으로 들어가는 문들도 오랜 세월 그대로 제 자리를 지키고 있다. 문득 몇 년 전 불에 탄 우리의 국보 1호 남대문이 떠올라서 속상했다. 매일매일 새로운 건물이 올라가고 새 가게가 문을 여는 우리와는 달라도 너무 달라서 신기하고도 부러웠다. 내 고향 인천은 예전 모습이 거의 다 사라져서 고향을 느낄 수조차 없는데.

너무 오래 걸어 다녀서 다리가 무거웠다. 깜브론 문 근처 성벽에 앉아서 타호강을 바라봤다. 강, 마을, 골목, 그리고 문이 수백 년 세월을 그대로 버티고 있는 동안 수많은 사람들이 태어나고 삶을 이어가다 죽고. 오래오래 투병 생활한 엄마 생각에 가슴이 뻐근했다. 엄마 모시고 해외여행을 못한 게 두고두고 한이 된다. 지금 내 나이 때의 엄마는 입원과 퇴원을 반복하며 늘 힘겹게 삶을 이어가셨다. 엄마처럼 살지 않겠다고 어려서부터 말했던 대로 엄마와 다른 삶을 사는 나를 보며, 엄마는 대견해하시다가도 안타까워하셨다. 저질 체력으로 직장과 집을 오가는 딸을 보며 엄마는 참 많이 속상해하셨다. 그런 엄마를 그리워하며 모든 성당에서 엄마를 위해 기도드린다. 그렇게 엄마와 함께 하는 스페인 여행이기

: 엘 그레코의 집

: 성모승천 시나고그

: 깜브론 문

도 하다.

외곽에 있는 깜브론 문을 지나 다시 똘레도의 심장부로 이동했다. 똘레도에서 가장 큰 건물인 알까사르를 볼까 말까 고민하다가 공짜입장인데 들어가 보자고 했다. 여러 전쟁의 피해가 그대로 남아 있는 성 안에 들어서니 스페인의 치열한 역사가 보이는 것 같았다. 허물어지고 부서진 벽면, 적들로부터 성 안의 주민을 지키기 위해 튼튼하게 축성된 방어 요새도 수많은 전쟁 앞에서는 어쩔 수 없었나 보다. 무기박물관이 안에 있었지만 우리의 관심 밖이라 알까사르 전체를 한 바퀴 돌아보는 것으로 만족했다.

알까사르에서 나와 소꼬도베르 광장으로 이동하다가 반가운 동상과 마주했다. 자신의 저서를 들고 서 있는 세르반테스를 만나니 반갑다. 스페인 사람들의 돈키호테에 대한 사랑은 똘레도 상가에서 넘치도록 봤다. 돈키호테와 산초의 조각과 중세 갑옷, 칼들을 기념품 가게마다 진열해 놓고 손님들을 유혹한다. 스페인에 온 사람이라면 누구든 돈키호테와 관련된 장식품을 구입해야 한다고 외치고 있는 것 같다.

가로등 불이 들어온 광장은 한낮의 떠들썩한 모습과 달리 평화롭고 고즈넉하다. 해가 지자 쌀쌀해져서 광장에서 식사는 할 수 없을 것 같아서 대신 우리 숙소 옆 골목 식당에 가서 맥주를 주문했다. 오늘은 엘 그레코를 만난 감동을 자축하는 자리다. 애주가인 우리 부부는 매일매일 축하할 일을 만든다. 그나저나 오전에 산토 또메 성당 근처에서 산 달디 단 마사판은 어째야 하나. 남편이 사지 말라는 데도 고집을 부려서 샀으니 나 혼자 단맛의 끝판왕을 다 먹어야 하는데, 다 먹었다가는 당뇨병 걸리지 싶어 고민된다.

3월 25일 똘레도 골목에서 보물찾기

어제에 이어서 오늘도 똘레도는 눈부신 햇살로 우리를 반겨 준다. 본격적인 똘레도 탐방 전 카페인 충전을 위해 우리 숙소 바로 옆 스타벅스를 찾았다. 스페인 도착 후 처음으로 만난 스타벅스 카페엔 한국인과 중국인뿐이다. 시원한 카페라떼로 카페인을 보충하고 산 마르틴 다리(Puenta de San Martin)를 향해 걸었다. 똘레도를 외부와 연결시켜 주는 이 다리는 생각보다 폭이 넓고 다리 위 아치문이 멋스러웠다. 오늘과 같은 기계설비 없이 거대한 아치 교각과 섬세한 조각의 아치문을 만들었다는 게 믿어지지 않았다. 다리 위에서 타호강을 내려다보기도 하고 다리 건너 언덕에 올라서 똘레도 전경을 바라봤다. 천 년 넘는 세월 동안 이 도시의 지배세력은 여러 번 바뀌었고 그러면서 여러 종교색이 섞인 도시를 형성했을 것이다. 이토록 견고한 다리와 성곽 건설에 동원되었던 서민들은 역사와 함께 사라졌지만 그들은 짐작이나 했을까? 자신들의 고생과 희생으로 탄생한 이 도시가 아름다운 유적지로 보존되어 21세기 관광객들의 열렬한 사랑을 받게 된다는 것을.

다시 다리를 건너 똘레도 성곽 안으로 들어갔다. 스페인에 패배한 후 이베리아 반도에 남은 무어인을 무데하르라고 부르고, 그들이 만들어낸 섬세한 건축양식을 무데하르 양식이라고 한다. 빛의 그리스도 모스크라고 알려진 건축물 메스키타 델 크리스토 데 라 루즈(Mezquita del Cristo de la Luz)도 무데하르 양식으로 건축되었는데 섬세한 외관이 예술이다. 10세기에 건설되었으니 천백 년 전에 건축된 모스크다. 돌을 가지고 이토록 섬세하고 아름다운 건축물을 만들었던 대단한 건축술과 예술성을 지닌 무어인들도 힘을 잃게 되면서 자신들의 성전을 빼앗길 수밖에 없었나 보다. 12세기에 모스크는 가톨릭 성당으로 바뀌게 되었다. 무어인의 지배를 받던 꼬르도바, 그라나다, 세비야에서도 모스크 성전이 가톨릭 성당으로 바뀐 모습을 보게 된다. 힘을 잃는 순간 국가도 국민도 자신들의 종교도 모두 잃게 된다는 사실을 똘레도에서 우리 눈으로 확인했다.

빛의 그리스도 모스크 근처 태양의 문(Puerta del Sol)으로 향했다. 14세기에 건설된 이 문을 중세 기사들은 말 타고 드나들었을 것이다. 무데하르 양식 특징 중 하나인 말발굽 모양의 아치문을 방금 전 메스키타 델 크리스토 데 라 루즈에서 보고 감탄했는데, 태양의 문도 말발굽 모양 아치형 성문과 성문 위의 돌 조형물들도 멋스럽다. 전망대에 올라 파란 하늘 아래 아름다운 건물들과 관광객들을 바라보며 잠시 쉬었다. 3월의 강한 태양 이래 걸어 다녔더니 현기증이 난다.

이 골목 저 골목을 목표도 없이 돌아다니다가 산띠아고 델 아라발(Santiago del Arrabal) 앞에 서 있다. 산띠아고 델 아라발 바로 옆 비사그라 문(Puerta de Bisagra)의 초록색과 흰색 격자무늬 뾰족한 첨탑은 세련된 모습으로 눈길을 사로잡는다. 도시를 구석구석 누비다 보니 숨겨진 보석 같은 문과 건물들과 마주하게 된다. 오늘 하루 동안 똘레도의 골목에서 보물찾기를 한 것 같다.

비사그라 문을 지나 알깐타라 다리(Puente de Alcantara)를 향해 이동하다가 몇 번 뒤를 돌아보며 비사그라 문의 개성 만점 뾰족탑과 작별인사를 했다. 15분 정도 천천히 걸어서 알깐타라 다리에 도착했으나 다리를 건너는 것은 포기했다. 오전부터 산 마르틴 다리 건너 언덕까지 오르고 계속 걸어 다니며 똘레도를 탐색하다가 체력이 방전되었기에.

: 산 마르틴 다리

: 빛의 그리스도 모스크

: 태양의 문

강을 바라보며 걷다 보니 알까사르 앞에 다다랐다. 해 질 무렵의 부드러운 햇빛을 받고 우직하게 서 있는 알까사르의 웅장함을 뒤로하고 숙소 옆 식당으로 향했다. 매일 저녁마다 맥주를 마셨던 나름 단골 식당에서 똘레도의 마지막 저녁 식사를 즐기기로 했다. 이틀 동안 똘레도를 구석구석 돌아봤다고 생각했는데 아쉬움이 크다. 오늘은 똘레도와 작별하는 날이라 근사하게 식사하자고 했다. 남편은 스테이크를, 나는 대구구이를, 그리고 빼놓을 수 없는 맥주를 주문했더니 웨이터가 엄지척을 해준다. 남편과 다음에는 똘레도를 4일 정도 머물면서 보자고 했다. 스페인의 모든 도시에 매료되어서 다니다 보니 다음엔 스페인만 3달을 여행해도 부족할 것 같다. 꿈이 있어야 현실의 삶을 살 동력이 생기는 것 같다. 세계여행의 꿈을 실천하기 위해 계획을 세우는 동안 나는 가벼운 흥분과 함께 기대에 들떴다. 책과 여러 자료들을 통해서 알게 된 스페인보다 내가 직접 보고 겪는 스페인이 훨씬 매력적이고 아름답다. 언제가 될지 모르지만 다음에 다시 오게 된다면 지금보다 좀 더 여유 있게 스페인을 즐길 수 있을 것이다.

〈똘레도 여행 팁〉

1. 똘레도를 일요일에 방문하게 되면 엘 그레코의 집, 알까사르, 성모승천 시나고그 등을 무료입장할 수 있다. 2명인 우리도 경비 절약이 제법 되었으니 여러 명이 여행한다면 경비 절약이 제법 클 것이다.

2. 똘레도 전망대에서 조망하는 것도 좋고, 시간 여유가 있다면 산 마르틴 다리를 건너 언덕 위에서 똘레도를 한 번 더 조망할 것을 권한다. 똘레도는 여러 각도에서 볼수록 매력적이다.

3. 똘레도 파라도르를 적극 추천한다. 우리는 예약했다가 3일 동안 이동하는 번거로움 때문에 취소했는데 파라도르에서 똘레도를 조망하면서 호사를 누릴 주인공이 될 기회를 권한다. 우리도 다음엔 똘레도 파라도르에서 머물며 똘레도 야경을 조망할 계획이다.

: 산띠아고 델 아라발

: 비사그라 문

: 알깐타라 다리

꼬르도바
(Córdoba)

똘레도에서의 3일을 보내고 우리는 돈키호테의 발자취를 따라 풍차와 만나기 위해 꼰수에그라(Consuegara)로 떠난다. 매일 2~3번씩 지났던 소꼬도베르 광장을 지나 얌전히 주차되어 있던 파랑이에게로 갔다. 우리의 애마 파랑이는 돈키호테의 로시난테처럼 우리를 라 만차(La Mancha)의 평원을 지나 풍차가 있는 꼰수에그라와 깜포 데 크립타나(Campo de Criptiana)로 데려다 줄 것이다.

스페인 발렌시아를 지나 북향해서 세고비아와 마드리드, 똘레도를 여행했다. 이제는 방향을 남쪽으로 향해서 꼬르도바로 가는 길에 라 만차를 지난다. 라 만차는 그야말로 황무지 평원이다. 지나다니는 차를 드물게 볼 정도의 스페인 중부 내륙의 끝없는 평야를 황토 먼지 풀풀 날리며 달렸다. 뜨거운 태양 아래서 비쩍 마른 돈키호테와 통통한 산초가 먼지 뒤집어쓰고 호기롭게 지났을 모습을 상상하니 안쓰럽다가도 슬며시 웃음이 나온다.

꼰수에그라에 도착해서 차에서 내리자 강풍에 몸을 지탱하고 서 있기

: 세르반테스 동상   : 깜포 데 크립타나의 풍차

도 힘들었다. 이런 강풍이 부는 언덕에서 건물 3~4층 높이의 풍차를 향해 칼을 빼들고 진격했을 돈키호테를 상상하며, 'Impossible dream'을 떠올렸다. 세상이 규정한 질서와 규칙, 정의가 아니라 자신의 꿈을 향해 불가능에 도전하는 고집스런 돈키호테. 타협할 줄 모르는 외골수의 괴짜 기사와 그런 돈키호테를 믿고 따르는 산초. 남들이 비웃고 업신여겨도 타협하거나 굴복하지 않는 도전정신을 동경하며 우리도 스페인에서는 돈키호테가 되어 보기로 한다. 몰골이 초라할 정도로 앙상하게 마른 돈키호테도 노쇠한 로시난테와 목숨 걸고 모험을 하는데, 우리에겐 든든한 파랑이가 있으니 스페인, 포르투갈을 거침없이 내달릴 수 있을 것이다.

풍차의 매력에 흠뻑 빠져서 꼰수에그라에서 30분 거리에 있는 다음 목적지 깜포 데 크립타나로 향했다. 돈키호테를 사랑하는 마을에서 세르반테스의 동상과 마을 한편에 외롭게 서 있는 돈키호테 동상을 만났다. 사람들에게 풍차가 있는 곳을 물었더니 좁은 길을 따라 언덕길을 오르라고 알려 주었다. 도저히 풍차가 나타나지 않을 것 같은 언덕길을 오르니 멀리 풍차가 보이기 시작했다. 쪽빛 하늘 아래 서 있는 하얀 풍차들을 본 순간, 나도 작대기라도 들고 풍차와 싸워볼까 망설이다가 그만두었다. 내가 상대하기에 너무 큰 풍차, 내 팔이 닿지 않을 높이에서 날개를 펼치고 있는 녀석과의 결투는 쓸데없는 짓이다. 풍차 거인과의 결투에 망설임 없이 돌격해서 온몸이 부서진 돈키호테. 그러나 그의 호연지기를 추종하기에는 너무 계산적인 나. 용감하게 풍차를 향해 달려들지는 못한다. 나보다 더 풍차에 매료된 남편은 땡볕 아래서 풍차를 이리저리 탐색한다. 한번 돈키호테처럼 무모하게 달려들려나 처다봤지만, 남편은 끝끝내 풍차를 탐색만 하고 돌아선다. 스페인 여행 이후 남편의 카톡 프로필 사진은 돈키호테 동상으로 바뀌었다. 그러나 남편의 무의식 속 햄릿이 돈키호테에게 다가가지 못하게 발목을 잡고 있는 것 같다. 거침없이 진격하려는 B형의 내게 진지하게 고민한 후 행동하라고 충고하는 A형 햄릿이 남편이다.

풍차와 돈키호테에 빠져 있다가 오늘의 목적지인 꼬르도바를 떠올리며 아쉬운 발걸음을 옮겼다. 깜포 데 크립타나에서 3시간 거리의 꼬르도바로 향한다. 끝없이 펼쳐진 황갈색의 메마른 평원. 평원 곳곳에 자리 잡은 올리브 밭들을 거치며 라 만차와 헤어진다.

한적한 지방도로에선 지나가는 차를 보기 어려웠는데 꼬르도바에 들어서자 도로를 가득 채운 차들과 우리가 질색하는 로터리들을 만났다. 꼬르도바 외곽 쪽에 위치한 파라도르를 예약했기에 시내 중심을 지나서 이동하는데 3개 차선이 지나는 로터리에서 방향 전환이 어려워서 남편이 진땀을 흘렸다. 다들 알아서 방사형 도로의 로터리를 지나는데, 우리는 좌회전, 우회전, 직진 모두 힘겹다.

체크인하고 나서 유대인 지구에 가보기로 했다. 남편은 조금 전 진땀 흘리며 지나온 로터리들을 다시 지날 생각에 고개를 흔들다가 용기를 낸다. 유대인 지구에 있는 주차장에 자리가 있어서 행인에게 주차 여부를 물어보니, 주차해도 된단다.

유대인 지구에서 내일 관람할 메스키타(Mezquita)도 가까워서 웅장한 외부만 바라봤다. 스페인에서 가장 큰 모스크라는 말이 실감 났다. 메스키타 옆 좁은 골목들로 이어지는 유대인 지구는 예쁜 상가들이 있어 구경만 해도 즐거웠다. 여행할 때마다 그 도시를 기념할 자석(마그네틱)을 사서 냉장고에 붙여 놓고 여행을 추억하는 게 내 습관이다. 꼬르도바 기념품 가게엔 다양한 자석도 있고, 장식용 타일들도 진열되어 있어서 구경하는 재미에 시간 가는 줄 몰랐다.

기념품 가게들 사이에 있는 재미있는 식당을 발견해서 들어갔다. 주인이 투우를 좋아하는지 가게 안에 유명한 투우사들의 사진이 걸려 있었고, 화려한 투우사들의 복장도 장식장에 걸려 있었다. 식당이 유명한지 투우사들이 방문한 사진도 많이 걸려 있어서 식당 안을 두리번거리다가 주문했다. 깜포 데 크립타나에서 간단하게 요기하고 돌아다녀서 둘 다 배고프고 지쳐 있었다. 타파스와 맥주로 허기를 달래고 유대인 지구에서 나왔다. 파라도르 숙소로 돌아가는 길에 메르카도나(Mercadona)를 발견했다. 메르카도나는 우리의 대형마트와 같은 곳으로 다양한 식자재를 파는 곳이라 자주 이용했다. 메르카도나에 들어가서 구경하다 음식 코너에서 생선 초밥을 발견했다. 우리 입맛에 맞는 음식을 오랜만에 만나서 얼마나 반가웠는지! 주저하지 않고 초밥과 와인을 샀다.

파라도르로 돌아와서 초밥을 맛보았다. 올리브 오일로 요리한 음식만 먹다가 깔끔한 초밥을 먹으니 입안이 개운해지고 기분도 산뜻해졌다. 아침엔 똘레도를 떠나며 아쉬움이 컸는데, 돈키호테의 발길을 따라 라 만차를 지나 풍차들과 마주하며 유쾌한 시간을 보냈다. 그리고 오후엔 이슬람 색채 짙은 메스키타를 보며 감탄했다. 유대인 지구 좁은 골목의 아기자기한 가게들을 서성이며 피곤도 잊었다. 오늘은 깜포 데 크립타나의 풍차와 세르반테스, 돈키호테를 위하여 건배.

3월 27일 오, 나의 메스키타(Mezquita), 알까사르(Alcázar)

우리의 네 번째 파라도르도 시설과 식사 모두 만족스러웠다. 든든하게 아침을 먹고 어제 밖에서만 본 메스키타를 관람하기 위해 숙소를 나서기 전 프런트에 들렀다. 시내로 가는 대중교통을 물었더니 버스 정거장이 멀고 가는 길이 복잡하다며 택시를 추천했다. 어제 시내에서의 운전이 너무 힘들었던 데다 주차장도 여의치 않을 것 같아서 오늘은 대중교통을 이용하기로 했다. 호텔에서 불러 준 택시를 타고 오늘의 목적지 메스키타에 도착했다.

정원의 싱그러운 조경과 멋진 종탑을 바라보는 것만으로도 기대감에 들뜨게 된다. 티켓을 발급받고 안으로 들어선 순간 할 말을 잊고 만다. 흰색과 붉은색의 화려한 조합으로 조성된 아치형 기둥 숲 앞에서 이슬람 모스크의 웅장함과 아름다움에 마음을 빼앗기고 만다. 사방을 돌아봐도

: 메스키타

: 알까사르 정원

중년 부부의 좌충우돌 스페인 여행기

정교한 아치가 빼곡하게 숲을 이루고 있다. 10세기 무어인들이 자신들의 최고 성전을 건축하기 위해 얼마나 심혈을 기울였는지 짐작할 수 있다. 인간의 상상력이 만들어낸 이 걸작품에 여러 양식이 총동원되었다고 한다. 가장 아름다운 성전을 만들기 위해 좋은 것, 아름다운 것 모두를 조합시킨 결과물이었다.

메스키타를 관람하는 사람들 중엔 히잡을 쓴 이슬람인들도 많았다. 조상들이 세운 위대한 성전 한가운데 가톨릭 성당이 서 있는 모습을 보며 어떤 생각을 할까. 일제 식민지 때 경복궁 앞에 조선총독부를 세워 피지배 국가를 복종시키려고 했던 것처럼 가톨릭국가가 이슬람 왕조와의 전승에 쐐기를 박기 위해 모스크 안에 성당을 조성했을 것이다. 국가의 명운을 걸고 싸워서 이긴 후 적국의 성전을 허물고 새 성전을 건축하지 않고, 이슬람 성전 안에 가톨릭 성당을 세운 것은 화해의 의미일까 조롱의 의미일까.

예술의 가치를 존중하는 의미에서 자신들을 지배했던 세력의 건축물이나 예술품을 파괴하지 않고 보존하려고 했을 것이다. 스페인을 여행하며 성곽이나 건축물들을 보면서 이베리아 반도의 치열한 투쟁역사를 실감하게 된다. 그리고 투쟁의 고통과 상처를 치유하기 위해 공존하는 현재를 보며 스페인 사람들의 노력을 느끼곤 한다.

메스키타 밖으로 나와서도 한동안 주변을 돌아봤다. 다음 목적지인 알까사르(Alcázar)로 가기 위해 과달키비르 강가를 걸어서 이동했다. 강가를 천천히 걸어가며 로마교를 봤다. 2천 년 전에 건설되었다는 로마교는 살라망까에서 본 아치 교각 모양으로 2천 년 넘는 세월을 견디고도 끄떡없다. 고대 로마는 2천 년을 견디고도 건재한 다리를 인간의 힘으로 축성해서 지금도 이용하게 만들었다.

세고비아의 알까사르를 보고 나면 다른 알까사르는 시시하다고 들었기에 꼬르도바의 알까사르를 큰 기대 없이 찾았다. 외부에서 볼 때는 오래된 고성이라는 인상만 받았는데, 안에 들어서서 놀랐다. 1328년에 건설된 알까사르 건물보다 정원의 조경에 감탄했다. 넓은 수로 옆으로 독특하게 다듬은 나무들이 얼마나 아름다운지 정원에서 1시간 정도 산책했다. 키 큰 나무들을 직사각형으로 다듬어 놓은 모습을 보니 근위병이 떠오른다. 나무와 꽃들이 방문객을 반겨 주는 알까사르 정원의 싱그러운 기운을 받아서 로마교로 향했다. 2천 년 전 건설된 9m 폭의 다리를 걸어서 메스키타 반대편의 깔라오라 탑(Torre de la Calahorra)까지 걸었다. 로마교의 멋진 아치 교각은 강가 나무들이 가려서 사진 찍는 걸 방해했다.

로마교는 과달키비르강을 사이에 두고 메스키타가 있는 구시가지와 깔라오라 탑 구역을 이어주고 있다. 로마교를 다시 천천히 걸어서 구시가지로 돌아오니, 다리를 장식하고 있는 멋진 푸에르타 델 푸엔테(Puerta del Puente)가 우리를 반긴다. 그리고 그 뒤엔 라파엘 천사 탑이 하늘을 찌를 듯 서 있고. 메스키타 앞 광장에서 커피 한 잔 마시며, 메스키타와 라파엘 천사 탑을 바라본다. 우리가 잊고 있던 선명한 파란 하늘 아래 길고 긴 시간을 견딘 고풍스러운 유적들을 낯선 이방인의 시선으로 오래오래 감상한다.

점심을 먹기 위해 어제 저녁에 들렀던 유대인 지구에 갔다. 하얀 벽의 건물들을 붉은 제라늄꽃 화분으로 장식해서 시선을 끈다. 아기자기한 가게들을 구경하며 골목을 돌다 이색적인 식당을 발견했다. 아치문을 통해 안에 들어가면 중정 안에 식당이 있다. 하얀 벽을 장식한 화분들과 중정 가운데 있는 우물이 특이했다. 식사는 평범했지만 독특한 구조의 식당 체험은 신선했다.

택시를 타고 파라도르로 가자고 했다. 우리에겐 너무 낯선 로터리를 능숙하게 돌고돌아 목적지에 내려주는 기사. 우리에겐 생소한 도로들이 이곳 사람들에게 익숙하듯 유럽 사람들이 서울에 오면 낯설어 하겠지. 누구나 처음은 두렵고 어렵게 느껴지니까.

어제 갔던 메르카도나에 가서 또 다시 초밥을 구입했다. 숙소에서 한 입 가득 초밥을 우물거리며 말했다. "그래, 한국인은 밥심으로 사는 거야."

3월 28일 유대인 지구에서의 아찔한 사건

꼬르도바 마지막 날은 숙소에서 30분 거리에 있는 멋진 고성 까스티요 데 알모도바르 델 리오(Castillo de Almodovar del Rio)를 찾기로 했다. 복잡한 시내를 벗어나서 꼬르도바 외곽을 달려서 목적지에 가까워지자 언덕 위 우뚝 솟은 고성이 보인다. 구불구불 산길을 올라 성 앞에 주차하고 매표소로 향했다. 안내하는 분이 중세 복장을 입고 티켓을 확인한 후 아치형 출입문으로 입장하도록 안내했다.

성 안에 들어선 순간부터 중세시대로 시간여행을 하는 기분이 든다. 사진에서 본 모습보다 훨씬 웅장하고 견고한 성을 보며 또 다시 이베리아 반도의 치열한 투쟁의 역사를 떠올리게 된다. 8세기 무어인이 축성한 성을 중세 때 보수하며 유지된 성이라는데, 그 옛날 어떻게 이런 성을 건설할 수 있었는지 경이롭기만 하다. 성 위는 크고 뾰족한 첨탑으로 빈틈 없이 둘러싸여 있다. 내 키보다 높은 뾰족한 첨탑 사이사이에 중세 시대의 다양한 칼들이 전시되어 있어서 기사들의 무기를 엿볼 수 있다. 다른 알까사르나 성곽들과는 달리 이 성엔 많은 무기들을 전시해서 흥미로웠다. 첨탑과 첨탑 사이엔 보초 서는 초소가 있다. 중세시대 병사들이 보초 서며 적의 침략을 경계하고 있었음을 짐작할 수 있다. 성에서 내려다보면 아담한 알모도바르 델 리오(Almodovar del Rio) 마을이 보인다. 평화로운 시기엔 성 아래 마을에서 농사지으며 살다가 침략자가 나타나면 견고한 성으로 들어와서 전투 준비를 했을 것이다. 불안한 전쟁의 시대를 살았을 고단한 민초들의 삶에 연민을 느낀다.

성 안 곳곳에 중세시대 배경의 영화 촬영 장면 사진이 걸려 있다. 스페인엔 천 년 넘은 고성들이 많으니 중세 배경의 영화를 찍기 위해 영화인들이 촬영 장소를 찾는 고생은 안 할 것 같다. 1층 전시장엔 성의 문장(紋章)이 수놓인 깃발들이 자랑스럽게 걸려 있다.

매점에서 커피를 사서 정원에 앉아 성을 올려다보며 우리 부부 둘 다 감탄했다. 스페인엔 우리가 몰랐던 천 년 넘은 고성들이 많다는 사실에 새삼 놀라면서 우리나라 여행 책자에 소개되지 않은 이 고성을 우연히 찾아온 걸 행운이라고 생각했다.

점심은 고성 아래 있는 알모도바르 델 리오에서 먹기로 하고 언덕을 내려갔다. 흰 벽의 아름다운 집들이 있는 곳곳에 잘 익은 탐스러운 오렌지가 주렁주렁 열려 있다. 정겨운 마을을 둘러보는 재미에 빠져서 한 바퀴 돌았다. 반가운 슈퍼마켓을 발견해서 빵과 주스를 구입했다. 시골 마을 슈퍼마켓에 들어선 우리 부부를 발견한 주민들이 다소 놀란 눈치다. 이

: 까스티요 데
알모도바르 델 리오

: 꼬르도바의 로마교

런 호기심 어린 시선은 이미 여러 번 받아 본 터라 웃으며 "그라시아스"를 외치고 계산하는 여유도 생겼다.

오후엔 꼬르도바를 떠나기 전에 한 번 더 구시가지의 유적지들을 돌아볼 목적으로 시내로 향했다. 첫날 주차했던 광장의 이름이 떠오르지 않아 지도에 나온 유대인 지구 한복판의 광장을 목적지로 설정했다. 문제는 판단 착오에서부터 시작되는데, 불과 30분 후 고성 까스티요 데 알모도바르 델 리오의 감동을 잊을 아찔한 사건이 발생했다.

복잡한 꼬르도바 구시가지에 접어들면서 우리 둘 다 긴장했는데, 내비게이션이 메스키타 옆 좁은 골목으로 우릴 인도했다. 주변 사람이 크게 팔을 들어 엑스 표시를 하는 모습으로 보아 진입 금지인가 본데 내비게이션은 자꾸 엉뚱한 방향으로 우릴 이끌었다. 그러다가 정말 최악의 순간을 맞이해서 숨이 멎는 줄 알았다. 차가 진입하면 안 되는 좁은 골목으로 들어서고 말았다. 우리 파랑이를 만난 관광객들이 소스라치게 놀라며 건물 벽에 붙어 섰다. 우리 파랑이가 홍해를 가르듯 관광객들을 벽면으로 몰아세우고 있었다. 좁은 골목에서 앞으로 갈 수도 후진할 수도 없는 상황이 되자 공황장애가 발생해서 숨을 쉴 수 없었다. 놀란 관광객과 현지인들이 엑스 표시를 하며 들어오면 안 된다는 신호를 보내는데, 이미 골목 한가운데로 진입한 우리는 울고 싶은 심정이 되었다. 후진은 너무 위험해서 기다시피 앞으로 나갔으나 갈수록 태산이라고 계속 골목길이었다.

차를 버리고 도망가고 싶을 즈음, 우리 뒤로 차 한 대가 거짓말처럼 나타났다. 조금만 앞으로 가면 작은 광장이 있으니 거기 서 있다가 자기 차를 따라오라고 했다. 분명, 마드리드 경찰서 앞에서처럼 위기에 처한 우리를 도울 천사를 신께서 보내 주신 것이다. 기겁하는 관광객들 사이로 조금씩 진행하니 뒤차 운전자 말대로 아주 작은 광장이 있었다. 드디어 그 차가 앞장서서 우리를 인도하기 시작했다. 사색이 된 남편과 숨도 제대로 못 쉬고 어쩔 줄 몰라 하는 나를 그는 침착하게 안내해서 큰길로 인도해 주었다. "그라시아스, 땡큐"를 여러 번 말하며 감사 인사를 했더니 고마운 운전자가 손을 흔들며 갔다.

남편은 도대체 목적지를 어떻게 설정해서 그런 좁은 골목으로 가게 됐냐고 화난 목소리로 물었다. 그제 주차했던 곳이 생각나서 유대인 지구 가운데 있는 광장 이름 하나를 입력했더니 이런 결과가 발생한 것이다. 나도 꼬르도바 유대인 지구 낯선 이름의 광장이 손바닥만 한 곳일 줄은 상상조차 못 했고. 스페인에서 좁은 골목들은 수없이 만났지만 방금 전 지난 골목은 좁아도 너무 좁았다. 보행자 전용도로에 자동차가 난입했으니 사람들은 기겁하며 양옆 벽에 붙어 서서 우리를 어처구니없어 하며 바라봤을 터. 무사히 사람도 차(문턱에 타이어 휠이 긁히긴 했지만)도 안 다치고 미로를 빠져나온 걸 감사하며 성호경을 그었다.

근처 유료주차장이 있어서 주차하며, '내가 뭐에 홀렸나? 주차장을 찾으면 될 것을 왜 광장을 찾아서 사면초가의 위기를 자초했을까?' 하고 생각했다. 남편에겐 "내 행운의 수호천사가 나타나서 문제를 해결해 준 거니까, 나한테 감사하면 돼요."라고 말하자 남편이 어이없다는 표정을 짓는다. 목적지 유대인 지구로 남편의 주의를 돌렸다. 누군가는 궁금할 것이다. 공황장애가 올 정도로 그렇게 힘든 경험을 하고도 유대인 지구를 찾을 생각을 할 수 있냐고. 흰 벽에 아기자기한 예쁜 화분들을 걸어 장식한 그 사랑스러운 골목은 그만큼 매력적이라고 말해 줄 수 있다.

마치 처음 찾아간 곳인 양 두리번거리며 사랑스러운 골목길들을 걷다가 작은 광장에 있는 카페에 자리 잡았다. 커피를 마시며 방금 전 놀랐던 마음을 진정시켰다. 기왕이면 유대인 지구에 있는 광장에 주차시키면 편리하게 이동할 줄 알고 내비게이션에 주소를 입력했다고 하니, 남편은 그렇게 이곳이 좋냐고 묻는다. 자기도 이곳이 마음에 들어서 오후를 여기서 보내자는 의견에 동의했으면서…. 중년 남성의 마음은 갈대와 같아라.

커피 한 잔으로 놀란 가슴 진정시키고 기념품 가게로 향했다. 우리 집 냉장고에 붙일 꼬르도바 기념 자석과 벽에 걸 수 있는 타일 장식품도 하나 샀다. 유대인 지구에서 가까운 메스키타 옆을 지났다. 오늘도 수많은 관광객이 어제의 우리처럼 메스키타 안과 밖을 오가며 감탄하고 있었다. 메스키타 앞 광장에 우뚝 서 있는 라파엘 천사탑과 반갑게 조우하고 로마교로 향했다. 해 질 무렵의 고즈넉한 강가 풍경과 로마교, 푸에르타 델 푸엔테, 메스키타, 모두가 부드러운 오렌지빛 노을에 물들어간다. 평화롭고 아름다운 풍경과 천년의 세월을 떠받치고 서 있는 건축물에 마음도 곱게 물들어간다. 일몰의 우아하고 평온한 모습으로 나이 들고 싶은데, 오늘 같은 위기의 순간엔 혼비백산한 백수광녀(白首狂女)가 되니 어쩌나.

말없이 로마교와 메스키타를 바라보는 내게 "아쉬우면 유대인 지구에 가서 맥주 한 잔 마셔도 되고…"라고 말해 주는 남편이 고맙다. 올해가 결혼 31년, 연애 기간까지 35년 세월을 동고동락했으니 말이 필요 없는 순간이 자주 찾아온다. 유대인 지구에서 가벼운 타파스 안주와 맥주 한 잔으로 이 도시와도 이별을 고한다. 그래, 스페인을 다시 찾을 때 꼬르도바에 오면 된다. 그땐 오늘처럼 좁은 골목에 차를 몰고 가서 관광객들을 혼비백산하게 만들지 말아야지.

〈꼬르도바 여행 팁〉

1. 우리처럼 똘레도에서 꼬르도바로 이동할 계획이라면 지나는 길에 라 만차 지역의 꼰수에그라와 깜포 데 크립타나를 들러 돈키호테의 발자취를 따라가 보기를 권한다. 파란 하늘 아래 서 있는 하얀 풍차가 여행자를 맞이할 것이다.

2. 꼬르도바 구시가지는 길이 좁고 복잡하다. 주차는 대로에 위치한 유료주차장을 이용하고 걸어서 메스키타와 로마교, 유대인 지구를 관광하길 권한다.

3. 꼬르도바의 알까사르의 정원은 정말 넓고 조경이 훌륭하다. 재미있게 다듬어 놓은 나무들이 수로 양 옆에 서 있는 풍경은 여행의 피로를 잊게 만들고 아름다운 추억을 만들어 줄 것이다.

4. 시간 여유가 있다면 꼬르도바 시내에서 30분 거리에 위치한 까스티요 데 알모도바르 델 리오에 들러 보길 강력 추천한다. 성벽 위 뾰족한 첨탑 사이에 전시된 중세 시대의 무기를 볼 수도 있고, 엑스칼리버처럼 바위에 꽂힌 칼과 잠시 씨름하며 재미있는 사진을 남길 수도 있다.

5. 해 질 무렵의 과달키비르강의 로마교와 깔라오라 탑, 푸에르타 델 푸엔테, 그리고 메스키타의 풍경은 정말 아름답다. 강가에서 이 모든 풍광을 바라보면 마음도 일몰의 아름다운 빛으로 물들게 된다.

그라나다
(Granada)

3월 29일 알함브라의 그라나다에 입성하다

꼬르도바에서 그라나다까지는 2시간 거리라서 시간은 충분하다고 생각하며 파라도르를 나섰다. 꼬르도바 시내를 벗어날 때까지 로터리와 씨름하며 그라나다를 향해 출발했다. 어제 유대인 지구에서의 해프닝을 떠올리고 웃을 수 있는 여유도 생겼다.

지방도로에서 벗어나서 그라나다로 진입하는 도로에서 엄청난 교통난에 모든 차들이 옴짝달싹 못하고 서 있었다. 교통 정리하는 경찰이 있었으나 밀려드는 차에 비해 시내 진입도로는 감당할 수 없는 수준이었다. 주말의 그라나다가 이처럼 교통지옥이 될 것이라곤 상상도 못했다. 호스트와 만나기로 약속한 시간이 다가오자 남편은 안절부절못했다. 그라나다에서 5일 동안 머물 예정이라 에어비앤비 숙소를 예약했었다. 호스트에게 교통난으로 조금 늦을 것 같다고 메시지까지 보내야 했다.

복잡한 시내에서 겨우 벗어나서 숙소를 향해 가다가 일방통행 도로를 잘못 진입해서 역주행하는 실수를 하고 말았다. 맞은편 차가 우리를 발견하고 후진하라고 손짓했다. 그라나다 역시 구시가지는 좁은 골목들이 모두 일방통행로였다.

방금 전 역주행했던 옆골목에 예약한 숙소가 있었다. 우리를 기다리던 호스트와 만나서 주차장을 물으니 집에서 조금 떨어진 주차장으로 인도했다. 바로 집 앞에 노상 주차장이 있으나 그곳에 주차하면 안 된다는 주의까지 받았다. 주말 약속이 있는지 젊은 남자 호스트는 아파트 열쇠만 건네주고 사라졌다.

알바이신 지구 근처에 있는 숙소이고 무료주차가 가능하다고 해서 찾은 숙소인데 호스트가 남자라서 그런지 침구도 깨끗하지 않았고 세탁기는 너무 낡아서 작동이 될지 의구심이 들었다. 그릇들도 짝이 안 맞고 양념도 제대로 갖추어져 있지 않았다. 오늘 아침까지 4성급 파라도르에서 만족스러운 조식까지 먹고 떠났는데, 오후에 도착한 우리의 숙소는 파라도르와 너무 비교가 된다. 그러나 세탁을 하기 위해서는 에이비앤비를 이용해야 했기 때문에 어쩔 수 없는 일.

숙소 주변을 탐방하자고 나서서 20분 정도 걷다 보니 상가가 있는 깔데레리아 누에바(Calderería Nueva)를 지나게 된다. 이국적인 기념품을 파는 가게들이 좁은 골목 양쪽에 늘어서 있어서 눈요기하기 좋았다. 누에바 광장(Plaza Nueva)은 지척이라 관광객들로 북적이는 광장까지 탐색하고 숙소로 돌아오는 길에 슈퍼마켓을 찾았다. 와인과 고기, 냉동 새우와 샐러드 야채, 과일, 세제, 올리브 오일도 구입했다. 남자 호스트 숙소엔 없는 게 너무 많아서 이것저것 살 것들이 많았다.

숙소로 돌아와서 세탁기를 작동했더니 덜덜거리며 돌아가는데 금방이라도 순직할 기세였다. '제발, 죽더라도 우리가 떠난 다음에 순직해 다오.' 애원하고 청결해 보이지 않는 화장실 청소까지 했다.

저녁으로 고기도 굽고 새우도 올리브 오일에 볶고, 냉동 야채들도 오일에 볶았다. 샐러드용 야채는 접시에 담아서 초고추장과 곁들였다. 블루투스 스피커로 음악을 들으며 그라나다 입성을 자축했다. 내일은 그라나다 알바이신 언덕에 오르는 날.

3월 30일 사크로몬테 수도원에서 알함브라를 바라보며

어제 오후 누에바 광장까지 걸어보고 내린 결론은 오늘 그라나다 시내도 걸어 다니자는 것. 시내에서 이베르까하(iberCaja) 은행 위치도 확인하고 시내버스 티켓 구입도 해야 하기에. 한국에서 환전해 간 유로를 거의다 사용해서 환전을 해야 한다. 그리고 알바이신 언덕에 오를 C 버스를 타기 위해 버스 티켓도 구입해야 하고. 스페인 도착하면서 매일 눈부신 태양의 축복을 받으며 하루를 시작했다. 유럽의 겨울은 음산하고 비가 자주 온다는데 스페인에선 매일 눈부신 태양과 파란 하늘을 만난다.

큰길 따라 걸으면 어제 갔던 누에바 광장이 나올 것이다. 오늘의 목적지 알카이세리아 거리(Alcaiceria)를 찾다 보니 그라나다 대성당(Catedral de Granada)이 눈에 들어온다. 역시 엄청난 규모의 성당이라 가까이에선 전경을 사진에 담기 어렵다. 내일 미사를 드릴 예정이라 성당에 들어가지 않고 바로 옆에 있는 아랍인 상업지구인 알카이세리아로 향했다. 그라나다는 무어인이 마지막까지 포기하지 못했던 곳이라 그런지 아랍색이 유난히 강한 것 같다. 원색의 이국적인 옷들과 장신구들을 파는 가게들이 좁은 골목에 포진해 있다. 딱히 구입할 것도 없으면서 가게들을 구경하다가 큰길로 나섰다. 이사벨 광장(Plaza Isabella Catolica)을 찾아가는 길에 iberCaja 은행을 발견했다. 여행 전 본 블로그에 이 은행은 스페인에서 환전수수료를 안 받는 은행이라고 소개되어 있었다. 한 달 생활비를 거의 다 썼으니 이제부터는 대도시에서 생활비를 인출해서 사용할 것이다.

이사벨 광장에 도착해서 동상을 바라보니 이사벨 여왕과 콜럼버스가 문서를 두고 논의하는 장면과 마주하게 된다. 스페인에 엄청난 부를 안겨줄 식민지 개척에 나설 콜럼버스에게 산타페협약을 통해 귀족 작위와 식민지 이윤의 일정 부분 인정 등을 약속히는 장면이라고 한다. 이사벨은 까스띠야 왕국의 공주로서 이복오빠인 왕 엔리케 4세가 강요한 정략결혼을 거부하고 스스로 자신의 배우자를 정했다. 아라곤 왕자인

: 이사벨 광장 동상

페르디난드와 결혼하고 스페인에서 800년 만에 무어인을 완전히 몰아내고 스페인 통일을 이룬 여왕. 물론 강력한 가톨릭 국가를 건설하겠다는 명분으로 이교도 탄압을 한 이면도 있지만, 스페인 국민에겐 존경받는 여왕이리라.

4월 1일 알함브라 궁전에 오르기 위해서 이사벨 광장에서 버스를 타러 다시 올 것이다. 우리가 타야 할 버스 정거장 위치도 확인했다. 그라나다

의 가로등과 맨홀 뚜껑은 다른 도시들과 또 다르다. 효율성 추구라는 명목으로 획일화된 도시 풍광은 다소 무미건조하다. 그러나 스페인에서는 도시마다 다른 색을 찾아보는 재미가 쏠쏠하다. 버스 티켓을 파는 가게를 찾기 위해 거리를 두리번거리며 걷다 보니 어제의 누에바 광장과 조우한다. 점심때가 되어서 아랍식당에 들어갔다. 이국적인 노래가 흘러나오는 식당에서 샌드위치 비슷한 음식을 주문했다. 식당에서 버스 티켓을 구입할 수 있는 곳을 물었으나 모른단다. 식당 앞에 버스 정거장이 있지만 버스표를 파는 곳은 찾을 수가 없었다. 광장에 있는 안내소에 가서 물었더니 버스 기사에게 직접 티켓을 사면 된단다.

사크로몬테 수도원(Abadia del sacromonte)에 가기 위해 미니버스인 C2에 오르면서 티켓을 구매한다고 하니 버스 기사가 바르셀로나의 T10과 비슷하게 생긴 티켓을 내준다. 이 교통카드를 사기 위해 시내버스 정거장 여기저기 기웃거리고 다녔는데 너무 간단하게 버스에서 구입할 수 있었다. 두 사람이 함께 이용할 수 있다는 티켓을 구입하고 빈자리를 찾아서 앉았다. 우리의 마을버스보다도 작고 귀여운 미니버스에 다행히 빈자리가 있어서 앉았는데, 앉기를 천 번 잘했다는 걸 잠시 후 골목길에서 여러 번 실감하게 된다.

현지인과 관광객을 가득 채운 미니버스가 움직이기 시작하고 잠시 후 알바이신의 좁디좁은 골목으로 들어선다. 우리가 꼬르도바 좁은 골목에서 식은땀 흘리며 지났던 그런 길을 버스가 지나갈 때면 관광객들이 벽쪽으로 붙어 서서 길을 비켜 준다. 좁은 골목을 꿀렁거리며 지날 때는 아찔하다. 서 있었다면 이리 흔들 저리 흔들 고생했을 텐데 다행히 앉아 있어서 다른 사람과 부딪치는 민폐는 피할 수 있었다. 골목 맞은편 차와 맞닥뜨리면 한 대가 후진해서 길을 비켜 주는데, 운전기사의 운전 솜씨가 혀를 내두르게 한다. 유럽의 골목길들을 어려서부터 운전한 사람들이 아니라면 우리 같은 사람들은 엄두도 안 나는 난이도 최상의 운전 코스다.

중간중간 정거장에 멈추면 주민들이 내린다. 내릴 곳을 몰라서 불안해하고 있을 때, 버스에 있던 스페인 꼬마들이 "사크로몬테(Sacromonte)"를 외친다. 어리버리한 관광객들에게 하차하라고 안내해 주는 게다. 버스는 언덕 정상에 관광객들을 내려 준 후 반대쪽 언덕 아래로 사라진다. 꼬마들이 외치면서 알려 주지 않았더라면 고생하며 오른 언덕을 그대로 버스 타고 내려갔을 뻔했다.

사크로몬테 수도원(Abadia del sacromonte)은 '거룩한 산'이라는 뜻의 사크로몬테 언덕에 있는 수도원이다. 이곳은 로마 지배 시대 때 기독교 박해로 순교했던 종교인들의 무덤이 발견된 곳에 세운 수도원이라고 한다. 16세기에 건설된 수도원은 수수한 모습 그대로 침묵 속에 서 있다. 수도원 내부 관광은 가이드와 동반해야 가능하다고 해서 수도원 외부와 아치형 문만 바라봤다.

그라나다에서 이슬람 세력이 무력화된 후 가톨릭 세력이 지배하면서 이교도 탄압이 시작되었다고 한다. 그때 탄압받던 이슬람교도들과 집시들이 사크로몬테에 동굴집을 짓고 숨어 지내면서 이곳엔 많은 동굴집들이 생겨났다고 한다. 숨어 살던 동굴집이 지금은 플라멩꼬 공연을 하면서 관광객들에게 사랑받는 곳이 되었다. 여행을 떠나기 전에 사크로몬테 동굴 플라멩꼬 공연 관람을 보고 싶어서 계획에 넣기도 했지만, 해가 진 후 이 지역이 위험하다고 해서 관람을 포기했다. 직접 와서 보니 그다지 위험하지 않을 수도 있는데 공연히 겁먹은 것 같아 살짝 후회도 된다.

: 사크로몬테 수도원 문

: 사크로몬테에서 본 알함브라

사크로몬테 언덕에서 반대편 언덕에 있는 우아한 알함브라 궁전을 조망할 수 있다. 세상에서 가장 아름다운 궁전이라는 알함브라를 바라보다가 하산하기 위해 버스 정거장으로 이동했다. 한참 기다린 끝에 반가운 미니버스에 올랐다. 도중에 관광객 몇 명이 내리는 곳에 예쁜 카페가 보이기에 우리도 내렸다.

그라나다도 덥기로 소문난 곳이라서 그런지 구불구불한 언덕에 있는 집들은 모두 흰 벽이다. 자동차 탄생 전에 형성된 복잡하고 좁은 골목길은 길 찾기도 어려울 지경이다. 길가 예쁜 카페에서 커피를 주문하고 잠시 휴식을 취한다. 이곳 3월의 태양은 우리나라 한여름의 태양 못지않다. 커피로 수분 보충하고 다시 버스에 올라 누에바 광장으로 내려갔다.

귀갓길에 누에바 광장 옆 골목에 있는 중국인 슈퍼마켓에 구경삼아 들어가 봤다. 우리나리 컵라면 몇 종류도 진열대에 놓여 있는 작은 기게였다. 여행 다니다 보면 중국인들이 얼마나 널리 이주해 있는지 알 수 있다. 미국이나 캐나다의 유명한 대도시 한복판에 당당하게 차이나타운을 이루고 있는 모습이 늘 부러웠다. 샌프란시스코 차이나타운은 엄청난 규모인데 그곳에 들어서면 중국으로 착각할 정도다. 그리고 미국의 작은 도시들에서도 중국 식당을 만날 수 있다. 여행하며 밥을 먹고 싶을 때 찾아가서 볶음밥을 먹곤 했는데, 이번 스페인 여행에서도 한국 식당은 못 만나도 중국 식당은 작은 도시에서도 만날 수 있었다.

어제 찾아갔던 숙소 근처 제법 큰 슈퍼마켓에 가서 저녁거리를 샀다. 이제 스페인 슈퍼마켓에서 장을 보는 건 익숙한 일과가 되었다. 우리 입맛에 맞는 가성비 좋은 와인과 스페인 맥주, 다양한 야채를 잘게 썰어서 냉동시킨 제품들을 바구니에 담는다. 오늘은 생선 코너에서 생새우 구입에 도전했다. 손가락 펴서 새우 개수를 알려 주니 비닐봉지에 담아서 가격표를 붙여 준다. 사람 사는 게 다 비슷해서 식자재 구입은 아주 익숙해졌다. 남편이 좋아하는 이베리코 하몽(Iberico Jamon)도 구입하고. 마치 그라나다 거주민처럼 장을 보고 익숙한 골목을 걸어서 우리 숙소로 돌아간다. 비슷비슷하고 복잡한 골목들도 이젠 친근해졌다.

3월 31일 고뇌의 성모상에 깊은 슬픔을 느끼며

3월의 마지막 날이자 주일인 오늘, 대성당 미사 시간에 맞춰서 숙소를 나선다. 3일째 걸어다녀 제법 눈에 익은 거리를 지나 성당에 들어섰다. 스페인에 도착해서 한 마디도 못 알아듣는 스페인어 미사에 계속 참석했다. 바르셀로나, 몬세라트, 엘체, 마드리드, 똘레도에 이어 그라나다 대성당 미사에 참석할 수 있음에 감사드린다. 유서 깊은 성당 순례만으로도 행복한데 미사까지 드릴 수 있으니 축복받은 여정이다. 대성당 근처 왕실 예배당(Capilla Real)은 생각보다 외관은 화려하지 않았다. 스페인 통일의 위업을 달성한 이사벨 여왕과 페르디난드 왕의 무덤이 있다고 하는데 밖에서 건물만 바라보고 주말 관광객들로 북적이는 알까이세리아 거리를 하릴없이 돌아다니다가 다시 대성당 앞에 섰다. 카페를 찾아 두리번거리다 성당이 바라보이는 카페에 자리 잡았다. 주말의 들뜬 분위기 속에 커피를 마시며 우리도 스페인 사람들처럼 그라나다의 주말을 보낸다.

스페인 여행 책자에서 고뇌의 성모 마리아 대성당(Basilica de Nuestra Senora de las Angustias)에 대한 소개를 읽었다. 아들 잃은 슬픔에 잠긴 성모상이 모셔진 곳이라는 소개가 마음을 끌었던 곳이다. 그래서 이 성당은 그라나다 여행에서 꼭 방문하고 싶었던 곳이다. 대성당을 지나서 이사벨 광장을 지나서 10분 정도 걸어가면 찾을 수 있다는 정보에 의지해 고뇌의 성모 마리아 대성당을 찾아나섰다. 그러다 복잡한 도로에서 방향을 잃고 길을 헤맨다. 마침 지나가시는 신부님께 지도를 보여 드리면서 길을 물었다. 신부님은 성당 순례객을 만나서 반가우셨는지 친절하게 길을 안내해 주셨다.

방향을 알고 걷다 보니 작은 공원 근처에 아기자기한 광장이 있어서 점심부터 먹기로 했다. 파라도르 조식 식사 때 현지인들이 빵에 갈아 놓은 토마토를 발라서 먹는 모습을 보고 맛이 궁금했었다. 마침 카페 옆 테이블에서 그 토스트를 먹는 사람이 있기에 웨이터에게 토스트와 토마토를 주문했더니 못 알아듣는다. 손짓으로 옆 테이블을 가리키니, "토스다도(tostado)"라고 알려 주며 주문을 받는다. 또 하나 배운다. 토스트는 스페인어로 토스타도, 토마토는 토마테(tomate). 출출하던 차에 따끈하게 구운 토스트와 신선한 토마토를 갈아서 가져다주니 군침이 돈다. 남편은 어떻게 이 토스트를 알았냐고 물었다. 파라도르에서 스페인 사람들이 먹는 걸 보고 알았다고 말해 주고, 따끈한 빵에 올리브 오일을 바르고 갈아 놓은 토마토를 얹어서 한 입 베어 물었다. 신선하고 낯선 조합인데 정말 맛있다. 커피와 토스트까지 저렴하면서도 건강한 점심 식사를 마치고 다시 목적지를 향해 출발한다.

우리가 찾는 성당은 번화가에서 살짝 떨어져 있어서 조용하고 한적한 가로수 길을 걸어서 간다. 지나다 보니 대형백화점이 문을 닫았다. 주말엔 백화점도 문 닫고 쉴 있는 주말을 보내는 스페인 사람들의 삶의 방식

: 고뇌의 성모 성당

이 마음에 든다.

고뇌의 성모 마리아 대성당 외관은 정말 수수해서 그냥 지나칠 수 있을 정도다. 외관과 달리 성당 안에 들어가니 강렬한 자주색 벽면이 성모의 피눈물로 느껴진다. 제단에 죽은 예수를 무릎에 안고 슬픔에 차 있는 성모상이 우릴 맞이한다. 우리 둘째 애가 아플 때마다 기도했던 순간들이 고

: 그라나다 대성당

스란히 떠올라서 나도 모르게 눈물이 흐른다. 세상의 모든 어머니들의 슬픔과 고뇌를 대신하고 있는 성모상 앞에서 기도하는데 남편이 부른다. 성당 관리인이 문을 닫을 시간이라 기다리고 있다고. 아쉬움이 남지만 오래 머무르지 못하고 성당을 나섰다. 성당 안은 성모의 슬픔과 침묵 속에 잠겨 있는데 성당 밖은 눈이 부시게 환하다.

지도를 보니 이 성당 가까운 곳에 산토 도밍고 성당(Iglesia de Santo Domingo)이 있어서 가보고 싶었다. 나보다 먼저 방전된 남편은 그라나다의 모든 성당을 순례할 목적이냐고 묻더니, 자신은 광장에 앉아서 기다릴 테니 혼자 다녀오란다.

나 혼자 골목길을 헤매며 성당을 찾다가 중년 부부에게 길을 물었더니 알려 준다. 16세기에 지어진 성당은 좁은 골목에 위치해 있는 데다가 정말 소박해서 마음먹고 찾지 않으면 찾을 수 없을 정도다. 문이 닫혀서 들어가지는 못하고 아쉬운 마음에 성당 앞에서 묵상하고 남편에게 돌아갔다. 스페인 낯선 골목에서 아내가 30분 동안 사라졌다가 나타나도 태평한 남편. 기사도는 기대도 안 하지만 걱정하는 척이라도 하지.

아침마다 집을 나설 때는 지도 들고 씩씩하게 목적지를 향해 발걸음을 내딛지만 해 질 무렵엔 무지근한 다리로 무거운 발걸음을 옮긴다. 며칠 사이 정든 골목길 따라 걷다가 숙소가 보이면 반갑다.

4월 1일 드디어 알함브라(Alhambra) 궁전과 만나다

2월에 스페인에 도착해서 벌써 4월을 맞이한다. 기대하던 알함브라(스페인 식 발음으론 알람브라) 궁전을 관람하는 날이다. 매일 눈부신 태양의 아침을 맞이했는데 오늘은 날씨가 흐려서 걱정이다. 알함브라 궁전에 오르는 버스를 타기 위해 이사벨 광장으로 향했다.

빨간 미니버스를 타고 언덕길을 올라 종점에서 내렸다. 우리와 같은 관광객들이 모두 내리는 곳에 알함브라 매표소가 있다. 오늘 오후 3시 나스르 궁전(Nasrid Palace)에 관람 예약을 미리 했으니 우린 매표소에서 줄을 설 필요가 없다. 매표소를 지나 궁전 안으로 들어간다.

입구에서부터 잘 다듬어진 나무들이 맞이해 주는 넓디넓은 정원에서 어느 쪽으로 갈지 방향을 정해야 한다. 우리는 아름다운 정원 헤네랄리페(Generalife)와 반대쪽에 있는 알까사바(Alcazaba)와 나스르 궁전, 카를로스 5세 궁전(Palacio de Carlos V)이 있는 방향으로 이동했다. 입구에선 알함브라 궁전의 규모가 짐작도 안 되므로 호기롭게 마음 가는 대로 방향을 정했다. 지금 생각해 보면 헤네랄리페를 먼저 둘러보고 알까사바와 나스르 궁전이 있는 방향으로 이동하는 게 더 나았으리라 생각된다.

싱그러운 나무들이 뿜어내는 신선한 공기를 맡으며 4월의 첫날을 꿈에도 그리던 알함브라에서 맞이한다는 사실에 들떠 있었다. 입구에서 한참 걸어 들어가니 엄청난 규모의 카를로스 궁전을 볼 수 있다. 거대한 규모로 이슬람 건축을 제압하려고 한 듯 건물 덩치는 정말 크지만 섬세하고 아름다운 면모는 볼 수 없다. 바로 옆 나스르 궁전 앞에 관람 시간에 맞춰 입장하려는 사람들이 줄 서서 차례를 기다리고 있다. 우리도 오후 3시 전에 줄 서서 차례를 기다릴 것이다.

나스르 입구 근처에 위치한 이슬람 요새인 알까사바로 향했다. 꾸엥까나 똘레도처럼 높은 곳에서 적의 침입을 방어하려는 목적으로 세워진 것 같다. 그라나다 시내가 한눈에 들어오는 알까사바에서 무어인의 왕조 중 이베리아 반도에 마지막까지 남았던 나스르 왕조가 최후의 전투를 벌였을 것이다.

알까사바를 보고 내려오니 점심시간. 알까사바 앞에 매점이 있는데 문전성시를 이룬다. 알함브라 안에 식당이 없으니 많은 관광객들이 요기하러 찾는 곳이 매점이다. 우리도 커피와 간단한 빵으로 요기했다. 여기서 사 먹은 빵이 스페인에서 먹은 가장 맛없는 빵이었다. 설상가상 갑자기 잔뜩 찌푸린 하늘이 소나기를 뿌리기 시작했다. 비를 피해 카를로스 궁전 안으로 뛰어들었다. 많은 관광객들이 비를 그으려고 지붕 있는 카를로스 궁전으로 모여들었다. 나스르 궁전 입장을 기다리는 사람들은 그대로 비를 맞으며 차례를 기다린다. 30분 이상 내리던 비가 그치고 나서도 3시까지 시간 여유가 있어서 근처를 돌아다녔다.

카를로스 궁전에서 내려가는 길이 있어 따라가 보니 알함브라 밖으로 나갈 수도 있고 근처엔 식당들도 많았다. 알함브라 출입구가 있으나 지키는 사람은 없다. 미리 알았으면 나와서 식사하고 들어가도 되는데, 몰랐으니 어쩔 수 없이 맛없는 빵을 먹었던 것이다. 알함브라의 유료관람 구간을 제외하고 정원은 무료로 산책할 수 있었던 게다. 다시 언덕을 올라 나스르 궁전 대기줄 앞에 섰다. 관리인이 2시 30분 입장객을 앞으로 불렀다. 시간에 맞춰서 입장시키기 때문에 미리 들어갈 수도 없고, 예약시간에 늦으면 입장이 불가하다더니 사실 그대로다. 3시 정각이 되어서야 티켓에 표시된 시간을 확인하고 입장시킨다. 우르르 몰려가는 관람객들 틈에 섞여 입장하는 바람에 궁전 입구는 못 봤지만 잠시 후 탄성이 흘러나온다.

말로만 듣던 아라베스크 문양의 정수를 내 눈으로 확인하고 나니 할 말을 잇고 만다. 정교하고 섬세한 조각으로 수놓은 아치 기둥들과 천장, 그리고 다양한 색과 기하학적 무늬로 수놓은 타일 벽면들의 화려함은 눈을 뗄 수 없게 한다. 화려한 조각의 아치 기둥 가운에 12마리의 사자가 떠받치고 있는 분수 앞에 섰다. 나스르 궁전의 최고 명소인 사자의 중정 (Patio de los Leones)을 본 순간, 이베리아 반도에서 마지막까지 저항하던 무어인 왕조 중 나스르 왕조가 알함브라를 지키기 위해 굴욕적인 제안까지 한 이유를 알 것 같았다. 까스띠야 왕조 이사벨 여왕에게 막대한 무어인 자산을 넘기고, 알함브라만은 남겨 달라고 한 나스르 마지막 왕의 심정을 알 것 같았다. 800년 가까운 긴 세월 동안 무어인의 식민지였던 이베리아를 포기하는 것보다 100년 넘는 세월에 걸쳐 예술품으로 탄생한 알함브라를 포기하는 게 더 어려웠다는 말도 이해된다.

관광객 모두가 섬세한 아라베스크 문양의 천장과 기둥, 창문들을 사진에 담느라 정신이 없다. 수많은 장인들이 매달려 한 땀 한 땀 조각한 것들이리라. 아무리 사진을 찍어도 그 아름다운 문양과 색감을 사진으로 오롯이 남길 수 없다.

나스르 궁전 입장 시간은 철저하게 제한하나 퇴장시간은 규제가 없다. 2시 입장객과 3시 입장객이 모두 보고 싶은 만큼 관람할 수 있다. 우리도 1시간 넘게 구석구석 돌아보다가 나스르 궁전에서 나와서 카를로스 5세 궁전을 보니 너무 비교된다.

다리가 너무 아프고 목도 말랐으나 헤네랄리페(Generalife) 정원을 포기할 수는 없다. 나스르 궁전에서 30분은 족히 걸어야 헤네랄리페를 볼 수 있다. 오늘은 알함브라에 취해서 2만 보가 아닌 3만 보는 걷게 생겼지만,

: 알함브라 궁전 알까사바

: 나스르 궁전 사자의 중정

이런 날이 내 인생에 또 있으랴 싶어서 다리에 힘을 준다.

인위적으로 네모반듯하게 다듬은 나무들이 만든 초록 터널을 지나서 드디어 정원에 도착했다. 이슬람 특유의 정원 양식인 중정 가운데 수로가 있고, 수로 양옆으로 아치형 기둥이 줄지어 서 있다. 수로 주변엔 예쁜 꽃으로 단장한 화단이 화사하게 방문객을 맞이한다. 왕족들의 사치스럽고 웅장한 정원이 아닌 정겹고 아기자기한 정원이라 더 마음에 든다. 아치형 창문들 사이로 보이는 건너편 나스르 궁전과 알까사바가 액자 속 사진처럼 멋스럽다.

더 이상 걷기 힘들 정도로 온종일 알함브라를 누비고 나서 버스 정거장으로 이동하면서도 자꾸 뒤돌아보게 된다. 해 질 무렵에서야 그라나다 시내로 가는 버스에 올랐다. 이사벨 광장에 하차해서 이사벨 여왕의 동

: 헤네랄리페 정원

상을 다시 바라본다. 오빠인 왕이 강요한 정략결혼 압력을 피해 스스로 선택한 배우자에게 청혼해서 결혼하고 스페인을 통일한 여왕. 그녀는 자기 스스로는 물론, 스페인과 무어인 왕조의 운명까지도 바꾼 대단한 야망가다.

그라나다 시내 이베르까하(iberCaja) 은행의 ATM기에서 스페인 도착후 처음으로 돈을 인출했다. 영어 안내를 선택해서 필요한 액수와 비밀번호를 입력하면 유로가 나온다. 1회 최대 500유로가 인출되는데 정말 은행수수료가 안 붙는다.

우리 부부가 너무나 보고 싶었던 알함브라 궁전을 관람한 기념으로 누에바 광장 앞에 있는 타파스 식당을 찾았다. 여행 책자에 늘 만석의 맛집이라고 소개되었던 곳으로 식당 안은 빈 테이블이 없다. 웨이터는 우리를 다른 사람들과 합석해서 앉게 했다. 식당 안에서 사람들 떠드는 소리에 귀가 먹먹하고 정신이 하나도 없었다. 우리 같은 중년 부부에겐 전혀 어울리지 않는 선술집에 가까운 식당에 들어갔으니 우리도 소리 질러서 주문할 수밖에. 주문한 맥주와 타파스가 나오자마자 재빨리 먹고 식당을 나섰다. 귀가 먹먹할 정도의 소음에서 벗어나 밖으로 나오니 사방이 고요하다. 식당 밖 누에바 광장은 어스름 저녁의 평온함으로 물들고 있다. 저 높은 언덕 위 알함브라에도 불이 들어와 낮과 다른 모습으로 관광객에게 아름다운 추억의 한 장면을 남긴다. 그라나다에서 가고 싶었던 곳들은 오늘로써 모두 완주했으니 내일은 여분의 하루다. 내일은 느긋하고 여유 있게 보낼 것이다.

산 니꼴라스 전망대에서 알함브라와 마주하다

바르셀로나, 마드리드에서처럼 여분의 하루는 느긋하게 보내기로 했다. 어제와 달리 오늘은 화창하다. 덜덜거리는 세탁기를 돌려서 빨래까지 마치고 그라나다에서의 마지막 날을 보내려고 숙소를 나섰다. 이젠 거리 상점들 위치까지 눈에 익은 거리를 지나 이사벨 광장으로 향했다.

귀여운 빨간색 미니버스를 타고 알바이신 지구의 산 니꼴라스 전망대 (Mirador de San Nicolas)에 올라 마지막으로 알함브라를 바라볼 예정이다. 사크로몬테 수도원과 알함브라 궁전으로 갈 때 탔던 작은 버스가 골목을 누비는 모습은 말로 설명이 불가하다. 버스가 좁은 골목에 들어서면 걸어가던 사람들은 홍해가 갈라지듯 도로 양옆으로 갈라져서 버스가 지나가길 기다린다. 이런, 우리가 탄 버스가 급하게 코너를 돌다 사이드미러가 벽에 드드득 소리를 내며 부딪치더니, 사이드미러가 떨어질 듯 위태롭게 덜렁덜렁 매달려 있다. 기사가 손으로 만져보더니 어깨를 으쓱한다. 으레 이런 일은 일어난다는 듯 아무렇지도 않게 앞으로 직진한다. 아찔한 순간들의 연속이라 처음 이 버스를 탔을 때는 운전하지도 않으면서도 조마조마했다. 옆 좌석 남편도 도리질을 치며, "나는 이런 길 절대 운전 못해."란다.

산 니꼴라스 전망대에서 우리를 포함해서 관광객들이 우르르 내렸다. 전망대 앞에는 여러 개 좌판이 벌려져 있다. 주로 액세서리를 파는 좌판인데 판매자는 자신들이 수공에 장인인 양 적극적으로 판매하려고 호객하는 대신 무심하게 손님들을 바라본다. 좌판을 뒤로하고 전망대 앞으로 향하니 햇빛을 받아 찬란하게 빛나는 알함브라가 관광객을 바라본다.

'너희가 진정 나를 그토록 흠모한다면 나에 대한 사랑을 허하노라.' 하명하는 자태다. 도도하되 천박하지 않은 화려함으로 관객을 유혹하는 알함브라의 매력에 빠진 사람이 나만은 아니다. 모두가 알함브라를 보며 감탄하고 사진 찍기 바쁘다. 아무리 사진을 찍어도 실제로 보는 바에 비할 바가 안 되지만, 어떻게든 인생 사진 한 장 건지려는 수많은 노력의 손길들 속에 우리 손도 있다.

전망대에서 조금 내려가니 알함브라를 조망할 수 있는 식당이 있다. 식사 말고 커피만 마셔도 되냐고 물으니 좌석을 안내한다. 손님이 한 명도 없어서 알함브라가 가장 잘 보이는 좌석에 앉았다. 시내보다 조금 커피값이 비싸지만 알함브라 조망 값으로는 감사할 정도다. 남편과 무어인의 몰락에 대해 이야기하며 알함브라를 바라보니 조금은 쓸쓸하다. 천 년 넘는 세월 동안 주인 비뀐 도시니 궁전의 수난은, 스페인 여행 동인 계속 봤다. 목숨 걸고 사랑을 지킨다는 말을 소설이나 영화에서 자주 들었는데, 스페인 사람들은 목숨 걸고 가족과 왕조를 위해 성벽의 도시를 지켰다. 적의 침략이 어려운 높은 절벽 위 천혜의 요새에 성벽을 쌓고 왕조를 지켜내려고 했던 무어인들의 몰락한 역사 현장 앞에서 커피를 마신다.

전망대 근처에 모스크가 있어서 잠시 들렀다. 아랍인들은 정원을 소중하게 가꾼다는 생각이 든다. 척박한 사막지대에서 살다 보니 물과 초원이 그리워서였을까. 아랍식 정원엔 중정 가운데 수로나 분수가 있고 푸른 나무와 조화를 이루는 화려한 꽃들로 조경을 완성한다. 자신들의 마지막 왕조가 지키던 궁전 맞은편에 작은 성전을 짓고 지내는 이슬람인들의 심정을 헤아려 본다.

전망대에서 내려와 길가를 돌아보니 높은 담장 위에 있는 카페가 보였

: 산 니꼴라스 전망대

: 전망대에서 본 알함브라

다. 알함브라가 정면으로 보이는 전망 좋은 카페에서 맥주를 주문했다. 우리와 같은 관광객들이 저마다 술잔을 들고 알함브라를 위하여 건배한다. 그라나다에서의 마지막 날은 알함브라에 취해서 낮술을 마신다. 금사빠의 주인공인 나는 그라나다에 와선 알함브라 앓이 중이다. 알함브라에 대한 사랑이 언제 다른 대상으로 옮겨질지 모르겠으나 그때까지 나는 알함브라를 사랑할 것이다. 낮술 탓일까. 내가 비운의 나스르 왕조 마지막 공주가 된 것 같다. 알함브라 궁전을 떠나 낯선 곳으로 떠나야 한다고 생각하니 가슴이 얼얼하다.

그라나다의 마지막 날은 산 니꼴라스 전망대에서 알함브라를 바라보는 동안 시나브로 흘러간다. 산 니꼴라스 전망대에서 시내로 하산할 때 역시 귀여운 미니버스와 함께한다. 오늘도 근엄하게 그라나다 시민들을 지켜보는 이사벨 여왕 동상 앞에서 잠시 마지막 인사를 하고, 누에바 광장과도 작별인사하기 위해 걷는다. 처음 그라나다에 들어설 때 교통난으로 당황했던 기억이 벌써 아득하다. 누에바 광장을 지나 우리의 단골 슈퍼마켓에 가서 그라나다에서의 마지막 저녁 식사 재료를 구입해서 귀가한다.

그라나다에서의 5일은 다소 길 수도 있지만 느릿느릿 돌아다닐 수 있어서 좋았다. 중년의 여행은 조금 느리고 쉼이 있어야 좋다는 걸 새삼 깨달았다.

〈그라나다 여행 팁〉

1. 그라나다 누에바광장 바로 옆 깔데레리아 누에바, 그라나다 대성당, 왕실예배당, 아랍인 상인 거리인 알까이세리아, 이사벨 광장은 가까이 위치해 있어서 걸어서 이동하며 관광할 수 있다.

2. 알함브라 궁전의 무료관람 구간은 언제나 방문할 수 있지만, 궁전 안의 화려한 나스르 궁전은 사전 예약해야 입장할 수 있고, 예약시간을 철저하게 지켜야 한다. 알함브라 궁전 안에 작은 카페에선 간단한 간식 종류만 판매하니, 하루 종일 관광할 사람은 간식과 물을 들고 들어가길 권한다.

3. 바르셀로나의 T10 대중교통 이용권과 비슷한 그라나다의 교통카드를 구매하면 2명이 이용할 수도 있다. 우리처럼 매표소를 못 찾았을 경우, 버스 기사에게 구입하면 된다.

4. 사크로몬테 언덕 위 수도원에 가려면 누에바 광장에서 빨간 미니버스를 타면 된다. 한적한 언덕 위에서 바라보는 알함브라 궁전의 전경은 관광객으로 붐비는 산 니꼴라스 전망대에서 보는 전경과 다르게 느껴진다.

5. 산 니꼴라스 전망대엔 알함브라 궁전을 보려는 관광객으로 늘 붐빈다. 전망대 근처에 카페들이 있는데, 낮엔 부담 없이 커피를 주문하고 편안하게 앉아서 알함브라를 조망할 수 있다.

6. 천주교 신자라면 고뇌의 성모성당에 방문하길 권한다. 슬픔에 젖은 피에타상을 보는 것만으로도 위로받을 수 있다.

7. 장기 여행할 경우 필요한 경비만 환전해서 가고, 필요할 때마다 ATM기에서 유로를 인출할 수 있다. 은행마다 ATM 수수료가 다른데, iberCaja 은행 ATM기기에서 인출하면 은행 수수료가 없다. 우리는 큰 도시 몇 군데에서 이 은행 위치를 확인하고 필요할 때마다 생활비를 찾아서 사용했다.

8. 한 번쯤은 카페에서 토스타도와 토마테를 주문해서 건강한 토스트를 맛보기를 추천한다. 커피와 함께 먹는 토스트는 신선한 경험이 될 것이다.

네르하
(Nerja)

4월 3일 하얀 집들과 쪽빛 지중해가 너무 좋아서 축복받은 오늘

지중해 연안 도시 알리깐떼를 떠난 이후 스페인 내륙을 돌며 세계문화유산의 도시들을 여행했다. 오늘은 다시 야자수와 강렬한 태양의 지중해 연안 도시로 떠난다. 그리니디에서 지중해 남쪽의 네르하(Nerja)로 가기 전에 스페인의 산토리니라고 불리는 프리힐리아나(Frigiliana)를 들르기로 했다. 그라나다에서 2시간 30분 거리에 위치해 있고, 프리힐리아나에서 네르하까지는 30분 거리라서 부담스럽지 않다. 여행 책자에 소개된 프리힐리아나는 언덕 위 하얀 집들이 정겨운 예쁜 소도시다.

프리힐리아나로 가는 길은 구불구불한 도로의 연속이다. 남편은 스페인 도로들의 곡선 구간과 도시의 로터리가 아직도 적응이 안 된다고 한다. "직선을 싫어하는 가우디의 나라답게 도로도 곡선으로 만들었나 보네. 유럽은 계획된 신도시가 아니라 구도심들이 그대로 유지되다 보니 불편한 좁은 골목도 그대로 사용하는 것 같아. 구시가지의 도로는 방사형으로 5~6개 방향으로 나누어지니 신호체계가 오히려 불편해서 로터리를 사용하는 게 아닐까?" 내 추론을 말해 본다.

구불구불한 도로 끝에 언덕 위 하얀 집들이 보이기 시작한다. "와, 예쁘다." 소리가 저절로 나온다. 광장 한편 유료주차장에 주차하고 마을 입구 안내판으로 향했다. 타일에 그림을 그려서 마을의 주요 장소들을 소개하는 안내 표지는 누구의 아이디어인지 정말 재치 있고 사랑스럽다.

언덕으로 이어지는 골목 양쪽엔 하얀 집들이 나란히 서 있고 집집마다 화분을 내놓아서 골목을 화사하게 장식한다. 하얀 벽과 원색의 파란 대문, 초록 대문들이 기분을 상큼하게 한다. 골목 바닥은 작은 돌들로 수놓은 모자이크 문양이 인상적이다. 바닥 문양과 흰 벽과 집 앞의 화분들을 번갈아 신기하게 바라보게 된다. 정말 소박한 작은 집들인데 하얀 벽과 파란 대문, 몇 개의 화분만으로 집 단장은 끝이다. 키 작은 내가 벽에 기대어 서 있어도 전혀 위협적이지 않은 고만고만한 집들이 마음에 위안을 준다. 내가 사는 서울은 몇십 층 높이의 똑같은 형태의 성냥갑 아파트들이 숨 막히게 하는데. 획일화된 아파트 공간에서 정형화된 삶을 살아야 정상적 사회 구성원이라고 생각했던 내 소견을 바꾼 소박한 집들에 매료되어 골목골목을 누빈다.

언덕 위 카페를 찾아 들어갔다. 마을 전체와 우리가 지나온 광장이 내려다보이는 카페에서 간단한 식사와 커피를 주문했다. 점심 식사하며 프리힐리아나를 감상한다. 쪽빛 하늘 아래 집들이 옹기종기 모여 있는 사랑스러운 하얀 마을에서 반나절을 보낸다. 스페인에서의 쉼은 언제나 평온하다. 쫓기며 살아온 우리 삶에 자주 쉼표를 찍으며 방전된 몸과 마음을 달랜다. 여행이 끝날 즈음엔 번아웃되었던 내 삶의 에너지가 반쯤 충전되려나.

프리힐리아나에서의 반나절 골목길 탐방을 마치고 오늘의 숙소가 있

: 프리힐리아나 안내 푠지

프리힐리아나 골목

는 네르하로 향한다. 오늘의 숙소는 바닷가에 있는 파라도르라서 기대가 크다. 체크인하고 방에 들어가니 지중해 파란 바다와 정원의 초록빛이 베란다 창 가득. 꼬르도바 파라도르에서의 만족감 뒤에 그라나다 숙소에서의 실망감, 그리고 네르하에서의 대만족감. 매일 최상의 호텔에서 머문다면 감동이 덜하겠지만, 실망스러운 숙소 뒤의 파라도르는 대만족 그 자체다.

파라도르에서 나와 골목길을 걸으며 남지중해의 쪽빛 바다가 한눈에 들어오는 유럽의 발코니(Balcon de Europa)로 향했다. 여름 휴가철엔 넘치는 관광객이 찾아온다는 휴양도시 네르하의 골목들이 아직은 철이 이른지 한산하다. 드디어 유럽의 발코니에 섰다. 하늘도 바다도 온통 파란색인 전망대에 서서 아무 생각 없이 바다를 본다. 누군가를 미워하거나 원

: 네르하 파라도르 정원

망하며 상했던 마음, 온갖 걱정으로 불안했던 감정이 씻겨 나간다. 살면 얼마나 산다고 상한 마음이 너덜너덜해지도록 나를 괴롭혔을까. 불안도 걱정도 책임도 조금 내려놓았으면 덜 아팠을 텐데. 참 바보처럼 살았다. 아무리 움켜쥐어도 모래는 손가락 사이로 다 빠져나간다는 걸 알면서도 늘 뭔가에 미련 두고 놓지 못해서 날 아프게 하다니.

전망대 언덕에서 내려가 해변을 산책하며 가까이에서 지중해의 푸른빛을 본다. 4월인데도 태양의 위력이 대단해서 해변에선 일광욕하는 사람들이 많다. 피부가 쭈글쭈글한 나이 든 사람들도 비키니 차림으로 일광욕한다. 해변이 청춘들만을 위한 곳이 아니라는 것을 스페인에 와서 여러 번 확인한다. 세월의 흔적이 드러나는 잡티 투성이의 쭈글쭈글한 피부를 당당하게 보일 수 있는 노인들의 자유로움을 보며, 나도 늙음을 슬퍼하거나 두려워할 대상으로 여기지 않겠다고 다짐해 본다.

파라도르로 돌아와서 조경이 잘 된 정원을 산책하며 초록빛이 주는 편안함에 기분이 좋아진다. 남편은 중세시대의 고성 같은 파라도르도, 현대적으로 신축된 파라도르도 모두 만족스럽다고 한다. 오늘은 프리힐리아나에서의 화사한 추억과 네르하 쪽빛의 시원한 체험까지 더해진 축복받은 하루다. 해 질 무렵 바닷가 빠에야 맛집 식당에서 빠에야와 생선구이, 맥주로 축복받은 오늘을 자축했다. 길 위에서의 나날이 더러는 지치게도 하지만 매일 다른 장소가 주는 매력에 빠져 다시 활력을 얻는다.

: 네르하 해변

말라가
(Malaga)

4월 4일 에어비앤비 주차장은 너무해

네르하에서 말라가는 50분 정도 거리여서 시간 여유가 있다. 파라도르 정원이 바라보이는 식당에서 아침을 먹고 커피까지 마셨다. 아침 햇살에 더욱 싱그러운 초록빛 정원을 천천히 산책히며 푸른 기운을 받았다. 발밑 초록 생명력을 오감으로 느꼈다. 말라가 에어비앤비 숙소 체크인 시간까지 여유가 있어서 말라가의 지르랄파로성(Castillo de Gibralfaro)과 알까사바(Alcazaba)를 보기로 했다.

네르하를 떠나서 말라가에 도착했다. 먼저 지르랄파로성을 보기로 하고 오늘도 구불구불 산길을 오른다. 성 앞에서 주차 관리하는 분에게 주차비를 지불하고 두 성을 볼 수 있는 통합권을 매표소에서 구입했다. 말라가의 지르랄파로성과 알까사바는 언덕 위에 쌓은 성벽들인데 두 성은 연결되어 있지 않아서 먼저 지르랄파로성을 돌아봤다. 이미 지로나, 아빌라의 멋진 성벽길을 걸어본 터라 성벽길이 신기하지는 않았지만, 성벽에서 내려다보는 말라가의 푸른 바다와 파란 하늘이 눈길을 사로잡는다. 한국에 돌아가면 구름 한 점 없는 이런 쪽빛 하늘을 다시 보기 어려울 것 같아 푸른빛을 눈에 마음에 꾹꾹 눌러담는다. 미세먼지와 황사가 심한 날 스페인의 쪽빛 하늘 떠올리며 위안 삼으려고.

천천히 성벽을 돌아보고 알까사바로 향한다. 목적지 알까사바 앞은 번화가라서 주차장을 찾을 수 없다. 근처 시가지를 두 바퀴 돌며 노상 주차장을 찾았지만 빈자리가 없어서 알까사바를 포기할까 생각했다. 그러다 지하 유료주차장 표지를 발견했다. 지하주차장에 안전하게 주차하고 알까사바로 향했다. 평범한 성인데도 관광객이 많았다. 그라나다에서 알함브라 나스르 궁전의 섬세함과 화려함에 매료되었던 우리에게 알까사바 안의 아치형 기둥과 장식들은 평범해서 큰 감동을 주지 못한다. 만일 말라가를 먼저 들렀다 그라나다에 갔다면 이곳도 마음에 들었을 텐데, 알함브라가 우리 눈을 아주 높여 놓은 셈이다. 작은 정원 역시 아기자기하지만 감탄할 정도는 아니고. 스페인에 와서 세계문화유산들을 보고 다녔더니 눈만 높아지고 있다.

스페인 최남단 도시라서 그만큼 태양의 위력도 대단하다. 두 성을 2시간 정도 돌았더니 목도 마르고 피부도 따갑다. 알까사바성 아래엔 로마 시대 때 건설된 원형경기장이 있다. 말라가는 기원전 페니키아인의 지배를 받다가 로마의 지배를 받았고, 그 다음엔 지브롤터 해협을 통해 건너온 무어인의 지배를 받았다고 한다. 로마의 유적지와 무어인의 유적지가 나란히 공존하는 스페인의 역사 현장을 말없이 바라본다. 유럽에 더 이상의 세계대전이나 침략전쟁은 없겠지. 유럽이 하나의 공동체로 묶여있으니 예전처럼 끊임없는 침략으로 국경이 변하는 일은 안 일어나겠지.

로마 야외극장 근처가 번화가라 식당이나 카페가 많다. 야외극장이 바라보이는 카페에 들어가서 시원한 커피와 빵을 주문했다. 우리 눈앞에

: 알까사바

: 지르랄파로성

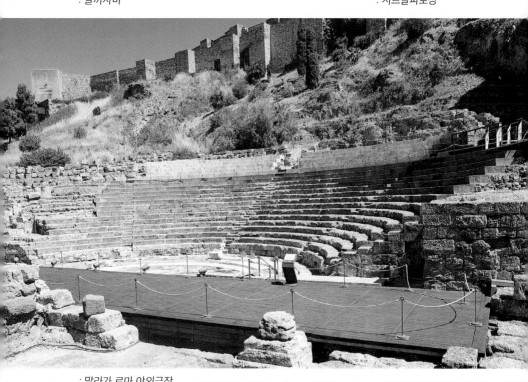

: 말라가 로마 야외극장

기원전 로마 야외극장과 알까사바가 보이기도 하고, 한쪽으로 눈을 돌리면 현대식 상가와 식당들이 보이기도 하고. 과거와 현재가 공존하는 아름다운 말라가에서 달콤한 휴식을 취한다.

체크인 시간 맞추어 말라가에서 이틀 머물 에어비앤비 숙소로 향했다. 호스트가 알려 준 주소대로 내비게이션 목적지에 도착했는데 호스트가 안 보인다. 이럴 때 조수석의 내가 움직일 차례다. 골목들을 기웃거리다 보니 젊고 예쁜 아가씨가 누군가를 기다리고 있어서 다가갔다. 예감대로 우리 숙소의 젊은 호스트다. 남편을 불러서 아파트 건물의 지하주차장으로 내려가야 하는데, 그녀 말이 주차장 통로가 좁단다. 순간 마드리드 에어비앤비 숙소의 악몽이 떠올라서 긴장했다. 정말 좁고 구불구불 곡선의 지하주차장 통로와 만났다. 호스트와 내가 지하주차장 통로에서 남편에게 왼쪽으로, 오른쪽으로 소리치며 인도했다. 겨우 지하 1층까지 갔지만, 호스트는 우리더러 지하 2층에 주차해야 한단다. 지하 1층은 큰 차만 주차할 수 있고, 우리 차는 작은 차라 지하 2층에 주차해야 한다니. 지하 2층까지 내려가서 비좁은 공간에 겨우 주차하고 그녀의 안내를 받으며 아파트로 올라갔다. 침실 하나와 주방 겸 거실로 구성된 작은 공간이지만 세련되고 깔끔하게 꾸며져 있다.

그런데 에어비앤비 숙소 최초로 우리에게 여권을 보여 달라고 했다. 말라가선 에어비앤비 호스트가 숙박객의 신원을 경찰에 신고해야 한다고. 일단 여권을 보여 주긴 했지만 영 찜찜해서 나중에 한국 에어비앤비 관리자에게 전화로 문의했다. 호스트들은 신분이 분명한 사람들이고 경우에 따라 여권을 요구할 수도 있다며 문제 없다는 답변을 듣고서야 안심했다.

이틀 머물 동네를 돌아보기로 하고 집을 나섰다. 우리가 머문 신시가지의 골목들도 다 비슷해서 숙소를 찾을 이정표를 찾아야 한다. 우리의 목적지는 슈퍼마켓이다. 이틀 동안 필요한 식자재를 구입하러 슈퍼마켓으로 이동하며 동네 구경하는 재미가 쏠쏠하다. 작은 도시답게 가게들도 소박하고 다양한 야채와 과일을 파는 구멍가게들이 대부분이다. 슈퍼마켓에선 그동안 익숙해진 냉동 채소와 새우, 샐러드용 채소를 구입했다. 파프리카, 당근, 완두콩, 브로콜리 등을 작게 썰어서 냉동한 야채 모둠은 가격도 저렴해서 자주 이용했다. 밥과 볶아도 좋고 새우와 볶아도 훌륭한 요리가 되기에 오늘도 냉동 야채봉지를 골라 들었다.

4월 5일 엄청난 소나기에 우울한 하루

아침부터 날씨가 꾸물거렸다. 스페인에 온 후 매일 맑은 하늘과 눈부신 태양을 봤는데 오늘은 비가 내릴 것 같아서 우산을 챙겨 들고 숙소를 나섰다. 피카소 고향에 왔으니 피카소 흔적을 찾아보기로 한 날이라 기대가 컸다.

피카소 동상을 찾아가는 길에 재래시장을 만났다. 이슬람식 고풍스러운 건물이 재래시장이다. 와이파이 사정이 안 좋아서인지 구글 지도가 남편을 힘들게 하기에 지나가는 할머니께 지도에 표시된 피카소 생가를 물었다. 빠른 스페인어로 설명하다 안 되겠는지 따라오라고 하신다. 남편은 구글 지도와 반대 방향으로 우리를 이끄시는 할머니가 영 미덥지 않은 눈치인데, 현지인이 당당하게 나서서 안내하는 게 더 미더운 건 내 아날로그 감성에 따른 결과다. 할머니는 손짓으로 조금 더 가라고 지시하고 당신 갈 길 가신다. 남편은 구글 지도 보여 주면서 우리가 가는 방향이 아니라고 하며, 내 비과학적 접근성에 불만을 표시한다. 다시 남편이 이끄는 대로 헤매다 피카소 동상이 있는 광장에 도착했다. 그때부터 비가 부슬부슬 내리기 시작해서 피카소 동상만 잠시 바라보고 목적지를 변경했다. 조금 더 걸어가면 말라가 대성당이 나올 것이므로 대성당 관람하며 비를 그으려고 했다. 그런데 점점 더 빗줄기가 거세지더니 우산으로 막을 수 없는 장대비에 둘 다 홀딱 젖고 말았다. 시내엔 지나가는 사람들도 없을 정도로 사방이 컴컴해지더니 비가 억세게 퍼부었다. 순식간에 도로에 넘치는 물이 우리 운동화 안으로 들어왔다. 비만 오면 기분 나빠지는 남편은 화가 나 있고.

물에 빠진 생쥐 같은 처참한 모습으로 더 이상 돌아다닐 수 없어서 말라가 시내 관광을 포기했다. 옷과 신발을 갈아입기 위해서 택시를 타고 숙소로 돌아갔다. 운동화도 다 젖었고 옷도 다 젖었고, 기분도 눅눅하다 못해 축 쳐졌다. 젖은 옷들을 빨래하고 점심으로 라면을 끓여 먹었다. 내가 비를 내리게 한 것도 아닌데 남편은 저기압이다. 설상가상 내가 가져간 두 켤레의 운동화 중 하나인 오늘 신고 나갔던 운동화 밑창이 벌어졌다. 동네 산책할 때 자주 신던 운동화와 작별한다. 이제 운동화 하나로 남은 일정을 무사히 마쳐야 한다.

비가 그치니 남편은 내게 조금 미안했는지 외출하자고 한다. 내가 보고 싶어 했던 피카소 미술관이나 말라가 대성당에 가자고 하기에 그냥 해변으로 드라이브나 하자고 했다. 어제 두 여자가 소리치며 주차한 지하주차장으로 내려가서 파랑이와 외출을 시도했다. 이번에도 나는 주차장을 무사히 빠져나올 수 있게 남편과 파랑이를 왼쪽으로 오른쪽으로 인도하며 소리를 지른다.

언제 비가 왔냐 싶게 파랗게 갠 하늘이 원망스럽다. 비만 안 왔으면 피카소 생가도 방문하고 말라가 대성당도 관람했을 텐데. 장대비 맞으며 대성당의 웅장함만 밖에서 보고 돌아서서 아쉽지만 어쩌랴. 여태까지 비교적 순조로운 여행이었으니 하루쯤 궂은 날씨로 목적을 못 이루었다고 슬퍼할 일은 아닌 걸.

30분쯤 달려서 도착한 바닷가는 한적하고 조용해서 우리가 바다를 오롯이 차지한 기분이다. 비 온 후의 파랗게 갠 하늘과 더 없이 파란 지중해를 보면서 오늘 오전의 해프닝을 웃음으로 넘긴다. 스페인 도시의 대성당과 명소들을 다 돌아보려는 욕심을 덜어내고 나니, 일정 변경해서 내가 좋아하는 바다를 실컷 보는 것도 나쁘지 않다. 내가 언제 또 지중해를 이렇게 실컷 즐길 수 있으랴. '이만하면 좋지 아니한가'라고 생각하니 어제 쨍하고 뜨거웠던 말라가의 하루도, 오늘 장대비로 젖었던 오전도 나쁘지 않다. 반 컵의 물을 보고, 남아 있는 물에 만족하며 긍정적으로 생각할 수도 있고 반밖에 없어 불안해하다 미래를 포기할 수도 있고. 그래, 절반의 성공이 어딘가. 기회가 되면 말라가도 다시 오면 될 것을.

저녁은 내가 좋아하는 초밥을 먹기로 했다. 남편이 내 기분 풀어 주려고 복잡한 시내 한복판 초밥집을 목적지로 정하는 호기를 부렸다. 인터넷에서 검색한 식당은 번화가 한복판 교통지옥인 곳에 위치해 있었다. 만차인 유료주차장에서 자리가 날 때까지 대기했다 주차하고 식당으로 향했다. 일본 음식인 초밥 식당을 중국인들이 경영하고 있다. 퉁명스러운 주인에게 초밥 2인분 포장을 주문하고 둘러봤다. 분위기는 중국 식당인데 메뉴는 모두 일본 음식이다. 포장된 초밥을 받아들고 주차장에 가서 파랑이를 찾아서 꽉 막힌 중심지를 벗어났다.

초밥과 와인을 사이에 놓고 오늘의 갑작스런 소나기로 인한 일들에 대해 말을 꺼냈다. "나도 장대비 맞으며 관광하는 건 싫어. 하지만 비가 온다고 화내며 하루를 망치는 건 어리석은 것 같아."라고 불만을 말했다. 남편은 어려서부터 비가 오면 옷이나 신발이 젖는 게 너무 싫었단다. 나는 비나 눈이 오면 흠뻑 젖도록 비 맞으며 돌아다녔는데, 내 반쪽은 나와 반대 성향이다. 화성에서 온 남자와 금성에서 온 여자의 조합 같지만, 그럼에도 불구하고 31년째 서로의 반쪽으로 빈 곳을 채우며 모난 곳을 다듬는 중이다. 그나저나 남편은 이순(耳順)이 지났는데 언제까지 수양해야하나. 나도 지천명의 끝자락에 서 있으면서도 감정이 널뛰듯 하니 피장과 장인가. 달착지근한 초밥과 함께 마시는 와인의 쌉싸래한 맛의 조화가 우리 삶과 닮았다.

미하스, 론다, 까디스
(Mijas, Ronda, Cádiz)

4월 6일 **사랑스러운 미하스를 지나 론다에서 헤매다**

말라가를 뒤로하고 론다(Ronda)로 가는 날이다. 말라가에서 30분 거리에 위치한 미하스(Mijas)라는 아름다운 도시를 보고 오늘의 최종 목적지인 론다로 향하기로 했다. 스페인 남쪽의 안달루시아 지방은 무어인의 흔적이 가장 많이 남았다고 하는데, 바다와 산악지대가 멋진 조화를 이루어 휴양지로 인기가 많다. 30분 짧은 이동시간 동안 산과 바다를 번갈아 바라보며 기분 좋은 하루를 시작했다. 지중해 연안 도시들은 뜨거운 태양 때문에 한여름엔 40도까지 기온이 올라간다고 한다. 그래서인지 하얀 벽의 집들이 유난히 많다.

프리힐리아나처럼 산속에 폭 안긴 하얀 집들의 예쁜 도시가 눈에 보이기 시작하자 마음도 환해진다. 공용주차장에 파랑이를 주차하고 골목길 나들이에 나선다. 아담하고 정겨운 하얀 벽의 집들은 단조롭지 않게 빨간 제라늄 화분을 걸어서 꽃단장을 했다. 파란 하늘 아래 흰 집과 빨간 꽃 화분이 사랑스러운 골목들을 걷다가 예쁜 기념품 가게 앞에서 머뭇거린다. 아직 여행 일정이 길게 남아서 기념품을 사면 안 되기에 눈으로만

: 미하스 입구

: 미하스의 가게

중년 부부의 좌충우돌 스페인 여행기

사고픈 기념품을 만진다.

미하스는 지브롤터 해협만 지나면 모로코로 이어지기에 가죽으로 유명하다고 알려져 있다. 가죽옷과 가방을 파는 가게를 지날 때 호기심을 보였더니, 상술 뛰어난 중년 여인이 들어오란다. 짙은 감색의 양가죽 백팩에 관심을 보이니 "우리는 싼 중국 가죽 안 써. 모로코 가죽은 냄새가 나는데 우리는 스페인 가죽을 쓰는데 최고야."라고 영어로 말한다. 원래 가격이 200유로인데 50% 세일해서 100유로에 주겠단다. 우리는 여행자라 돈이 없다고 하니 10유로를 더 할인해 준단다. 미안하다고 말하고 가게를 나서려고 할 때마다 붙잡고 조금씩 더 할인해 주는 바람에 가방을 구입하고 말았다. 그녀는 밑지고 파는 것이라며 아쉬운 표정 연기까지 했다. 남편이 너무한 것 아니냐고 하기에, 정말 밑지는 장사라면 우리를 몇 번이나 붙잡고 팔았겠냐고 말하니, 자기는 장사하는 사람에게 미안하단다. 바로 옆 가게는 가죽점퍼를 팔기에 구경삼아 들어갔다.

올해가 남편 환갑인데 마침 안식년이 찾아와서 일 년 휴식의 시간을 가질 수 있었다. 남편이 원했던 스페인으로 환갑 기념 여행을 왔던 터라 기왕이면 환갑 선물을 하고 싶어서 점퍼들을 살폈다. 가격표가 여행객에겐 다소 높은 편이라 나오려니, 주인 남자가 남편에게 마음에 드는 점퍼를 입어 보란다. 내가 구입한 짙은 감색 가방과 같은 색의 무난한 양가죽 점퍼가 눈에 들어와서 남편에게 입어 보라고 했다. 가격이 700유로대여서 남편이 머뭇거리기에 일단 입어 보라고 하니 정말 안성맞춤으로 잘 맞았다. 주인에게 할인이 가능하냐고 물었더니 50% 할인해 주겠단다. 여기서는 시작이 반값 할인으로 시작하나 보다. 남편 생일 선물로 사고 싶은데 우리는 가난한 여행자라고 말하니 250유로에 주겠다고 한다. 미안하다고 말하고 가게를 나서려고 하니, 옆 가게처럼 계속 우리를 붙잡았다. 그래서 방금 전 구입한 내 가방을 환불해서 점퍼를 사겠다고 했다. "옆 가게는 내 여동생이 주인이야. 그리고 그 애는 나보다 가난해. 성질도 고약해."라며 환불을 말린다. 그 사이 옆 가게 여동생까지 등장해서 우리 대화를 듣는다. 내가 남편 생일선물을 사고 싶은데, 돈이 부족하다고 우리 사정을 말했다. 남편 점퍼를 사기 위해서 내가 산 가방을 환불해 줄 수 있냐고 물었다. 가방 가게 주인이 단호한 표정으로 안 된단다. 그러면 점퍼를 포기할 수밖에 없다고 하니, 여동생이 나서서 더 할인해 주겠다며 점퍼 구입을 권했다. 더 이상 가게에 머무는 게 곤란해서 나오려는데 여동생이 얼마면 사겠냐고 물었다. 남편 지갑에 있는 돈을 보여 주면서 "이 돈이 전부야."라고 보여 주니 그 돈만 받겠단다. 지갑에 든 돈을 다 건네주며 우린 점심도 못 먹을 거야라고 말하니, 남자 주인은 자기의 고액권이 가득 든 지갑을 열어 보이며 나는 부잔데 너는 가난하구나라고 놀린다. 이웃 가게의 주인들까지 기웃거리며 우리의 흥정을 구경한 터라 걱정스럽기도 하고 살짝 겁도 났다. 흥정이 끝나고 남편의 점퍼를 받아들고 나니 기운이 쭉 빠진다.

남편은 점퍼가 정말 마음에 들었지만 내 흥정에 상인들에게 미안하기도 하고, 봉변당할까 걱정도 되었다고 고백한다. 고백은 고맙다거나 사랑한다고 말하는 건데 남편은 낭만 1도 없이 걱정을 고백한다. 실은 나도 가죽이 마음에 들어서 차로 돌아가 돈 가지고 갈까 생각도 했지만, 남매인지 부부인지 알 수 없는 그들의 상술에 넘어가는 기분이라 끝까지 버티었다고 말했다. 환갑 선물이라고 하니 남편은 정말 마음에 든단다.

흥정에 나섰던 나나 남편이나 기가 다 빠져서 점심 먹으러 가자고 했다. 남편 지갑은 텅 비었지만 내 가방 안주머니에 10유로 정도의 잔돈이 남아 있었다. 광장에 있는 식당에 들어서려는데 소나기가 내리기 시작했다. 피자와 커피로 점심을 먹으며 소나기 내리는 광장의 식당과 카페들을 바라본다. 미하스의 가죽 정보를 알았었기에 막연하게 남편 점퍼를 구입했으면 좋겠다고 생각했는데 목적을 달성해서 기분이 좋았다. 스페인에서 우리 마음에 드는 가죽 제품을 스스로에게 선물했다는 뿌듯함에 미하스가 더 사랑스럽다.

비 그친 미하스의 예쁜 광장과 흰 집들을 뒤로 남겨두고 오늘의 목적지 론다(Ronda)로 향해서 출발한다. 론다로 가는 길은 산악도로라서 구불구불한 곡선 구간이 연달아 나타난다. 남편과 교대해서 내가 운전대를 잡은 후 비가 뿌리기 시작하는데, 중앙선도 불분명한 곡선 구간에서 대형 관광버스들이 연이어 중앙선을 침범해서 우리에게 달려든다. 편도 1차의 산길에서 속도도 못 내고 조심스레 운전하는 우리를 수시로 추월하는 뒷차들과 반대 차선에서 내 얼굴까지 닿을 듯 다가오는 대형버스에 기겁하고 놀라서 소리를 질렀더니 남편이 도중에 차를 세우라고 한다. 침착하게 운전하면 되는데 왜 그리 소란을 피우냐며 자신이 운전한다기에 순순히 자리를 바꾸었다. 말라가의 장대비에 이어 미하스의 소나기, 론다의 비까지 안달루시아 지방의 변덕스런 날씨가 우릴 환영하지 않는 것 같다.

고지대 론다에 도착해서 목적지인 숙소로 향하는데 일방통행의 좁은 골목 몇 군데를 경찰들이 차단하고 우회하라고 지시한다. 여기저기에서 진흙 범벅의 마라토너들을 목격했는데, 토요일인 오늘 달리기대회가 있었나 보다. 대회는 끝 무렵인 것 같은데 숙소로 가는 길이 막혀서 난감하기만 하다. 론다의 골목을 5번쯤 돌다가 숙소 인근의 지하 유료주차장에 주차하고 호텔을 찾아갔다. 우리가 예약한 숙소는 일종의 아파트먼트 호텔로 자체 주차장이 없으니 유료주차장을 이용하라고 하며 방 키를 준다. 오랜 역사의 도시라서 지상주차장은 찾기 어려웠고 지하에 유료주차장들이 있다.

우리 숙소는 호텔이지만 공용 세탁기와 건조기가 있고, 방 안에 간단한 요리가 가능하게 주방 시설도 갖추어져 있는 장점이 있다. 그리고 론다의 누에보 다리(Puente Nuevo)와 마에스트란사 투우장(Plaza de Toros de la Real Maestranza de Caballería de Ronda)과 엘 타호 협곡을 볼 수 있는 전망대(Mirador de Ronda)가 숙소에서 모두 가깝다. 남편이 질색하는 비가 부슬부슬 내리는 론다의 누에보 다리를 보기 위해 숙소를 나섰다.

아찔한 절벽 위 전망대에 서니 고소공포증이 엄습하지만 전망은 최고다. 가파른 협곡 사이 두 마을을 이어주는 누에보 다리는 높이가 120m 라는데 18세기에 건설되어 지금은 론다의 명물이 되었다. 비가 와서 기온이 뚝 떨어져서 춥다. 론다에서 이틀 머물기 때문에 누에보 다리는 내일 더 자세히 보기로 하고 장을 보러 나섰다. 스페인 슈퍼마켓에서 장보기에 익숙해져서 필요한 품목들만 간단하게 사 들고 어두워지는 거리를 지나 숙소로 돌아왔다. 숙소 근처 중국 식당에서 볶음밥과 새우 요리도 포장했다. 우리 방 한 층 아래에 있는 공용 세탁실에 가서 젖은 옷들을 세탁기에 넣고 방으로 돌아왔다. 따끈한 밥과 중국식 새우 요리와 함께 마시는 와인이 추위를 물러나게 한다. 오늘은 미하스에서의 양가죽 제품 구입과 멋진 누에보 다리를 위해 건배.

4월 7일 비에 젖은 론다를 누비다

론다에서 맞이한 주일이라 숙소 근처 성당을 찾았다. 성당 안을 가득 채운 사람들은 다들 서로 아는 주민들 같았다. 이 성당의 특색은 아이들이 미사 분위기를 화사하게 만든다는 것. 아이들이 마이크를 잡고 돌아가며 기도문을 외우고, 주민들끼리 인사하는 시간엔 가족에게 가서 스페인 인사인 볼 뽀뽀를 하며 화기애애한 가운데 미사가 진행되었다. 신부님과 아이들이 함께 성가를 부르면서 미사를 마치는데, 온 가족이 주일미사를 드리며 화목한 가정 생활하는 모습이 보기 좋았다.

어제 저녁 비안개로 흐린 가운데 바라본 누에보 다리를 다시 보러 갔다. 깊은 협곡 사이의 아치형 돌다리가 많은 사람들에게 사랑받고 있다. 조금 떨어진 전망대로 이동해서 여러 각도에서 보고 또 봐도 멋지다. 누에보 다리 건너 구시가지로 걸어가니 헤밍웨이가 머물던 호텔이 있고 그가 자주 들렀다고 하는 카페도 있다. 카페에 들어가서 커피와 빵을 주문했다. 스페인 내전에 참전할 정도로 스페인을 사랑한 헤밍웨이. 그의 저택이 있는 미국 최남단 키웨스트에서 헤밍웨이의 흔적을 보며 기뻐했던 기억도 떠오른다. 열정적인 작가의 치열한 삶과 극단적 죽음까지 떠올리며 헤밍웨이가 찾았던 카페에서 잠시 머물렀다. 카페에서 나와 조용하고 한적한 구시가지를 천천히 산책했다.

오래된 집들과 성당이 정겨운 마을을 천천히 돌아봤다. 성 밖으로 나가는 호젓한 길로 접어들었다. 푸른 초원 저편에 하얀 집들이 있는 풍경을 따라 걷다 비가 올 듯해서 다시 마을로 돌아왔다. 다양한 기념품을 파는 가게에서 코르크 핸드백을 팔기에 들어가서 가격을 물었다. 스페인 특산품인 코르크 가방을 마드리드에서 안 샀는데 이곳이 마드리드보다 훨씬 저렴해서 나와 딸을 위해 두 개 골라서 샀다. 우리나라에서 본 적 없는 독특한 코르크 소재 가방은 정말 가볍고 문양이 화사해서 예쁘다. 가방 두 개 50유로니까 우리 돈으로 한 개에 3만 원 정도인 셈이다. 가방을 들고 나와서 이번엔 론다를 기념할 자석을 사러 다른 기념품 가게에 들어갔다. 장난감 가게에 들어간 아이처럼 이것저것 살펴보다 누에보 다리가 그려진 자석을 구입했다. 이것저것 사고 싶은 기념품이 많은데, 우리 여행 진도가 반도 진행되지 않아서 욕심을 버렸다.

누에보 다리를 건너니 비가 부슬부슬 내리기 시작한다. 비를 그으려고 다리 바로 옆에 있는 호텔 몬텔리리오(Montelirio) 식당으로 들어갔다. 야외 발코니 좌석에 앉으니 누에보가 내 눈 바로 앞에 우뚝 서 있다. 게다가 카페라떼 두 잔이 5유로다. 최고의 전망을 눈앞에서 즐길 수 있는 4성급 호텔의 진한 커피를 일반 카페 가격으로 즐길 수 있다는 데 감동했다. 비 내리는 누에보 다리도 나쁘지는 않다. 뿌연 비안개가 다리와 협곡 분위기를 몽환적으로 만들어 준다. 남쪽으로 와서 자주 비를 만나 이동과 관람에 다소 불편함을 느끼지만 비 덕분에 론다의 명물을 바로 앞에 두고 커피를 즐기는 호사를 누릴 수 있으니 괜찮다.

론다는 작은 도시라서 구석구석 누비고 다녀도 시간이 남는다. 어제 갔던 전망대에서 아찔한 협곡을 다시 바라보기도 하고, 투우장 앞에서 사진도 찍고 또 누에보 다리를 하릴없이 왔다 갔다 하며 신시가지와 구시가지를 돌아다닌다.

잠시 멈추었던 비가 늦은 오후에 다시 내리기 시작한다. 이럴 때는 비를 잠시 피할 장소를 찾아야 한다. 몇 시간 전에 커피 마셨던 호텔 카페

: 누에보 다리

: 구시가지에서 본 론다 마을 전경

에 다시 들어가서 이번엔 맥주 두 잔을 주문했다. 맥주 두 잔도 5유로라니 감동 그 자체다. 안주를 안 시키고 맥주나 칵테일을 마시는 관광객들처럼 우리도 맥주 두 잔 시켜 놓고 1시간 정도 누에보 다리와 근처 건물들을 바라본다. 액자 속 풍경화 같은 풍경을 무념무상 관조한다. 론다에서의 둘째 날이 이렇게 천천히 지나가도 마음은 여유롭고 평온하다.

스페인에서 느릿느릿 걷고 카페에서 거리 풍경과 지나는 사람들 지켜보며 휴식을 취해도 시간은 천천히 흐른다. 한국에선 24시간이 늘 부족해서 "바쁘다 바빠"를 외치며 살았는데, 스페인에선 하루가 27시간쯤 되는 듯 여유 있는 삶을 살고 있다. 여기선 시간이 엿가락처럼 늘어난 걸까. 반복된 일상은 지루하고 피곤해서 늘 시간이 부족하다고 여겨졌었던 게다. 여행지에선 매일 새로운 장소에서 새로운 체험을 하니 시간이 상대적으로 천천히 지나간다고 느끼는 것이리라.

이틀 동안 론다 누에보 다리에 푹 빠져 있었는데, 내일은 론다와 이별하고 지브롤터 해협을 지나 까디스로 간다. 론다에서 직접 세비야로 갈 수도 있지만 지브롤터 해협을 한번 지나가 보자는 내 엉뚱한 계획에 따라 세비야까지 돌아서 가는 여정이다.

4월 8일 까디스, 비는 계속 우릴 방해해

여행 계획을 세울 때 지브롤터 해협을 건너 모로코에 갔다가 다시 스페인으로 돌아올 것인가를 많이 고민했다. 카나리아 제도도 보고 싶었고 가고 싶은 곳이 너무 많아서 고민하다가 포기할 것은 포기하자고 정리했다. 물론, 바르셀로나와 마드리드, 그라나다에서의 여행 일정을 줄이면 모로코 여행도 가능하다. 그러나 무리해서 일정 소화하지 말고 여유 있게 느긋하게 다니자는 초심으로 돌아가서 모로코 여행은 제외했다. 그래도 아쉬움은 있어서 지브롤터를 지나서 지중해 연안 휴양도시인 까디스를 가는 여정으로 모로코에 대한 미련을 접었다.

계속 흐린 날씨 때문에 론다를 떠나면서 걱정이 되었지만 3시간 30분 정도의 오늘 일정을 시작한다. 비에 젖은 누에보 다리와 이별하고 비안개로 신비한 분위기에 감싸인 론다와도 이별한다. 그제 지나온 시에라 네바다 산악도로를 지나서 남쪽으로 향했다. 산악지방에 비가 오니 비안개까지 더해져서 시야가 안 좋고 길도 곡선도로라서 서행하게 된다. 굿은 비 때문에 지브롤터를 그냥 지나 까디스에 도착했지만 역시 비가 오고 있다.

바닷가 유료주차장에 주차하고 시내로 향하려고 하는데 엄청난 비가 쏟아져서 관광객들이 주차장 근처에서 비가 그치기를 기다리고 있었다. 오늘 관광은 포기해야 할 것 같은데 잠시 비가 주춤한 사이, 타비라 탑(Torre Tavira)을 주민들에게 물어서 찾았다. 골목 사이에 위치한 탑을 보고, 서둘러서 플로레스 광장(Plaza de las Flores), 깐델라리아 광장(Plaza de la Candelaria)을 지나 까디스 대성당 앞에 도착하니 다시 비가 쏟아진다. 상점 처마 밑에서 비를 피하는데 쉽게 비가 그칠 것 같지 않아서 주차장으로 돌아갔다. 비가 와서 관광은 물론이고 사진 찍는 것도 포기했다. 내 우산은 몇 번 바람에 뒤집어지더니 망가지기 일보 직전이다. 까디스는 우리와 인연이 없는 도시라 여기고 관광을 포기한 채 호텔로 향했다.

지중해 파란 바다와 뜨거운 태양을 사랑하는 수많은 관광객이 찾는다는 말라가와 까디스에서 우린 예상 외 변수인 비로 인해 일정을 접어야 했다. 수영과 일광욕을 즐기려고 찾은 도시가 아니니 덜 억울해야 하나.

까디스 번화가에서 벗어나 조용한 곳에 위치한 호텔은 예전 수도원을 호텔로 개조한 곳이라 고풍스러운 데다가 조용해서 좋았다. 복도의 고가 구들과 그림을 구경하는 것만으로 흡족해서 까디스 관람을 못한 게 보상된다. 체크인하고 호텔 근처를 구경하다가 마음에 드는 식당을 발견해서 들어갔다. 깔끔하고 세련된 식당에서 낯선 요리를 주문했다. 식당 전체를 우리가 전세 낸 것처럼 손님은 우리 둘이라 편안하게 식당을 둘러보며 한낮의 장대비를 떠올린다. 퓨전 일식집의 요리는 난생 처음 맛보는 음식이지만 만족스러웠다.

긴 여행 중 비로 인해 하루 관광을 완전히 포기한 것은 오늘이 처음이다. 그럼에도 비 개인 뒤 호텔 근처 한산한 거리를 구경하고 뜻밖의 식당에서 처음 먹는 요리도 먹어 보고, 생각하기에 따라 괜찮은 하루다. 오늘은 호텔에서 푹 쉬고 내일부터 세비야를 즐기기로 했다.

〈안달루시아 지역 여행 팁〉

1. 그라나다나 세비야에서 접근이 쉬운 프리힐리아나, 미하스를 잠시 들러서 돌아보길 권한다. 스페인의 산토리니라고 알려진 하얀 마을 골목들을 걷다 보면 동화 속 주인공처럼 행복해진다. 2시간 정도면 천천히 돌아볼 수 있고 전망 좋은 곳에서 마시는 커피는 여행의 피로를 풀어 준다.

2. 비수기에 여행한다면 네르하의 파라도르 숙박을 권한다. 창문을 통해 지중해와 푸른 정원의 싱그러움을 오롯이 즐길 수 있다.

3. 론다에선 누에보 다리와 전망대만 보고 오는 경우가 있는데, 누에보 다리 건너 구시가지로 이동하면 평화롭고 한적한 시골마을 구경하는 즐거움을 느낄 수 있다. 론다에서 숙박한다면 누에보 다리를 조망하며 커피나 맥주 한 잔의 여유를 누리길 권한다.

4. 스페인 특산물인 코르크로 만든 기념품을 하나 정도 구입해도 좋다. 가방, 지갑, 선글라스 케이스, 벨트 등 품목도 다양하다. 가볍고 소재가 특이해서 선물로도 훌륭하다. 스페인보다 포르투갈에서 더 저렴하게 판매하니 스페인을 지나 포르투갈까지 여행하는 사람들은 참고하길 바란다.

세비야
(Sevilla)

4월 9일 광고 속 세비야의 스페인광장에서

어제의 어두운 하늘과 비의 흔적은 찾을 수도 없는 산뜻한 아침이다. 오늘의 목적지 세비야까지 1시간 30분 거리라서 여유 있게 아침 산책을 하다가 커피도 마셨다. 토요일 아침이라 거리엔 관광객인 우리 두 명밖에 없다. 말갛게 갠 하늘 아래 잠에서 깬 낯선 도시를 걷는 건 신선한 경험이다. 고풍스러운 호텔 복도의 그림들과 가구를 한 번 더 돌아보고 길을 나서서 이제 세비야로 향한다.

대도시 세비야에 도착하니 역시 복잡하다. 3일 동안 머물 에어비앤비 숙소로 인도하는 내비게이션이 복잡한 골목에서 헤맨다. 사람도 기계도 복잡한 골목에선 당황하나 보다. 호스트가 보내 준 핫핑크색 건물 사진과 비슷한 건물로 다가가 살폈으나 호스트가 열쇠를 두겠다고 했던 주차 금지 표지판이 안 보인다. 혼잡한 골목 한편 차에서 기다리는 남편이나 골목길을 두리번거리며 건물과 표지를 찾는 나나 당황한 것은 마찬가지. 근처 공사장에서 일하는 인부에게 숙소 건물 사진과 주소를 보여 주니, 옆 골목으로 가란다. 역시 골목은 좁고 우리는 숙소를 못 찾아서 헤매고. 뒤에 오던 차는 경적을 울리고, 울고 싶은 심정인데 인근 아파트 주차장에서 나오는 차가 우리 차를 보더니 비켜 달라는 신호를 보낸다. 다가가서 우리 숙소 건물 사진과 주소를 보여 주며 아는지 물었더니, 바로 우리 앞쪽 건물을 가리킨다. 당황해서 못 봤던 핫핑크색 건물이 앞에 있다. 골목 한쪽에 파랑이가 바싹 붙어 서서 뒤에 오던 차를 보낸 후, 주차 금지 표지판 뒤를 더듬거렸으나 열쇠가 없다. 호스트가 열쇠를 두겠다고 했던 표지판 뒤엔 아무것도 없어 당황할 때 젊은 여자가 표지판으로 다가오더니 열쇠를 꺼낸다. 주차장은 지하에 있다고 가리키며 주차장 문을 열 리모컨도 건네주고 떠난다. 열쇠를 못 찾고 어쩔 줄 몰라할 때 숙소 관리자가 나타나서 위기에서 구해 준 셈이다.

우리가 머물 숙소는 중정을 가운데 두고 집들이 에워싼 독특한 구조의 아파트다. 관광지들과 가깝고 무료주차기 기능한 숙소를 찾다가 예약한 아파트인데, 다른 도시들처럼 좁은 골목에 위치해 있어서 찾기가 어려웠다.

세비야에서 꼭 보고 싶었던 광고 속 명소인 스페인 광장(Plaza de España)을 향해 집을 나섰다. 좁은 골목 사이 건물들이 빼곡히 서 있고 골목을 걷다 보면 작은 광장이 나타나고 광장엔 어김없이 카페와 식당들이 있다. 20분쯤 걷다 보니 세비야 대학교(Universidad de Sevilla)가 보인다. 내가 좋아하는 오페라 〈까르멘〉의 여주인공이 다니던 담배

: 세비야 담배공장 표지

공장이 세비야 대학교 전신이라고 한다. 대학 정문 앞에서 담배공장 명패를 찾아서 사진에 담았다. 유서 깊은 대학교 안도 둘러보고 다시 스페인 광장으로 향했다.

광장 근처에 다가가자 발걸음이 빨라진다. 광고에서 봤던, 그리고 수많은 여행 프로그램에서 소개했던 그 스페인 광장 앞에 서니 할 말을 잃는다. 파란 하늘과 하얀 뭉게구름과 어우러진 광장의 아름다운 모습과 어마어마한 규모에 감탄한다. 1929년에 조성되었으니 역사가 아주 길지 않지만 광장 앞 인공호수에 곤돌라가 떠다니는 모습은 상상을 초월한다. 건물 전체 모습은 사진에 담기지 않을 정도의 규모라서 스페인 광장 전체를 돌아보는 데 시간이 제법 소요된다. 광장 앞에서 플라멩꼬를 추며 관광객을 불러 모으는 댄서들이 흥을 돋운다.

광장과 건물을 이어주는 아치형 교각은 파란색 타일이 우아하게 장식하고 있다. 수많은 관광객들이 이 아치교 위에서 모델처럼 다양한 포즈를 취하고 사진을 찍는다. '오늘의 주인공은 나야, 나.'라고 주장하듯이. 건물 외벽에도 화려한 문양의 타일이 부분적으로 장식되어 세련미를 더한다. 천장은 전형적인 무데하르 양식의 섬세한 조각이 수를 놓았다. 건물의 아치형 난간 사이로 관광객들은 광장을 바라보며 행복한 미소를 짓고 있다. 건물 하단엔 스페인 유명도시들의 특색과 지도를 화려한 타일로 꾸며 놓은 벤치가 장식하고 있다. 우리도 여행한 몇몇 도시를 찾으며 이채로운 벤치에 앉아 그 도시의 기억을 떠올린다. 스페인은 역시 예술의 나라답다는 생각을 한다. 상상보다 크고 화려한 광장을 돌아보는 데 시간이 제법 소요된다. 스페인 광장 옆 마리아 루이사 공원(Parque de María Luisa)은 세비야 시민들의 쉼터라고 하는데 오늘은 스페인 광장 돌

: 스페인 광장 인공호수

: 스페인 광장의 아치교

아보는 것으로 만족하기로 한다.

스페인 광장에 열광하는 나를 위해 남편은 돌아오는 길에 봐두었던 고급스러운 일식집에서 외식하자고 한다. 세비야 입성을 자축하기 위해 들어간 일식집은 중국인이 경영하는 식당이었다. 스시(초밥)나 사시미(회)도 중국 음식이라고 알려지는 게 아닐까 싶을 정도다. 중국인들은 동양인인 우리에게 한국인이냐고 묻지 않았다. 아마도 본능적으로 우리가 한국인임을 짐작하고 주문만 받는 것이겠지.

조금 가격이 나가는 회와 사케를 주문했다. 주방에서 요리사들이 중국어로 떠들썩하게 대화하며 음식 준비하는 소리가 들린다. 세계 곳곳으로 생활 터전을 넓히는 중국인들의 생활력에 새삼 놀라곤 한다. 미국과 캐나다에선 인도인들이 작은 주유소 겸 편의점을 경영하는 모습을 자주 봤다. 중국인들은 대도시에선 차이나타운을 형성하고 자신들의 생활방식을 고수한다. 그리고 미국의 아주 작은 도시에서도 중국 식당은 만날 수 있다. 여행하다 밥이 그리울 때 중국 식당에서 볶음밥을 먹으며 향수를 달래곤 했는데, 스페인에선 중국인이 경영하는 일식집에서 밥에 대한 그리움을 달랜다.

귀갓길에 낮과 다른 골목과 작은 광장의 풍경을 보며, 쉼이 있는 삶에 대해 다시 생각해 본다. 가족끼리, 연인끼리 식당에서 정겨운 대화와 함께 식사하는 모습을 보며, '이런 모습이 저녁 있는 삶의 모습이 아닐까' 생각한다.

4월 10일 세비야 대성당(Cathedral de Sevilla)과 히랄다탑(Torre de la Giralda), 알까사르(Alcázar)와 사랑에 빠지다

말라가, 까디스와 달리 화창한 날씨 덕분에 몸도 마음도 가벼운 아침, 숙소를 나서서 세비야 대성당(Cathedral de Sevilla)과 히랄다탑(Torre de la Giralda), 알까사르(Alcázar)를 보기 위해 골목길을 걷다 플라멩꼬 박물관을 발견했다. 근처 상가들은 화려한 플라멩꼬 복장을 파는 가게들이 많다. 그만큼 이 도시가 플라멩꼬의 본고장임을 알 수 있다. 평일이라 예약 안 해도 귀갓길에 저녁 공연을 볼 수 있을 것이라 예상하고 골목길을 계속 걸었다. 숙소에서 10분 거리의 대성당에 가는 동안 여기저기 기웃거리며 골목 탐색의 재미를 느끼며 걷다 보니 어마어마한 규모의 대성당이 눈앞에 나타난다. 세계에서 세 번째로 큰 성당이라는 말대로 크기가 압도적이다. 바로 앞에선 전경이 눈에 들어오지 않는다. 입장 티켓을 사전 예약해야 한다는 사전 조사를 무시한 결과 엄청난 줄 뒤에 서서 티켓 구매 차례를 기다렸다.

무어인 지배의 800년 가까운 세월의 지배 흔적을 지우기 위해 모스크 자리에 대성당을 지었다고 한다. 성당 안은 거대한 규모의 위엄은 있을지 모르나 감동적인 아름다움을 느끼기 어려웠다. 콜럼버스가 신대륙에서 가져온 엄청난 금으로 도배된 화려한 성당 안 장식을 보면서 식민지 원주민의 고통이 느껴지는 건 나의 지나친 피해의식일까. 많은 관광객들로 인해 경건한 분위기보다는 떠들썩한 관광지 느낌이 들어 천주교 신자인 우리에게 주는 감동은 상대적으로 약했다.

"죽어도 스페인 땅을 다시는 밟지 않겠다."라는 콜럼버스의 유언에 따

: 세비야 알까사르 정문

: 알까사르 정원

중년 부부의 좌충우돌 스페인 여행기

라 아라곤, 나라바, 레온, 까스띠야 국왕 4명의 조각상이 콜럼버스의 관을 받들고 있는 조각상 앞에 섰다. 이사벨 여왕의 신임을 얻어 신대륙 탐험에 나서서 스페인에 엄청난 식민지와 그곳의 금을 가져다준 콜럼버스. 한쪽에선 영웅이지만 반대쪽에선 약탈자이고 침략자인 콜럼버스 관을 바라보며 일제 강점기를 떠올리게 되는 건 우리의 아픈 역사 때문이리라.

대성당 옆 아득한 높이의 히랄다탑에 오를 차례다. 이 높은 종탑이 계단으로 이루어졌다면 오르는 걸 포기할 수도 있었겠지만 다행히 오르막 경사로다. 예전엔 이슬람 기도시간에 맞추어 말을 타고 종탑에 올라 종을 울렸다고 하는데, 지금은 관광객들이 한 줄로 서서 오른다. 추월도 불가능한 한 줄 서기로 천천히 위를 향해 오르는 동안 첨탑 창문으로 대성당을 바라본다. 성당 입구엔 여전히 많은 사람이 입장을 대기하고 있다. 드디어 첨탑 꼭대기에 오르니 종들이 매달려 있고 대성당과 세비야 시내를 조망하는 관광객들로 비좁은 공간에 발 디딜 틈이 없다. 파란 하늘 아래 웅장한 대성당 지붕과 정원이 보이고, 좀 더 시야를 넓히면 세비야 시내가 보인다. 고생하며 오른 보람이 느껴지는 풍경에 잠시 감탄하다 뒤에 오른 다른 사람들에게 자리를 내주고 탑에서 내려온다. 오를 때는 앞 사람들 때문에 더디기만 했는데 내리막길은 수월하다.

대성당 앞 광장에서 계속 성당과 히랄다탑을 바라보다 근처 식당에 가서 타파스와 커피를 점심으로 주문했다. 관광객과 주민으로 좌석이 꽉 찬 식당에 앉아서 광장을 바라본다. 일상에선 소심하고 예민한 성격 때문에 늘 피곤했는데, 여행만 나서면 저질 체력임에도 매일 새로운 힘이 난다. 남편 말대로 전생에 장돌뱅이였을지도 모르겠다. 도시마다 숙소가 다르고 짐을 싸고 푸는 게 힘들지만, 그럼에도 불구하고 새로운 도시가

: 콜럼버스의 무덤   : 세비야 대성당

: 히랄다탑에서 본 세비야 대성당

주는 매력은 고단함을 잊게 만든다.

대성당 근처 알까사르 역시 티켓 구입 대기줄이 엄청 길다. 평일이라 관광객이 많지 않을 것이라고 예측한 건 큰 실수였다. 블로그에서 세비야 대성당과 알까사르는 인기 관광지이므로 사전 예약을 해야 한다는 정보를 알았지만, 여행 비수기의 평일이라 괜찮을 거라고 생각한 게 실수다. 4월이지만 스페인 남부지방의 태양은 우리의 6월과 비슷하다. 1시간쯤 티켓 구입을 위해 줄 서서 기다리며 알까사르의 빨간 정문을 바라보니 머리가 뜨끈뜨끈하고 골이 지끈거린다. 드디어 기다림 끝에 알까사르 안으로 들어선다.

알함브라 궁전에서 본 무데하르 양식의 정수를 이곳에서 다시 만났다. 아치형 기둥들과 섬세한 천장의 조각, 화려한 색상의 타일 벽면이 감탄하게 한다. 알까사르 밖에서는 안의 규모가 그리 클지 상상도 못했는데, 정성 들여 조경한 정원은 1시간 동안 돌아도 시간이 부족하다. 이슬람 정원 특유의 인공 연못과 분수, 특이하게 다듬은 나무들이 아름다워서 정원 산책이 즐거웠다. 입장하며 받은 안내도에 있는 카페를 찾아가서 커피를 마시며 더위를 식혔다. 정원을 바라보는데 어디서 나타났는지 공작 한 마리가 우아하게 등장했다. 자신의 궁전을 찾은 관광객들에게 인사하듯 돌아다니자 공작의 추종자들이 흥분을 감추지 못하고 따라다닌다. 싱그러운 초록빛의 정원과 화려한 공작새를 바라보며 오늘의 피로를 보상받는다.

세비야 시내에서 조금 떨어진 곳에 아시안 마켓이 있다는 정보를 확인하고 장을 보기로 했기에 알까사르에서 나왔다. 여전히 시선을 사로잡는 매력적인 빨간 정문을 몇 번이나 바라보며 아쉬움을 남긴다. 마켓 가는 길에 눈물 흘리는 성모상으로 유명한 마카레나 성당(Basilica de la Mac-arena)을 찾았다. 부활절을 앞두고 수많은 신자들이 성모상 앞에 서서 기도하는 모습을 보며 나도 잠시 기도했다. 크지는 않지만 화려한 성당에서 나와 조금 더 걸어가니 일명 세비야의 버섯(las Setas de Sevilla)이라고 하는 메트로폴 파라솔(Metropol Parasol)이 짠 하고 나타난다. 흰색의 독특한 구조물은 길 건너편에 서서도 전체 모습이 사진에 담기지 않는다. 바르셀로나의 사그라다 파밀리에를 비롯한 가우디의 독특한 건축물들, 피게레스의 달리 미술관, 그리고 세비야의 메트로폴 파라솔, 예술가의 상상이 현실로 나타날 수 있게 하는 자유스러운 스페인 사람들의 예술 의지와 사랑에 샘이 난다.

번화가에서 조금 벗어난 곳에 제법 큰 아시안 마켓이 있는데, 중국 식

: 메트로폴 파라솔

자재와 한국 식자재들도 고루 갖추어져 있었다. 세비야를 떠나서 포르투갈 여행 3주 동안은 한국 식품 구입이 어려울 것 같아 즉석밥, 라면을 넉넉하게 구입했다. 우리나라 사람들도 유럽에서 좀 더 활동 영역을 넓혀서 한국 마트, 한국 식당들이 더 늘어나면 좋겠다는 생각을 하며 아시안 마켓을 나왔다. 귀갓길에 다시 만난 메트로폴 파라솔은 보고 또 봐도 신기하다. 보는 방향에 따라 파라솔로, 고래로, 와플로도 보인다.

플라멩꼬 박물관 앞에 가니 금일 공연 매진 표지가 붙었다. 오전에 대성당에 가기 바빠서 예약을 안 했더니 매진이란다. 아쉽지만 어쩔 수 없이 내 두 번째 계획을 떠올리며 귀가한다.

숙소에서 조금 떨어진 선술집에선 술 한 잔 시키면 플라멩꼬 공연을 매일 볼 수 있다는 사전 정보를 알고 있기에 숙소로 돌아갔다. 저녁을 먹고 공연이 시작된다는 9시에 선술집을 찾아갔다. 입구에서 술이나 음료, 안주들을 주문하고 주방 앞에 가서 자신이 주문한 음료를 받은 후, 긴 테이블에 자유롭게 자리 잡고 앉아서 공연을 기다린다. 우리가 입장한 9시엔 앞쪽에 자리가 있어서 맥주를 놓고 공연을 기다렸다. 관광객들 모두 기대감에 들떠서 술잔을 들며 공연을 기다린다. 드디어 화려한 의상을 입은 남자 무용수가 등장해서 열정적인 플라멩꼬 춤을 선보인다. 기타 연주에 맞추어서 나무판을 구르는 그의 화려한 발동작에 모두 숨죽이고 감상하다 공연이 끝나자 열정적으로 박수로 답한다. 30분 정도 휴식시간 뒤에 재공연까지 즐겁게 관람하고 늦은 시간 귀가했다.

박물관의 정식 공연이 아니면 어떤가. 플라멩꼬 본고장에서 늦은 밤 구석진 골목 안 선술집에서 느낀 신선한 즐거움에 마음이 들썩인다. 남편은 나더러 전생에 장돌뱅이였을지도 모른다고 하는데, 어쩌면 보헤미안이었을지도 모르겠다. 세상 여기저기 여행하며 새로운 도시와 건축물을 만나는 게 너무 설레고 행복하니 장돌뱅이일 수도, 보헤미안일 수도 있다.

4월 11일 과달키비르강(Rio Guadalquivir)과 황금의 탑(Torre del Oro)

어제 늦게까지 플라멩꼬 여흥을 즐긴 후라 조금 피곤했다. 느긋하게 숙소를 나서서 과달키비르강과 황금의 탑을 보러 가기로 했다. 오늘도 화창한 날씨라서 관광하기엔 더없이 훌륭하다. 어제 봤던 세비야 대성당 앞엔 오늘도 많은 관광객들이 모여 있다. 대성당을 지나 활기찬 거리를 지나니 과달키비르강가 황금의 탑이 보인다. 우리가 스페인에 와서 눈이 너무 높아진 탓에 황금의 탑이 시시하게 느껴진다. 13세기 무어인들이 세운 탑이라는데, 원래는 탑 외벽을 금도금해서 황금의 탑이라고 불리게 되었다는 설도 있고, 신대륙에서 가져온 황금을 보관하던 용도로 사용되어서 붙은 이름이라는 설도 있다. 입장료까지 내고 탑에 오르니 과달키비르강과 세비야 시내, 그리고 세비야 대성당까지 한눈에 들어온다. 드넓게 펼쳐진 파란 하늘과 하얀 뭉게구름, 그리고 초록빛 강물의 어우러짐이 마음을 평온하게 만든다. 꼬르도바 로마교와 깔라오라 탑에서 만난 이 과달키비르강을 세비야에서 다시 만난다. 우리 여행처럼 이 강물도 스페인 도시들을 굽이굽이 돌아서 세비야에 닿은 것이리라. 독수리 날개와 같은 튼튼한 날개가 생겨서 이 도시 저 도시를 날아다니며 자유롭게 여행하고 싶다는 생각을 한다. 파란 하늘 높이 날아올라서 도시를 내려

: 과달키비르강

: 황금의 탑

: 스페인 광장

다보면 더 멋질 텐데. 그리워하면 언젠가 만나게 된다는 노랫말처럼 한국에 돌아가서 그리움이 커지다 보면 다시 스페인에 돌아와 반갑게 만날 날이 오겠지.

황금의 탑에서 내려와 강가를 산책하다 카페를 찾아 들어갔다. 조용한 카페에서 시원한 아이스 카페라떼를 마시며, 다음에 어디로 이동할까 묻는 남편에게 "세비야에 왔으면 무조건 스페인 광장에 가야지."라고 답한다. 첫날 실컷 둘러봤는데 다시 찾는 건 시간 낭비 아니냐고 남편이 묻는다. 사랑하는 사람은 매일 봐도 싫증나지 않듯 사랑스런 대상 역시 매일 만나도 좋은 법.

카페인으로 활력을 재충전한 우리는 천천히 시내를 걷는다. 활기찬 거리 분위기에 우리도 기분 좋은 발걸음을 옮긴다. 오늘도 스페인 광장엔 수많은 관광객들이 아름다운 광장의 건물을 사진에 담느라 바쁘다. 화창한 날씨와 화사한 스페인 광장이 보는 사람들을 들뜨게 하고 광장에 활기를 불어넣는다. 광장에선 플라멩꼬 공연이 한창이다. 공연팀은 한 곡이 끝날 때마다 모자를 들고 공연팁을 받고 다음 곡에 맞춰 플라멩꼬 춤을 열정적으로 춘다. 매일 다른 관광객들이 이곳을 찾아 광장의 매력에 빠졌다가 공연을 보며 흥겨운 추억 하나를 만들어 갈 것이다.

미련 남지 않을 정도로 천천히 느긋하게 스페인 광장을 돌아보고 바로 옆 마리아 루이사 공원(Parque de María Luisa)을 산책한다. 나무들이 내뿜는 신선한 공기와 흙냄새에 몸도 마음도 이완된다. 자연 속에서 긴장은 사라지고 걱정도 잊는다. 스페인 광장을 떠나기 전에 광장 입구에 있는 카페 야외 테이블에 앉아 커피를 마시며 세비야에서의 감동을 떠올린다. 물론, 처음에 숙소를 못 찾아 헤맸고 대성당과 알까사르, 플라멩꼬 공연 티켓을 사전 예약하지 않아 아쉬운 점도 있지만, 그럼에도 우리의 세비야 여행은 대성공이다. 눈이 부시게 화창한 날씨와 함께 한 3일의 여정이 모든 단점을 보상하고도 남는다.

내일부터 포르투갈 여행이 시작된다. 스페인과 잠시 이별하고 또 다른 도시들과 만나기 위해 오늘은 한국 식당에서 만찬(?)을 즐기기로 했다. 스페인 광장에서 가까운 한국 식당은 제법 커서 기분이 좋다. 남편은 좋아하는 김치찌개, 나는 비빔밥을 주문해서 맛있게 먹으며, 포르투갈 3주 여행을 위해 기운을 충전한다. 귀갓길에 어느새 정든 골목 안쪽에 있는 작은 성당 문이 열려있는 걸 봤다. 이름도 모르는 골목 안 성당으로 들어갔다. 스페인에서의 무사한 여행에 감사드리고 포르투갈의 여행 일정도 축복해 주십사 기도드렸다.

남편도 세비야가 마음에 드는지, 아니면 스페인과의 3주 동안 이별이 아쉬운지 카페에서 맥주 한 잔 마시고 귀가하잔다. 해질녘 야외 카페엔 우리 외에 주름 깊은 할아버지 한 분이 커피를 앞에 놓고 거리를 바라본다. 늘 그 자리에서 하루를 마감하는 분인지 모르겠다. 스페인에선 노인들도 카페의 야외 테이블에서 커피나 맥주 한 잔 시켜 놓고 정담 나누는 모습을 매일 봤다. 우리의 노인들이 경로당이나 공원으로 밀려나 한물 지난 세대로 대우받는 모습과 사뭇 달라서 자꾸 비교하게 된다. 나도 내 후년에 60세가 되는데 스페인 노인들처럼 당당하게 일상을 즐기며 살아야겠다는 생각하며 맥주잔을 들어 우리의 여행을 자축한다.

드라마 〈눈이 부시게〉의 명대사 "후회만 가득한 과거와 불안하기만 한 미래 때문에 지금을 망치지 마세요. 오늘을 살아가세요. 눈이 부시게, 당신은 그럴 자격이 있습니다."는 내게 해 주고픈 위로이자 격려다. 늘 지난

날 실수 때문에 후회와 한탄에 빠져서 자책했던 순간들, 언제 올지 모르는 미래의 일들 때문에 늘 불안해하고 마음조이며 살아온 시간들과 이별하기로 한다. 그래, 다시 오지 않을 오늘을 눈이 부시게 살아내자. 좋아하는 커피와 음악과 함께 여는 아침의 일과 같은 소소한 일상에 감사하며.

산띠아고 데 꼼뽀스뗄라
(Santiago de Compostela)

5월 4일 우리도 순례자처럼

4월 12일 세비야를 출발해서 2시간 거리의 포르투갈로 이동하며 다소 긴장하기도 하고 설렘도 있었다. 스페인에서 포르투갈로 들어서는 곳에 국경검문소는 있었으나 입국 심사는 없었다. 여권에 포르투갈 입국 확인 스탬프를 찍을 마음에 들떴던 마음도 싱거운 국경 통과로 차분해졌다. 포르투갈 최남단도시 파루를 거쳐 라구스, 리스본, 신트라, 호카곶, 오비두스, 파티마, 아베이루, 코임브라, 포르투, 브라가를 3주 동안 여행했다. 포르투갈에 입국했다는 사실을 깨닫게 해 준 것은 스페인에서 자주 쓰던 그라시아스(Gracias)라는 감사 인사 대신 오브리가도(Obrigado)라는 인사말을 배워서 사용한 정도. 슈퍼마켓에서 장을 보고 계산을 하고 나니 점원이 "오브리가도"라는 듣기 좋은 인사를 해서 따라 쓰기 시작했다. 발음할 때마다 기분이 좋아져서 식당이나 카페에서 많이 사용한 단어다.

포르투갈 여행에서도 에어비앤비 숙소의 주차 문제, 대서양의 변덕스런 날씨 등으로 도시마다 웃픈 에피소드를 남겼으나 모든 도시가 좋은 추억을 남겨 주었다. 특히 리스본에서 포르투갈 전통가요인 파두(Fado)

공연을 본 감동은 오래도록 기억될 것이다. 우리가 포르투갈에서 머문 마지막 도시는 스페인과 가까운 브라가라는 성당이 아주 많은 도시다. 도시 중앙에 커다란 꽃길을 조성해서 보는 사람들에게 행복한 미소를 짓게 하는 아름다운 브라가를 떠나 오늘은 스페인의 산띠아고 데 꼼뽀스뗄라(Santiago de Compostela)로 이동하는 날이다. 브라가에서 머문 호텔 앞의 아담한 광장과 작고 소박한 성당과 이별하고 포르투갈을 떠난다. 기대 이상의 행복감을 우리에게 선물해 준 포르투갈 여행을 마치고 다시 스페인으로 향한다.

브라가에서 2시간이면 목적지인 산띠아고 데 꼼뽀스뗄라에 도착하는데, 굳이 1시간 거리의 스페인 북쪽 해안 도시 비고(Vigo)를 경유하자는 내 계획에 남편은 이해가 안 된다고 했다. "비고는 스페인 북쪽의 한적한 해변 도시라고 하니 궁금해서…"라는 내 답변에 남편은 어이가 없단다. 포르투갈에서 멋진 해안의 라구스, 리스본, 호카곶, 포르투를 보고도 아직도 바다에 미련이 남았냐고. "포르투갈의 바다와 스페인의 바다, 그리고 어제의 바다와 오늘의 바다는 다른데…"라는 내 비이성적, 아니 감성 충만한 답변에 남편이 웃고 만다.

스페인에서 포르투갈로 입국할 때도 무사통과였는데 포르투갈에서 스페인으로의 출국 역시 너무 싱거웠다. 국경 표시도 없어서 도시 이름을 보고서야 스페인 입국을 확인할 수 있었다. 유럽인들은 국경을 우리의 지방경계선 정도로 생각하는 것 같다. 비고에선 잠시 산책하다 카페에서 커피와 빵을 주문하고 "오브리가도"라고 감사 인사하다가 웃음을 지었다. 3주 동안 기분 좋아지게 하는 주문처럼 중얼거리던 포르투갈 감사 인사를 스페인에서 사용하는 실수.

며칠 전 동생과 통화하며 포르투갈 여정을 마치고 산띠아고 데 꼼뽀스 뗄라로 간다고 하니, 혹시 순례자들이 머무는 도시를 자주 지나치냐고 물었다. 텔레비전에서 순례자들을 위한 숙소인 알베르게를 우리나라 배우들이 운영하는 예능프로를 방송해서 대박 났다며. 방송은 3월에 방영됐는데 우린 5월에 스페인으로 향하니 만날 기회는 없겠지만, 혹시 누나와 매형이 그곳을 지나면 좋겠다는 동생의 말이 떠올랐다. 여행 와서 방송은 전혀 본 적이 없었는데, 정말 우리가 지나는 길에 한국 방송 제작진을 만나 촬영 현장을 볼 수 있다면 재미있을 것 같다는 생각은 했다. 방송에 나온 도시는 이름도 생소한 비야프랑카 델 비에르소(Villafranca del Bierzo). 산띠아고 데 꼼뽀스뗄라에서 남쪽으로 2시간 넘게 이동해야 갈 수 있는 곳이라 우리 여정과는 전혀 상관이 없다.

순례지들의 최종목적지인 산띠아고 데 꼼뽀스뗄라에 도착하지 나도 순례를 마친 것처럼 가슴이 뭉클하다. 방송에서 수많은 사연을 품은 순례자들의 이야기를 듣고 운 적이 있다. 시한부 생명이라는 선고 듣고 삶을 내려놓기 위해 순례하는 사람, 삶의 목표를 잃고 방황하며 길을 찾기 위해 순례하는 사람들의 사연에 눈물을 흘렸었다. 나의 3개월 여행 소식을 듣고 지인들이 스페인에서 순례할 계획도 있냐고 물었었다. 정말 산띠아고 순례길을 걸으며 내 삶을 돌아보고 싶었다. 순례를 마칠 때는 무거운 배낭 속 소지품 다 버리고 너덜너덜해진 등산화를 벗고 가장 낮은 자세의 나와 마주하고 싶었지만 차마 용기를 내지는 못했다.

12세기에 건설되어 천 년 가까운 세월의 흔적을 품고 있는 세계 3대 성지인 대성당은 웅장한 모습으로 자신을 올려다보는 관람객들을 맞이한다. 대성당 앞 광장에 순례를 마친 많은 순례자들이 배낭을 옆에 두고

등산화를 벗은 채 누워서 성당을 바라보는 모습과 마주했다. 저들은 매일 20여 ㎞를 걸으며 마음의 짐을 내려놓았을까.

대성당 안은 보수공사 중이라 가림막 천이 드리워져 시야를 가렸다. 어렵게 찾은 산띠아고 대성당 내부를 제대로 볼 수 없어서 속상했다. 성 야고보(스페인 이름으로 산띠아고)의 조각상을 만나기 위한 대기 줄 끝에 우리도 서서 예수의 12 제자 중 한 명인 야고보와의 조우를 기다렸다. 몬세라트 대성당의 검은 성모상을 만나기 위해 기다렸던 순간이 떠올랐다. 야고보 조각과의 짧은 만남 뒤 지하로 내려가서 성 야고보 무덤과 마주했다. 중세 때부터 수많은 순례자들이 야고보를 기리기 위해 이 성지를 찾았다고 했다. 무덤 앞에 무릎 꿇고 경의를 표하는 사람도 많았다. 내가 흔들릴 때마다 중심을 잡아준 신에 대한 감사와 함께 순교자에게 존경의 예를 갖추었다.

대성당 옆 박물관을 찾아 2층에 오르면 긴 난간의 창가에서 광장을 내려다볼 수 있다. 여전히 많은 순례자들이 편안하게 눕거나 앉아서 대성당을 올려다본다. 모두에게 편안한 안식이 있기를. 박물관을 관람하고 다시 광장으로 향한다.

대성당 광장에서 골목 안으로 걸어가니 순례자들이 가리비 조개가 달린 지팡이를 옆에 놓고 맥주 마시는 모습을 보게 된다. 긴 여정의 목적을 이룬 기쁨의 축하 잔을 바라보며 나도 마음으로 축하한다. 메뉴판을 보고 들어간 식당에서 우리도 간단한 안주와 맥주로 스페인 재입국과 산띠아고 데 꼼뽀스뗄라 대성당 순례를 축하한다.

이틀 동안 이 도시에서 머물며 내일은 주일미사를 드릴 예정이라 한 번 더 성당을 방문할 것이다. 대성당 광장을 떠나 우리가 예약한 호텔로

: 산띠아고 데
꼼뽀스뗄라 대성당

: 성 야고보 무덤

: 대성당 박물관 회랑

가니 좁은 주차장이 이미 꽉 차 있다. 프런트에 가서 체크인 부탁하며 주차 문제를 물었더니 주차공간이 안 남았으면 자기들도 어쩔 수 없다는 황당한 답변을 한다. 다른 곳에 주차할 곳을 물으니 모른다기에 우리 차는 어떻게 해야 하냐고 물었더니 그것도 모른단다. 그러는 사이 외출하러 나가는 사람이 있어서 그 자리에 주차할 수 있는 행운(?)이 찾아왔다. 4성급 호텔이 이래도 되냐고 투덜대며 방으로 향했다. 직원의 퉁명스럽고 어이없는 태도에 살짝 기분이 상했지만 오늘은 스페인 재입국 날이자 산띠아고 데 꼼뽀스뗄라에 도착한 축복 받은 날이라고 생각을 바꾼다.

짐을 두고 호텔 근처를 탐방하러 나섰다. 토요일 오후라 그런지 인적도 없고 식당 문을 닫은 곳들도 많았다. 걷다 보니 나름 번화가에 도착해서 영업하는 식당을 찾을 수 있었다. 간단한 식사를 주문해서 먹고, 돌아오는 길에 빵을 샀다. 우리가 머문 호텔에선 조식을 유료로 제공하기에 호텔 예약할 때 조식은 포함하지 않았다. 내일 아침에 먹을 빵과 주스를 구입해서 호텔로 돌아왔다. 우리가 쉬고 있을 9시쯤엔 한산한 거리가 다시 살아날까.

5월 5일 눈물의 미사 드리다

주일 미사를 드리기 위해 산띠아고 데 꼼뽀스뗄라 성당을 다시 찾는다. 어제 대성당 관리인에게 얻은 정보에 따르면 대성당에서는 미사가 없고 성 프란치스코(Igrexa de San Francisco) 성당에서 12시 미사가 있다는 것. 대성당에 비하면 작지만 오랜 세월 흔적을 안고 서 있는 성 프란치스코 성당에 들어서니 밖에서 볼 때와 달리 꽤 넓다. 미사 30분 전인데도 이미 빈 좌석을 찾기 어려울 정도로 사람들이 많다. 내부는 가난한 사람들을 위해 평생 헌신한 프란치스코 성인의 성당답게 화려하지 않다. 성당 한쪽에서 기타 치며 성가를 부르는 분들이 순례자들을 위한 미니 콘서트를 벌이고 있고, 배낭을 내려놓고 성당 돌바닥에 주저앉아 휴식을 취하는 순례자들도 많다. 성당을 돌아보고 자리에 앉아 미사에 참석한다.

모두 일어나서 손을 잡고 성가를 부르는 시간에 몇몇 순례자들이 눈물을 흘리기 시작한다. 긴 순례의 여정을 무사하게 마친 감격의 눈물일 것이다. 눈물은 흐르는데 미소를 짓는다. 머나먼 길 끝에 순례를 마친 스스로가 얼마나 대견할까. 나도 순례자들처럼 그토록 오고 싶었던 이곳에서 미사를 드릴 수 있음에 감사드리며 눈물을 흘린다. 주변 사람들에게 서로의 평화와 안녕을 빌어 주며 인사하는 시간에 울고 있는 나를 옆자리에 앉아 계시던 스페인 할머니께서 꼭 안아 주시며 등을 토닥여 주신다. 눈물 흘리는 나를 포근하고 따뜻하게 꼭 안아 주시더니, 옆에 계신 다른 할머니께도 나를 안아 주라고 하신다. 두 할머니 품에서 눈물을 흘리는데 마음 한구석의 응어리가 녹아내린다. "딸, 잘 지내지? 다 괜찮아질 거야." 하며 엄마가 안아 주는 것 같다. 미사가 진행되는 동안 많은 사람들이 울고 웃으며 위안을 얻는다. 미사 마무리는 신부님과 수녀님들의 밝은 성가 배웅. 힘들고 지친 이들에게 따뜻한 위로를 건네는 노래에 자꾸 눈물이 난다. 눈물과 함께 오래도록 마음을 짓누르던 회한의 응어리가 녹아내린다.

성당 입구 프란치스코 성인 초상화의 배웅을 받으며 밖으로 나오니 오늘도 눈이 부시게 화창하다. 미사 후 바라본 하늘과 대성당이 아름답다.

: 성 프란치스코 성당

성 프란치스코 성당 안

대성당 광장엔 어제와 다른 순례자들이 다리 뻗고 앉아서 대성당을 바라본다. 긴 여정 끝에 안식과 평온이 그들에게 찾아오길. 어제에 이어 오늘도 대성당에 들어가서 야고보 성인 무덤에서 잠시 묵념하며 감사의 기도를 드렸다.

성당 밖 기념품 가게에서 묵주팔찌와 산띠아고 순례길 표지가 새겨진 타일을 샀다. 우리 부부 둘 다 길이 안 보이거나 방황하게 될 때 산띠아고 이정표를 보며 길을 찾자는 의미를 부여하며. 좁은 골목길을 돌아다니며 기념품도 구경하고 사람들도 구경한다. 그러다 식당에 들어가 점심을 먹고 또 하릴없이 돌아다니다 커피도 마시고 평온한 일요일을 이곳에서 느긋하게 보낸다.

대성당 광장 한편에 있는 고풍스런 파라도르에 계속 눈길이 간다. '다음에 여기 오면 저 파라도르에서 하루 묵어야지.' 하며 야무진 다짐도 한

: 산띠아고 데 꼼뽀스뗄라 성당 앞

다. 기왕이면 산띠아고 데 꼼뽀스뗄라 대성당 광장에 있는 파라도르에서 묵고 싶어서 숙박비를 한 달 동안 매일 검색했다. 비싼 숙박비에 선뜻 예약할 수 없어서 머뭇거렸다. 한국을 떠나기 전까지 파라도르 숙박비가 내리기를 기다리다가 결국 예약을 포기했는데, 몇 년 후 다시 찾을 땐 숙박비가 내리려나. 오늘을 눈이 부시게 살아내자고 다짐하고는 언제가 될지도 모를 먼 미래를 계산하다니, 나는 인생의 달인이 되기에는 아직 한참 멀었다.

대성당을 떠나며 몇 번이나 걷다가 돌아보고 또 돌아보며 아쉬움을 남긴다. 그리워하면 언젠가 다시 찾게 될 버킷리스트 장소에 이 도시를 추가한다. 오늘도 호텔에 주차할 자리가 없으면 어쩌나 걱정했는데 다행히 빈자리가 있다. 어제가 토요일이라 스페인 사람들도 이곳으로 여행을 왔는지 모르겠다. 내일의 목적지는 산띠아고 데 꼼뽀스뗄라에서 3시간 거리의 스페인 북부 해안 도시 히혼(Gijón)이다. 'G' 발음 때문에 헷갈렸던 이름 히혼.

히혼
(Gijón)

5월 6일 너무나 사랑스러운 도시 히혼

산띠아고 데 꼼뽀스뗄라를 떠나 3시간 거리의 북쪽 해안 도시 히혼 (Gijón)을 찾는 날이다. 우리나라에 알려지지 않은 낯선 도시 히혼에서 3 일 동안 머물기에 도심에 위치하고 주차가 가능한 에어비앤비 숙소를 예약했다. 스페인으로 돌아오니 연일 날이 화창해서 아침을 상쾌하게 시작한다. 성 프란치스코 성당 미사에서의 감동과 성당에서 만난 할머니들의 따뜻한 위로 덕분에 순례자의 도시가 오래오래 마음에 남을 것 같다.

호스트와 만날 약속 시간까지 여유가 있어서 히혼 바닷가를 잠시 둘러보기로 했다. 바닷가에 'Gijón'이 란 빨간 글씨 조형물이 너무 예뻐서 사진을 찍었다. 카페에서 커피 마시며 잔잔한 바다를 바라봤다. 포르투갈 라구스나 호카곶의 파도가 거칠었던 대서양과는 다른 평온한 바다를 보니 이 도시에 대

: 히혼 이름 표지 조형물

한 기대감이 커진다.

우리가 머물 아파트와 주차장 건물이 다른 곳에 위치해서 호스트와 주차장 건물 앞에서 만나 주차했다. 젊고 친절한 데다 잘생기기까지 한 호스트가 우리 가방들을 보더니 놀란다. 우리가 3달 동안 여행한다고 하니 놀란 표정으로 축하해 준다. 새로 지은 깨끗한 아파트로 들어서니 집주인의 섬세한 배려가 느껴진다. 침구도 깔끔하게 정리되어 있고 거실 겸 주방의 시설도 훌륭해서 만족스럽다. 친절한 호스트는 지도를 펼치더니 히혼의 명소들과 맛집을 추천해 준다. 아파트 옆 건물 1층 식당도 맛집이라며 꼭 가보라고 추천한다. 오비에도(Oviedo)에 대해 물어 보니 히혼에서 30분 거리에 있으며 너무나 아름답고 사랑스러운 도시란다. 호스트가 나간 후 집안을 다시 둘러봐도 정말 모든 게 마음에 든다. 아파트 창밖으로 보이는 도시도 너무 아름답고.

호스트가 걸어서 10분이면 갈 수 있다고 한 예수 성심성당(Basílica-Santuario del Sagrado Corazón de Jesús)으로 걸어가며 번화가를 두리번거렸다. 오래된 건물을 상가로 개조해서 색색의 베란다 창문이 사랑스러운 거리를 천천히 둘러보며 성당 앞에 섰다. 가까이에선 성당 꼭대기 예수상이 보이지도 않는다. 성당에 들어서니 기도하는 할머니 한 분이 계셨다. 십자가 앞에서 무릎 꿇고 기도드리는 할머니를 방해하지 않기 위해 조용히 기도하고 성당을 나섰다.

다음으로 찾아간 산 로렌조 성당(Iglesia de San Lorenzo) 앞 공원에서 바라보는 성당 모습이 정겹고 예쁘다. 성당과 공원 근처 카페에 앉아 커피 마시는 사람들은, 자신들이 얼마나 평화롭고 사랑스러운 풍경의 일부인지 알까. 매일 카페에 앉아 이런 풍경 바라보며 커피를 마신다면 속 시끄러운 일도 없고, 하루하루 평온한 일상에 감사하며 살아갈 것 같다. 이방인의 눈에 비친 평온하고 아름다운 일상이 이들에겐 너무 평범해서 지루하고 벗어나고픈 일상일지도 모르겠지만.

아파트로 돌아오는 길에 강렬한 빨간 벽의 재래시장이 눈길을 사로잡는다. 시장 건물에 들어가서 저녁 장 보는 사람들을 구경했다. 신선해서 다시 밭으로 돌아갈 것 같은 과일과 야채들, 그리고 싱싱한 생선과 고기들을 파는 재래시장을 구경하는 일은 언제나 재미있다. 보기만 해도 입에 침이 도는 자줏빛 싱싱한 체리를 맛보고 싶어서 샀다.

저녁을 먹기 위해 호스트가 추천한 아파트 옆 식당에 들어갔다. 할아버지 몇 분이 앉아 계시다가 우리를 쳐다보신

: 예수 성심성당

: 산 로렌조 성당

다. 히혼의 작은 식당에 찾아오는 동양인은 드물 테니까. 테이블에 앉아서 요리 주문하고 재미있는 장면을 봤다. 젊은 종업원이 팔을 높이 들어올려서 술잔에 시큼한 향이 나는 술을 따르고 있었다. 계속 주문이 들어오는지 종업원은 연이어 신기한 묘기를 보인다. 스페인 북부 바스크 지방의 전통술인 사과주 시드라(Sidra)는 팔을 높이 들어 묘기를 부리며 술잔에 따른다고 하는데, 스페인 북부 아스뚜리아스 지방 히혼에서 시드라를 만날 것이라고 예상치 못했다. 우리 눈앞에서 시드라 따르는 모습을 보니 주문을 안 할 수 없다. 주문한 요리가 나와서 우리도 시드라 두 잔을 부탁했더니 종업원이 팔을 치켜들고 술잔에 따라 준다. 높은 곳에서 떨어지는 술은 술잔 밖으로 튕겨 나오기도 해서 식당 바닥이 젖었다. 바쁘게 돌아가는 요즘 세상에 예전 전통을 유지하기 위해 번거로움도 마다하지 않고 술을 따르는 모습에서 바스크 사람들의 자존심을 엿볼 수 있었다. 스페인 자치정부 중에서 까딸루냐와 바스크가 가장 강하게 독립을 주장한다고 하는데, 바스크 사람들의 정체성을 지키려는 단면을 본 것 같다.

호스트가 추천한 수수한 식당의 음식과 처음 맛본 시큼한 시드라의 조화는 훌륭했다. 반나절 돌아본 히혼의 매력에 빠져서 이곳에 3일 머물 계획을 세우길 잘했다는 생각이 든다.

5월 7일 오비에도(Oviedo) 시내에서 조각 찾기

오늘은 히혼에서 30분 거리의 오비에도(Oviedo)를 방문하는 날. 스페인 여행 계획 전에는 전혀 몰랐던 도시. 미국 영화감독 우디 엘런이 사랑하는 스페인 도시라고 책자에 소개되었고, 대성당에 돌아가신 예수의 얼굴을 감쌌던 아마포인 수다리오(Sudario)가 보관되었다고 해서 꼭 들러보고 싶은 도시다. 블로그엔 오비에도 거리에 조각들이 많아서 조각상 찾는 재미가

: 오비에도 대성당의 수다리오

있는 도시라고 소개되어서 호기심이 일었다. 히혼의 에어비앤비 호스트도 아름답고 사랑스러운 도시라고 적극 추천했기에 기대가 컸다. 히혼에서 거리는 가까웠지만 오비에도 대성당을 목적지로 입력했더니 주차장 찾기가 어려웠다. 오비에도 번화가에서 헤매다 겨우 유료주차장을 찾을 수 있었다.

산 살바도르 대성당(Catedral Metropolitana Basílica de San Salvador)이 정식명칭인 대성당에 들어서니 스페인 유명 성당들처럼 웅장하고 아름

: 오비에도 대성당

다워서 감탄하게 된다. 대성당을 돌아보고 2층 박물관으로 이동해서 마침내 예수 얼굴의 핏자국이 묻은 수다리오와 마주한 순간 가슴이 먹먹해진다. 한참 수다리오 앞에서 묵상하며 순교자들을 떠올린다. 박물관의 많은 전시물 중 나를 울컥하게 만든 조각상은 비통해하는 성모상이다. 예수 희생을 상징하는 붉은 색 옷을 입은 성모의 비통한 표정을 보는 순간 가슴이 아려온다. 고통 받는 자식을 바라보는 세상 모든 어머니들의 두려움과 애통함을 대변하는 그 모습 때문에 오래오래 성모의 모습을 마음에 담는다.

성당 안 작은 예배당과 정원까지 돌아보는데 시간이 제법 소요된다. 성당 앞 한적한 광장 한편에서 숙녀 조각상을 발견했다. 우리가 오비에도에서 찾은 첫 번째 조각상 앞에서 사진도 찍고, 성당을 볼 수 있는 광장 카페에서 커피를 마시며 대성당과 평온한 광장을 바라본다.

거리 곳곳에 재미있는 조각상들이 도시를 장식하고 있다. 공원 한편의 코발트색 'Oviedo' 도시 이름의 조형물은 여행객을 상큼하게 맞이한다. 가로등 아래엔 독서하는 소녀상이 걸음을 멈추게 하고, 도로 한복판 7명의 남자들 조각상이 거리 분위기를 활기차게 바꾸어 놓는다. 마침내 번화가 중심에 위치한 거대한 엉덩이 조각상을 찾고 웃음을 터뜨린다. 얼마나 엉뚱한 상상력인가. 번화가 한복판에 사람 키 몇 배의 거대한 엉덩이가 지나가는 사람들을 맞이한다. 조각상들을 찾아 사진 찍는 재미에 푹 빠져서 돌아다녔다. 보물찾기하듯 조각들을 찾아다녔지만 우디 엘런 조각은 찾을 수 없어서 지나가는 아저씨께 물으니 위치를 알려 주신다. 아마도 많은 관광객들이 찾는 조각상인 듯싶다. 아저씨가 알려 준 대로 번화가 중심에서 옆쪽 골목길로 들어서니 바지 주머니에 손을 넣고 생각에 잠겨 걷고 있는 우디 엘렌의 조각상을 만날 수 있다. 영화를 좋아하는 남편은 우디 엘렌 조각상이 꽤나 인상적인가 보다. 조각상을 이리 보고 저리 보고 사진도 몇 장 찍는다. 오비에도 거리에 있는 조각을 제작한 조각가들이 유명작가인지는 모르겠으나 거리 곳곳을 장식한 다양한 조각상들이 도시 전체 이미지를 매혹적으로 만든다. 식당에 들어가 점심과 커피를 먹으며 창밖을 본다. 지나가는 사람들의 느린 걸음걸이에서 여유가 느껴진다. 오비에도는 우리 예상보다 훨씬 매력적이고 사랑스럽다. 아담한 도시의 거리를 장식하고 있는 조각들 찾는 재미에 시간 가는 줄도 모르겠고….

반나절 오비에도 관광을 마무리하며 지나온 길을 되돌아 주차장으로 이동하다 거대한 엉덩이 조각상을 다시 보고 웃게 된다. 단순한데 보는 사람들을 웃게 만드는 조각상들을 매일 보는 시민들의 일상은 유쾌할 것 같다. 스트레스 받는 일이 있다면 재미있는 조각상

: 거리의 대형 엉덩이 조각

: 거리의 모자(母子) 조각

: 요리하는 엄마와 딸 조각

앞에서 화를 식히면 되고, 힘든 일이 있을 땐 가로등 아래서 독서하는 소녀상 보며 위로받고. 엄마 역할이 힘에 부칠 땐 거대한 모자상(母子像)을 보며 용기 내고…. 주차장 근처에서 요리하는 엄마와 엄마를 바라보는 귀여운 소녀상을 만났다. 음식을 젓고 있는 엄마와 배고픈지 엄마를 간절하게 바라보고 있는 모녀 조각상. 세상 모든 엄마들은 자기 배고픈 건 얼마든지 참아도 자식이 주린 모습을 보는 건 참을 수 없다. 나도 퇴근해서 집에 오면 옷도 갈아입지 못한 채 쌀 씻고 저녁 준비하느라 동동거렸다. 가족들에게 맛있는 저녁을 대접하기 위해 피곤함도 잊고 주방에 서 있곤 했다. 일에 치여서, 사람에 치여서 끙끙 앓을 때마다 떠오르는 건 어린 시절 들었던 그리운 엄마의 도마 소리와 음식 냄새였다.

히혼으로 다시 돌아오니 날씨가 흐려있다. 호스트가 추천한 엘로지오 델 호리존테(Elogio del Horizonte)를 보기 위해 이동했다. 그의 말에 따르면 거대한 구조 아래 서면 바다소리가 들린다고 했다. 바닷가 언덕에 위치한 엘로지오 델 호리존테는 '수평선의 찬사(찬양)'라는 뜻이라는데 수평선을 향해 우뚝 서 있는 모습을 보니 그 이름의 이유를 알겠다. 언덕 위 초원에 바다를 향해 서 있는 독특한 구조물을 만났다. 거인이 팔을 벌리고 서 있는 듯한 조형물 아래 서서 눈을 감는다. 바람 소리와 잔잔한 파도 소리와 하나가 된 나는 자연의 일부다. 인적 없이 조용한 바다 앞 언덕에서 자연의 소릴 듣고 있으면서 자연의 치유를 느낀다. 바람이 내 뺨을 어루만지고 바다 소리가 내 귀를 간질이며 바다의 짠 내음이 후각을 자극한다. '애쓰지 마. 그만하면 됐어. 그 흔한 노오력도 그만.'이라는 위로의 말이 바람에 실려 내 귀로 찾아든다. 바람의 언덕에서 팔 벌리고 선 채로 자연이 주는 위로에 감사한다. 흐린 하늘과 수평선의 흐릿한 회색빛

: 엘로지오 델 호리존테

경계선을 오래오래 바라보다가 언덕 아래로 내려온다. 산 로렌조 해변 (Playa de San Lorenzo) 한쪽에 서 있는 베드로 성당(Iglesia de San Pedro)에 눈이 간다. 긴 해안선 끝에 바다와 마주하고 있는 성당도 멋진 해변 풍경의 한 부분이다. 베드로 성당이라는 이름 때문에 들어가 보고 싶은데 문이 굳게 닫혀 있다. 성당 앞에서 기웃거리다가 인부로 보이는 분께 성당에 들어가고 싶다고 표시하니, 시계를 가리키며 손바닥을 펴서 보인다. 아마도 5분만 기다리면 성당 문이 열린다는 뜻이리라. 성당에서 바라보는 긴 해안선의 로렌조 해변은 평화롭고 한산하다.

5분쯤 후 정말 성당 문이 열렸고 성당 관리인에게 들어갈 수 있냐고 물으니 들어오란다. 아무도 없는 성당에서 잠시 기도하고 묵상한다. 스페인과 포르투갈 여행의 나날이 더없이 행복해서 감사하다는 말밖에 떠오르는 말이 없다. 화창한 날씨 덕분에 아름다운 도시에서 만난 수많은 성당들과 멋스러운 건축물들을 돌아본 날들이 꿈만 같다.

성당에서 나와 로렌조 해변을 산책했다. 흐리고 날씨가 쌀쌀해서 수영하거나 일광욕하는 사람은 없고 산책하는 사람들만 눈에 띈다. 우리도 히혼 해변 평화로운 풍경 일부가 되어 늦은 오후 시간을 보냈다.

5월 8일 히혼에선 혼자라도 괜찮아

남편이 어제 저녁부터 몸이 안 좋다고 했다. 몸살이 왔는지 많이 힘들어 한다. 히혼에서 3일 머물기를 정말 잘했다는 생각이 든다. 아침 식사 후 비상약을 먹게 하고 쉬라고 했다.

혼자서 다녀도 괜찮겠냐고 묻는 남편에게 걱정 말라고 말하고 아파트를 나섰다. 아파트 뒤쪽 거리는 가 본 적이 없어서 뒤쪽 거리를 걸어 다니며 상가들을 구경했다. 길 따라 계속 걷다 보니 첫날 돌아다닌 번화가로 이어져서 아기자기한 가게들도 구경했다. 건물들의 알록달록한 목조 베란다가 재미있어서 두리번거리며 걸었다. 그렇게 목적도 없이 걷다가 히혼 첫날 들렀던 예수 성심성당(Basílica-Santuario del Sagrado Corazón de Jesús)에 닿았다. 성당에 들어서서 잠시 기도하고 성당 옆쪽에 있는 귀여운 성모상을 바라보고 있자니, 스페인 아저씨가 "꼬바동가(Covadonga)"라고 알려 준다. 스페인어로 열심히 설명해 주시는데 단 한 마디 알아들은 말은 꼬바동가. 아저씨께 감사 인사드리고 성당 밖으로 나와서 성당을 한 번 더 올려다봤다. '스페인에 다시 오게 되면 히혼과 오비에도도 꼭 들러야지.'라고 마음속에 도시 이름 저장하고 숙소로 돌아갔다. 감기약을 먹고 푹 잔 남편은 아침보다 컨디션이 좋아졌다. 혼자 심심하지 않았냐고 묻기에 돌아다닌 곳들을 말해 주고 인터넷에서 꼬바동가를 찾았다.

꼬바동가는 800년 동안 이베리아 반도를 지배했던 무어인으로부터 스페인 국토회복 운동인 레콩키스타(Reconquista)를 시작한 성지다. 711년 무어인에게 이베리아 반도를 빼앗긴 가톨릭 왕조들은 속수무책 무너졌는데, 아스뚜리아스 왕국의 창시자 펠라요왕은 산속에 있는 꼬바동가에서 가톨릭 세력을 모아서 레콩키스타를 시작했다고 한다. 722년 처음으로 무어인과의 전투에서 승리해서 국토회복의 기반을 만들었다고 하니, 스페인 사람들에게 꼬바동가는 국토회복의 성지인 곳이다. 그리고 꼬바동가의 성모는 스페인을 수호하는 분이라고 한다. 성당에서 만난 아저씨가 우리를 성지로 인도해 주신 셈이다.

내일 산띠야나 델 마르(Santillana del Mar)로 이동하는 길에 꼬미야스(Comillas)에 들러 가우디의 건축물을 보기로 했는데, 꼬바동가를 먼저 들르기로 했다. 히혼에서 산띠야나 델 마르까지 스페인 북부 해안도로로 이동하며 바다를 볼 계획은 꼬바동가 경유로 인해 수정했다. 여행 중 일정을 수정할 수 있는 것이야말로 자유여행의 묘미가 아닐까. 그런 의미에서 자유여행은 꼭 우리의 삶과 닮은 것 같다. 길은 길로 이어지게 마련이니 조금 돌아서 간들 문제 될 바 없다. 어렸을 땐 혹여 내가 가는 길이, 길이 아니거나 잘못된 길일까 늘 조바심했다. 50년 넘게 살다 보니 길은 내가 아는 길 말고도 많았고 어쩌면 내가 두려워한 길이 정말 내 길이었을지도 모르겠다는 생각을 한다. 아무튼 내일은 처음 계획했던 길과 다

른 길로 간다. 흔히 하는 말로 '스페인 is 뭔들…'

점심을 먹고 남편과 거리로 나섰다. 산 로렌조 해변에서 산책하고 산 로렌조 성당 앞 카페에서 커피를 마셨다. 아담하고 예쁜 성당과 그 앞의 흰색 타일 기둥이 멋진 조화를 이룬 공원, 그리고 주민들이 드나드는 카페까지 모든 게 사랑스러운 히혼. 성당에서 만난 아저씨 덕분에 우리가 몰랐던 성지를 방문할 수 있고, 어제는 간절히 성 베드로 성당에 들어가길 소망했더니 성당 문이 열리고. 내게 행운의 여신이 길을 열어 주는 것 같다고 하니, 남편도 끄덕인다. 포르투갈에서 몇 번 난처한 상황에 처했을 때 내 기도의 효험을 체험한 덕분이리라. 정말 간절하게 소망하면 볼 수 있었고 문을 두드리면 들어갈 수 있었다. 커피 마시며 농담할 정도로 기력을 되찾은 남편을 보니 마음이 놓인다.

귀가하는 길에 재래시장도 들렀다. 히혼을 기념할 자석을 찾았지만 기념품 파는 가게는 없다. 내일 떠나기 때문에 장 볼 필요는 없지만 스페인 주부들이 저녁 장 보는 모습이 보고 싶었다. 어느 나라나 주부들은 끼니때마다 가족을 위해 음식을 만들고 식자재를 사기 위해 시장에 가서 좋은 식자재 구입에 신경을 쓴다. 그런 모습을 바라보다가 한국에 있는 우리 자식들이 슬그머니 그리워진다. 남편과 자식들을 위해 장보고 요리하던 내 모습과 스페인 주부들의 모습이 별반 다르지 않다고 여기며.

작은 도시라서 부담 없이 여기저기 누비며 다녔는데, 내일은 다시 길 위에 선다. 오늘은 설렁설렁 다녔으나 내일은 바쁘게 이동해야 하리라. 바쁜 내일을 위해 오늘은 충전의 하루였다.

: 산 로렌조 해변

: 히혼 재래시장

〈아스뚜리아스 지방 여행 팁〉

1. 스페인 북서부 아스뚜리아스 지방은 겨울엔 도로가 얼기 때문에 운전이 자유롭지 않다고 한다. 대서양과 인접해 있어서 스페인 남부보다 기온이 낮다. 우리가 방문한 5월에도 저녁엔 쌀쌀할 정도이니 겉에 걸칠 옷을 준비하고 다니는 게 좋다.

2. 오비에도 대성당에는 돌아가신 예수님의 얼굴을 감쌌던 수다리오가 보관되어 있으니 기독교 신자라면 직접 방문해 보기를 권한다. 성당 안 작은 박물관엔 기독교 성물들이 많이 전시되어 있다.

3. 산띠아고 데 꼼뽀스뗄라 대성당 지하엔 성 야고보의 무덤이 있다. 지하에서 많은 순례자들이 찾는 성야고보와 잠시 만남의 시간을 가져 보기를 권한다.

4. 오비에도 도시 곳곳에 많은 조각들이 있어서 조각들을 찾으며 사진 찍다 보면 시간 가는 줄 모른다.

5. 스페인 북부의 전통주인 시드라를 시음해 보기를 권한다. 식당에서 종업원이 팔을 높이 들어서 술을 따라 주는 모습을 보는 것만으로도 즐거운 체험이 된다.

6. 꼬바동가는 산 속의 작은 마을인데, 이곳에서 스페인 국토회복운동이 시작되었다고 한다. 히혼이나 오비에도, 산띠야나 델 마르에서 가까운 거리에 위치하는 꼬바동가를 방문하여 동굴성당을 찾아 보는 것도 좋은 추억이 될 것이다.

산띠야나 델 마르
(Santillana del Mar)

5월 9일 꼬바동가(Covadonga), 꼬미야스(Comillas)를 거쳐 평화의 마을에 이르다

히혼을 떠나는 날이다. 쾌적하고 안락한 아파트에서 3일을 지내며 호스트의 친절에 고마웠기에 처음 우리가 아파트에 들어섰을 때처럼 깨끗하게 집을 정리했다. 가방을 끌고 차고가 있는 건너편 아파트 지하주차장으로 이동하며 며칠 새 정들었던 골목을 둘러본다. 팔을 높이 쳐들고 따라 주던 시큼한 시드라의 맛을 떠올리며 아파트 옆 식당도 한 번 더 바라본다. 스페인에서 'G'로 시작하는 지로나(Girona), 히혼(Gijón)에 푹 빠져서 이별이 아쉽다. 금사빠 주인공답게 여행하며 모든 도시를 짝사랑하며 이별을 아쉬워했는데, 유독 지로나, 히혼과의 이별이 서운하다. 작지만 아기자기하고 평화로운 도시라서 마음에 들었나 보다. 위압감을 느끼게 하는 대도시에선 길을 잃고 헤맬까 걱정하는데, 지로나와 히혼에선 소매치기의 존재도 잊고 마음 편히 돌아다녔다.

히혼을 벗어날 때는 차창 밖으로 손을 내밀어 안녕을 고했다. 다음에 꼭 들르겠다고 다짐하며 잠시 짝사랑의 열정을 접는다. 날씨는 흐리지만

히혼을 벗어난 도로는 한산하고 평화롭다. 음악을 들으며 꼬바동가가 어떨지 상상하는 사이, 산속으로 접어든다. 좁은 도로 양편에 식당이나 가게들이 보이지만 손님은 보이지 않는 한적한 시골길을 달려 드디어 꼬바동가 대성당(Basilica de Santa Maria la Real de Covadonga)에 도착했다. 마을과도 떨어져 있고 접근도 어려운 산속에 위치한 대성당은 산안개에 싸여 신비로웠다. 성당 안에 들어가서 잠시 기도하고 동굴 성당으로 향했다.

동굴 입구에 촛불 봉헌할 수 있는 곳이 있어서 촛불을 켜서 가족을 위한 기도를 드린다. 말 그대로 긴 동굴 터널을 지나다 아치형 창문에 세워진 세 십자가를 만났다. 건너편엔 산안개가 포근하게 감싸고 있는 성당 건물이 보이고 내 앞에는 십자가가 서 있고. 아름다운 풍경 속에 서 있는 십자가 앞에서 잠시 사진 찍고 좀 더 걸어 들어가니 동굴 밖 절벽에 아주 아주 작은 예배당이 있다. 히혼 성당에서 보았던 그 성모상이 꽃으로 장식된 제대 앞에 서 있는 동굴 끝 야외 예배당. 동굴에 폭 안긴 아담하고 소박한 예배당에 도착한 순간, 예배당이 나를 품어 주는 것 같은 안도감이 든다. 미사를 기다리는 신자들 사이에 앉아서 기도했다. 어제까지 몰랐던 이 작은 동굴 예배당까지 인도해 주신 신께 감사기도 드린다.

예배당에선 사진을 못 찍게 해서 계단 아래로 내려가서 동굴 예배당을 올려보며 사진을 남겼다.

지하에도 작은 예배당이 있어서 둘러보며, 펠라요왕의 국가 회복 의지를 상상해 본다. 711년 처음으로 이베리아 반도로 넘어온 무어인들이 713년엔 스페인 전 지역을 지배하다시피 했다고 한다. 이슬람 왕조에 의해 가톨릭 왕조들이 점령되고 이슬람 세력이 스페인 북부인 이곳 아스뚜리아스 산악지대까지 다가오자 펠라요는 꼬바동가 산속에서 가톨릭 세

: 꼬바동가 세 십자가   : 꼬바동가 성모상

: 꼬바동가 동굴 성당

력을 모아서 저항했다고 한다. 수적으로 열세임에도 전투에서 승리하며 이슬람 왕조로부터 아스뚜리아스 가톨릭 왕조를 지켜냈다. 722년 펠라요 왕이 이슬람 왕조와 전투에서 승리하도록 지켜주신 성모님을 스페인 사람들이 사랑하는 이유를 알겠다.

안개가 점점 더 심해지더니 부슬부슬 비가 내린다. 안개와 비구름에 싸인 꼬바동가 대성당과 동굴 성당이 더 신비롭게 보인다. 참새가 방앗간 못 지나가듯 성물방에 들어가서 묵주팔찌를 봤다. 꼬바동가를 기억하기 위해 마음에 드는 기념품도 함께 구입한다.

다음 목적지인 꼬미야스(Comillas)의 엘 까프리초(El Capricho)를 보러 가야 해서 발걸음을 돌린다. 우리 시야에서 멀어지는 꼬바동가 동굴 성당은 비안개에 싸여 아스라이 멀어진다. 꼬바동가에서 꼬미야스까지는 1시간 20분 거리인데 비 오는 산길이라 속도를 낼 수 없다. 비 오는 5월의 산은 싱그럽고 풋풋하다. 비에 젖은 초록색 산이 뿜어내는 생명의 힘이 오감으로 느껴진다. 오가는 차도 별로 없는 산길을 빠져나오는 동안, 1,300년 전엔 더 험했을 이 산골까지 옮겨와서 왕조를 지키려 한 가톨릭 왕의 외로운 결단을 상상해 본다. 승산이 없는 전쟁을 피해 다른 왕조들은 무릎 꿇어 항복하는 상황에서 끝까지 저항하며 가톨릭 왕조의 전통을 지키고 국토회복운동을 벌인 펠라요왕과 만주에서 항일전투를 하며 국권 회복을 위해 목숨을 아끼지 않은 우리의 독립투사의 결의가 같지 않았을까. 수많은 굴복과 포기의 압박에도 굴하지 않는 저항정신이 있었기에 스페인도 우리도 독립할 수 있었을 것이다.

꼬미야스에 들어서자 빗줄기가 더 굵어진다. 거리에서 비를 맞으며 걷고 있는 순례자들을 여러 명 봤다. 비에 젖은 배낭은 더 무거워 보이고,

그들의 젖은 등산화가 안쓰럽다. 다 젖은 채 묵묵히 무거운 짐을 지고 순례길을 걷는 그들에게 미안한 마음이 든다. 순례자들 곁을 지나며 차를 타고 편하게 이동하는 게 미안해서 최대한 천천히 주행한다. 엘 까프리초(El Capricho)는 가우디가 31세에 설계한 건축물이라는데 근처 주차장이 협소하다. 그나마 관광 시즌이 아니고 비까지 와서 엘 까프리초 근처에 노상 주차할 수 있었다.

티켓을 구입해서 들어서니 "와, 역시 가우디네."라는 탄성이 나오는 동화 속 환상의 건축물과 마주하게 된다. 먹구름 때문에 벽면을 장식한 노란 해바라기 타일의 화사한 색감이 선명하게 드러나지 않아 아쉽다. 설상가상 우산을 들고 사진을 찍자니 너무 불편했다. 서로 찍은 사진을 비교해 보지만 먹구름 때문에 건물의 색감이 어둡게 나와서 안타깝다.

비를 피해 실내로 들어서니 1층 한 편에 아담한 실내정원이 있고 실내 공간엔 섬세한 장식들이 우아함을 더한다. 2층으로 올라가니 하얀 천장에 나무 서까래가 멋스럽게 얽혀있다. 그 자체로 너무 우아하고 멋스러운데 가우디의 독창적 감성으로 제작된 의자들은 최상의 공간미를 만들어낸다. 가우디는 건축물의 모든 요소에 자신의 예술적 영감을 아낌없이 반영했다. 바르셀로나에서 그의 건축물을 보고 감탄한 건 단순히 건물이 아름다워서만은 아니다. 창문, 베란다, 기둥, 굴뚝들이 각기 다른 모양이었고 아이 같은 순진한 창의력이 드러나서 환호했다. 2인용 나무 의자는 두 사람이 약간 비스듬하게 앉게 만들어졌다. 의자에 앉아 각자 다른 곳을 보며 대화하게 만든 게 아닐까. 부부 싸움하고 대화할 때 사용하면 좋겠다고 생각한다. 화날 때 상대를 바라보며 화를 키우기보다는 시선을 비껴서 벽을 보게 되면 객관적으로 갈등상황을 바라볼 수 있을 지도 모

: 가우디 동상

르겠다.

　건물 뒤쪽으로 나가면 소박한 돌의자에 앉아 허공을 바라보는 가우디의 동상을 만난다. 하늘을 보며 자연을 보며 끊임없이 창작의 샘을 퍼 올렸을 예술가 옆에서 경의를 표하며 사진을 남긴다. 그는 사그라다 파밀리에가 완성되어 가는 현재의 모습을 위에서 지켜보며 마음에 들어 할까.

: 엘 까프리초 외관

: 엘 까프리초 실내, 2인용 의자

수많은 사람들이 자신의 건축물을 찾고 감탄하는 모습을 보고 있을까.

빗줄기가 다소 가늘어졌지만 날이 개일 것 같지 않아서 꼬미야스의 예쁜 중심지를 돌아보는 것은 포기했다. 우리가 떠날 때에도 비에 젖은 순례자들이 마을로 들어서는 모습을 볼 수 있었다. 가리비 조개가 매달린 지팡이도 비에 젖어 있고 온몸이 젖은 채 천천히 발걸음 옮겨서 꼬미야스에 들어서는 모습 보며, 우리가 너무 편하게 순례길을 지나고 있다면서 거듭 반성한다.

원래 계획은 히혼에서 꼬미야스를 거쳐 알타미라 동굴을 지나 목적지인 산띠야나 델 마르(Santillana del Mar)로 갈 예정이었다. 꼬미야스 오기 전에 꼬바동가를 들렀고 비까지 더 심해져서 알타미라는 내일 보기로 계획을 수정했다.

산띠야나 델 마르 입구에서 우리 나이 또래의 순례자 부부를 봤다. 방수 커버를 씌운 아주 큰 배낭을 짊어진 부부는 순례자의 지팡이를 짚고 걷고 있었다. "아마 은퇴한 부부겠지? 산띠아고 순례길을 걷는 사람 중엔 은퇴하고 새 삶을 다짐하기 위해 길을 떠난 사람도 많다던데."라고 말하니, "당신은 비 맞으며 저렇게 큰 배낭 짊어지고 걸을 자신 있어?"라고 묻는다. 스페인 여행 계획하며 여러 번 생각했던 것 중 하나가, 일정 구간이라도 순례길 걷기를 시도할까 하는 것이었다. 렌터카 문제와 가져간 짐 보관 등의 이유를 들어 순례에 대한 마음은 접었다. 언젠가 모든 걸 내려놓고 싶은 날이 오면 순례자가 되어 이 길을 걸을지도 모르겠다.

우리가 머물 호텔은 대로에 위치해 있다. 워낙 한적한 도시라서 대로라 해도 지나다니는 차가 별로 없다. 임시주차하고 체크인하러 호텔로 들어서니 직원 혼자서 우리 앞 손님과 대화하느라 바쁘다. 앞 손님은 체크인

: 산띠야나 델 마르

: 산띠야나 델 마르의 가게

: 마요르 광장

: 광장의 황소 조형물

하며 이것저것 묻고 나서 우리에게 자릴 양보했다.

방 열쇠를 받고 호텔 뒤편 주차장 위치와 주차 방법도 안내받고 나서 짐을 옮겼다. 엘리베이터가 없는 구식 건물이라 1층에 머물겠다고 했기에 식당 맞은편 방을 배정받았다. 오래된 호텔방은 소박하고 아담한데 냉장고가 없다. 작은 냉장고라도 있으면 좋으련만. 불편하지만 우리가 좋아하는 맥주는 창문 밖 창틀에 세워 두기로 한다. 이 없으면 잇몸으로. 우리네 민박집 같은 소박한 돌집의 좁고 낡은 시설들도 나름 운치가 있다고 해석하기로 한다.

: 순례자 안내 표지

유럽에서 중세마을의 모습이 가장 잘 보존된 곳이라는 산띠야나 델 마르 탐색 시간이다. 프랑스의 사르트르는 이곳을 스페인에서 가장 아름다운 마을이라고 했다. 호텔 옆 골목으로 들어서니 안내센터가 있다. 그곳에서 지도 한 장 챙겨서 마요르 광장으로 향한다. 블로그에서 개성 넘치는 예쁜 가게들이 많다고 소개했던 이유를 알겠다. 고만고만한 돌집 가게들 외벽엔 여러 가지 장식물들이 아기자기하게 걸려 있어서 방문객들의 시선을 붙든다. "우리 가게에 이렇게 예쁜 물건 많아요."라고 알리는 것 같다. 비 오고 난 뒤 늦은 오후라서 그런지 인적이 없다. 한적한 골목을 걸으며, "이 마을 정말 마음에 든다. 조용하고 평화롭고." 가게들 사진 찍던 남편도 동의한다. 번잡한 도시나 대도시 번화가라면 질색인 남편에게도 이 마을의 한산함은 매력적인가 보다.

곳곳에 순례자를 인도하는 표지가 벽에 붙어 있고, 목을 축일 수 있게 수도(돌로 만든 아주 오래된 수도)도 있다. 가게들 구경하며 걷다 보니 마을 중앙 마요르 광장에 도착했다. 광장 한편엔 알타미라 동굴의 대표 동물인 황소 조각이 있다. 소박하고 아담한 광장 양쪽에 파라도르 두 채가 마주하고 있다. 여기 와서야 이곳의 파라도르 사정이 이해된다. 원래 여행을 계획할 때 이 마을에서도 파라도르에 머물려고 했으나, 숙박하는 파라도르와 조식하는 파라도르가 다른 곳에 있다는 이유로 포기했다. 작은 파라도르 두 군데에서 식당 운영하는 게 비효율적이라 식사는 한 군데에서만 할 수 있었던 게다. '이렇게 가까운 곳에 파라도르가 마주하고 있는 줄 알았으면 예약할 걸. 숙박비도 저렴한 데다 광장에 위치해서 여러모로 편했을 텐데…' "식당과 잠자는 방이 다른 건물에 있다는 건 너무 이상한데."라는 남편의 의문에 나도 주저하다 포기했다. 정겨운 돌집의 파라도르를 보고 나니 후회가 된다. 그래, 다음에 스페인에 오면 산띠야나 델 마르 파라도르에 꼭 묵어야지. 귀국해서 시간이 지나면 다 기억도 못할 재방문 도시 명단에 이 마을도 추가한다.

비 온 후 날이 어두워지면서 날씨가 더 쌀쌀해진다. 저녁 식사하러 광장에 있는 식당 한 곳에 들어갔다. 손님은 우리 둘뿐이다. 아가씨에게 생선구이가 되냐고 물으니 가능하단다. 나는 생선구이, 남편은 고기와 함께 맥주를 마시며 오늘의 알찬 일정을 축하한다. 아침까지 사랑에 빠져 있던 히혼을 떠나서 산속 꼬바동가의 신비함에 매료되었고, 그리고 가우디의 건축물을 보기 위해 꼬미야스에 가서 엘 까프리초와 사랑에 빠졌다. 지금은 중세의 모습을 고스란히 간직한 산띠야나 델 마르의 매력에 빠져 있다. 오늘 하루 동안 나는 세 번이나 변심한 셈이다. 내가 본래 지조 없는 사람이 아닌데 스페인에 와선 매일매일 사랑하는 대상이 바뀐다. 오늘은 무려 세 번이나 대상을 바꾸며 사랑에 빠지다니, 카사노바도 아니고.

식사를 마치고 어두워진 광장을 벗어나 골목을 걸으며 식당들을 기웃거린다. 너무 고요해서 돌길 걷는 우리 발걸음 소리만 들린다. 작은 슈퍼마켓을 찾아서 들어갔으나 우리가 찾는 안주거리는 없다. 순례자들을 위한 빵이나 하몽, 음료수와 저렴한 와인 정도가 전부다. 순례자로 보이는 청년들이 빵과 저렴한 하몽과 와인을 사는 모습을 봤다. 오늘 비 맞으며 20여 ㎞ 걸었으니 춥고 피곤해서 와인이 생각났나 보다. 우리도 맥주 두 병 사서 호텔로 돌아왔다. 광장에서 우리 호텔도 가까웠으나 마을 중심인 마요르 광장에 위치해서 식당이나 카페 이용이 편한 파라도르의 위치가 자꾸 비교된다.

5월 10일 구석기 벽화 알타미라(Altamira), 산딴데르(Santander)에 이르다

어제 내린 비는 그치고 날이 맑게 개었다. 평범한 호텔 조식을 먹고 거리에 나와 보니 순례자들은 이미 길을 떠났는지 보이지 않는다. 아침 일찍 길을 나서야 한낮의 뜨거운 태양을 피할 수 있고 다음 목적지에 빨리 도착해야 가성비 좋은 알베르게에서 머물 수 있다고 들었다. 어제 비 맞으며 걸었던 이들이 감기 걸리지 않고 모두 남은 순례를 무사히 마치길 바라며 마요르 광장으로 향했다. 수많은 사람의 발길로 반질반질한 돌길이 비에 씻겨 깨끗하다. 어제 오후에 만났던 예쁜 가게들이 아침 햇빛 받으며 더욱 매력적인 자태로 손님을 부른다. 비 맞은 제라늄도 빨간빛이 더 선명하다. 마요르 광장의 파라도르도 황소 조각상도 모두 안녕하다. 광장에서 좀 더 길을 걸으면 깐따브리아 지방의 중요한 로마네스크 건축물인 율리아나 대학 성당(colegiata de santa juliana)에 이른다.

3세기 말 로마 황제의 종교 탄압을 피해 소아시아로 피했던 율리아나는 아버지가 이교도 청년과 강제로 결혼시키려고 해서 단호하게 거절했다고 한다. 율리아나는 아버지의 모진 매질에도 뜻을 굽히지 않았고 청혼자가 그 지방의 집정관으로 부임하면서 더욱 가혹한 형벌을 받았다고 한다. 결국 18세의 어린 나이에 율리아나는 참수형에 처해져 순교하게 된다. 9세기에 아스뚜리아스 순례자들에 의해 율리아나의 유해가 이 지방으로 옮겨졌다. 율리아나의 유해를 보호하기 위해 수도원이 세워졌다가 11세기에 지금의 로마네스크 양식의 대학 성당으로 거듭나게 되었다고 한다. 소박하고 수수한 모습으로 천년 세월의 연륜이 묻어나는 성당으로 들어갔다.

수수한 제단 앞에 율리아나의 무덤이 있다. 어린 나이에 모진 형벌을 견디다 순교한 그녀의 신앙심에 고개 숙여 경의를 표한다. 회랑 돌기둥 중 하나에서 율리아나가 악마의 목에 밧줄을 걸고 있는 부조를 발견했다. 그녀의 확고한 신앙심은 악마를 잡고도 남으리라.

성당에서 나와 걷다가 마을 한가운데서 공동 우물터 또는 빨래터를 발견했다. 중세시대 때 부녀자들이 이곳에서 물을 길어가고 빨래했을 모습을 상상해 봤다. 아무리 세월이 흘러도 우리들 삶의 모습은 별반 다르지 않을 터. 매일 눈 뜨면 아침 짓고, 농사일하다 짬 내어서 빨래하고 또 끼니 준비하고. 다람쥐 쳇바퀴 돌리듯 하루하루 반복된 일상을 살아내던 나의 엄마도 세탁기가 나오자 감탄하셨다. 한겨울 개울에서 빨래하다 손이 트고 동상 걸리던 어린 시절을 떠올리면서 세상 살기 좋아졌다고 여러 번 말씀하셨다. 나 어렸을 때만 해도 연탄불로 난방도 하고 밥도 하고 더운물도 데우고 했다. 지금 내게 엄마처럼 하루 종일 연탄불 꺼지지 않게 신경 쓰고 살라 하면 살림 중단 선언이라도 할 터. 타임머신 타고 중세에서 현재로 온 주부들은 경천동지할 세상에 잘 적응할 수 있을까. 나더러 중세, 아니 조선 시대로 가라 하면 목숨 걸고 거부할 것 같다. 우물터 하나 보며 상상의 나래를 펴다가 중세로 조선으로 너무 나간 것 같다.

호텔로 돌아와서 파랑이를 끌고 우리가 머물고 있는 깐따브리아 지역의 수도인 해안 도시 산딴데르(Santander)로 나들이한다. 산띠야나 델 마르에서 30분 거리의 도시라서 반나절 나들이하기에 적당한 곳이라 가볍게 길을 나선다.

아침까지 머물렀던 산띠야나 델 마르와 달리 현대적인 건물들이 줄지

: 율리아나 대학성당

: 산띠야나 델 마르 우물터

어 서 있는 곳에 도착하니 수백 년 시간을 날아온 것 같다. 해안 유료주차장에 주차하고 우선 산딴데르 대성당(Gothic Cathedral of Santander)을 찾았다. 성당 문이 닫혀 있어서 아쉽게 돌아서다 바닥에서 순례길 표지를 만났다. 산딴데르도 순례길에 포함되어 있으니 순례자를 안내하는 표지가 성당으로 인도하나 보다. 성당 앞 야외 카페에 사람들이 앉아서 대화하는 모습에 이끌려 우리도 야외 테이블에 앉아서 커피와 빵을 주문했다. 바로 옆 테이블의 연세 드신 고운 자태의 할머니 두 분에게 눈길이 간다. 하얀 머리에 곱게 주름 잡힌 모습으로 미루어 보건대 70대 후반으로 보인다. 한 분은 레드 와인을, 또 한 분은 맥주를 한 잔씩 앞에 두고 정겨운 대화를 나누신다. 낮술이 목적이 아니라 친구 만나 커피 대신 와인과 맥주를 사이에 두고 정담 나누는 모습과 병상에서 오래오래 고통받으시던 하얀 머리의 엄마가 오버랩된다. 스페인에 와서 백발 할머니가 빨간 매니큐어와 빨간 립스틱 바르고 성당이며 카페에 앉아 계신 모습을 자주 봤다. 노랫말에 빗대어 말하면 '내 나이가 어때서, 빨간 매니큐어 바르기 딱 좋은 나인데…'라고 몸으로 표현하는 것 같아 보기 좋다. 여기서 나의 버킷 리스트 하나 추가. 70세 넘어서 흰 머리에 빨간 매니큐어 바르고 카페에서 와인 마시기. 아, 우리나라에선 카페에서 와인을 마실 수 없으니 맥줏집에서 맥주 마시기로.

2018년 2월 28일, 30년 교직 생활을 마치고 3월을 맞이하자 뭘 해야 할지 몰라서 이 생각 저 생각하다 혼자 남도 여행을 떠났었다. 해마다 남녘 봄꽃 소식을 텔레비전으로만 접하다 꽃구경을 위한 혼행을 시도했다. 음악 크게 틀어 놓고 혼자 운전하며 '가장 바쁜 3월에 나 이렇게 한가하게 놀러 다녀도 되나?'라고 생각하다, "나는 자유인이다. 카르페 디엠

(Carpe diem)."을 외치며 크게 웃었다.

처음으로 구례의 산수유를 보고 얼마나 설레던지… 여리여리하고 수수한 노란 꽃들이 노란 꽃무리를 만들어서 온 마을과 온 산을 노란색으로 물들이고 있었다. 온통 노란 세상에 홀린 듯 산수유 꽃 사이를 정신없이 걷다 꽃 한번 보고 웃고 하늘 보고 웃고. 내 마음에 노란 물이 스며들 때까지 꽃 사이를 누비고 다녔다.

광양의 매화를 만났을 때에는 꽃 가까이 얼굴을 들이밀며 그 고운 자태를 보고 또 봤다. 매화 향을 느끼려 꽃송이에 코를 대고 숨을 들이켰다. 평일이었고 차도 없어서 가다가 매화가 곱게 핀 곳마다 차를 세우고 매화에 취했다. 화려하지 않고 향도 은은한 사군자의 매화를 실물로 영접하며 얼마나 행복했는지 모른다.

하동의 십 리 벚꽃 길은 얼마나 황홀하던지. 벚꽃 길을 천천히 몇 번이나 오가며 엄마가 부르시던 '봄날은 간다'를 흥얼거렸다. "연분홍 치마가 봄바람에 휘날리더라."로 시작하는 그 노래를 엄마는 노동요로 자주 부르셨다. 전쟁 통에 인생의 봄날은 사라진 채 삶의 무게에 짓눌려 살았던 엄마의 단골 노래. 엄마와 벚꽃 보러 갔을 때, 소녀처럼 손뼉 치며 좋아하던 엄마 모습이 떠올라 서러웠다. 그러다 이형기 시인의 〈낙화〉 시를 읊조렸다. '가야할 때가 언제인가를/분명히 알고 가는 이의/뒷모습은 얼마나 아름다운가 ~ 헤어지자/섬세한 손길을 흔들며/하롱하롱 꽃잎이 지는 어느 날', 이렇게 되뇌다 울컥했다. 엄마가 그립기도 하고 너무 아름다운 풍경 속에 스며들어 있는 꿈같은 현실에 감사해서 눈물 났던 게다.

50대 후반에 처음으로 식당에서 혼밥을 하고 맥줏집에서 혼술을 했다. 전주에서 맥줏집을 혼자 들어갔더니, "혼자세요?" 묻는 직원에게 "네, 혼자면 안 되나요?" 되물었다. 50대 멀쩡하게 생긴 아줌마가 혼자 맥줏집에 출입하는 게 생소했나 보다. 2박 3일 동안 혼자 운전하고 식당에 들어가서 밥도 먹고 호텔에 들어가서 맥주 한 잔 마시며 지나온 날들을 돌아봤다. 그리고 이제부터 제2의 생을 살자고 다짐했다.

스페인의 국민소득이 우리와 비슷한데, 스페인 사람들이 오전에도 카페에서 맥주 마시고 노는 모습이 낯설다. 일과 직장 상사에 치여 퇴근 후 늦은 저녁, 선술집에 후줄근한 모습으로 들어서서 소주 마시는 우리와 너무 다르게 사는 이들의 생활방식. 죽어라 일하고 쓴 소주 털어 넣으며 오늘의 고통을 잊으려는 우리네 직장인과 다르게 이들은 오전부터 볕 좋은 광장 카페에 앉아 커피나 맥주로 하루를 시작한다. 개미와 베짱이 같은 서로 다른 삶을 사는데 국민소득이라는 결과는 별반 다르지 않다니. 할머니들 바라보며 부러워하다 생각이 곁가지를 치며 아주 멀리까지 날아갔다.

번화가에서 산딴데르 은행 본점으로 보이는 멋진 건물을 봤다. 스페인 도시마다 마주치곤 했던 그 은행 이름과 같은 아담한 도시를 누빈다. 번화가엔 상가들과 식당들이 늘어서 있다. 번화가 길 건너 해변 공원에서 반가운 호안 미로의 조각을 만났다. 장난스러운 조각과 눈 마주치니 웃음이 난다.

산딴데르를 떠나기 전에 막달레나 반도에 있는 막달레나 궁전(Palacio de la Magdalena)으로 향했다. 다행히 궁전 근처 주차장에 자리가 있어 주차하고 궁전 담장 안으로 들어섰다. 궁전은 엄청나게 넓은 공원 안에 위치하고 있다. 산책 나온 사람들 사이를 한참 걸어서 언덕으로 올라가니 으리으리하게 큰 궁전이 있다. 반도 끝자락 언덕 위에 위치한 궁전방에서

: 산딴데르 대성당

: 막달레나 궁전

는 바다가 보이겠지. 한쪽엔 드넓은 초록색 정원이, 또 한쪽엔 드넓은 대서양이 모두 왕족의 것이라니.

바람이 제법 세게 분다. 궁전 내부 관람은 안 하고 올랐던 언덕을 내려간다. 이제 30분 달려서 구석기인들이 그린 알타미라 동굴벽화를 보러 간다. 초등학교 때부터 구석기 시대 문화를 배울 때 열심히 외웠던 그 알타미라 벽화를 보다니. 구석기 시대 사람들이 어떤 도구로 벽화를 그렸을까 궁금했었는데.

알타미라 동굴은 벽화 보존을 위해 일반인에게 개방하지 않고 대신 원래 동굴을 재현한 박물관 (Museo de Altamara)이 관광객에게 개방된다. 박물관에 들어가니 시간대에 따라 재현 동굴 입장이 가

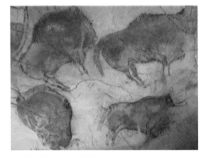
: 알타미라 동물 벽화

능하다고 한다. 30분 기다리는 동안 박물관 안을 구경하고 커피도 마시며 구석기 벽화와 마주할 준비를 한다. 안내인의 지시에 따라 어두운 동굴로 들어가서 벽화와 마주했다. 사회 교과서와 미술 교과서에서 봤던 그 그림을 직접 보고 있는 게 믿어지지 않는다.

고대사회에선 사냥으로 수확한 동물과 채집한 열매가 먹거리의 전부였기에 자신들의 생존을 소망하는 벽화를 그렸다고 했다. 사냥을 하다가 죽거나 다치기 일쑤고, 사냥을 못하면 기아에 시달리다가 죽기도 하고. 늘 생존의 기로에 서 있던 원시 부족의 염원이 생생하게 드러난 벽화 앞에서 숙연해진다. 책에서만 보던 역사의 현장을 이렇게 마주하고 있음에 감사하고.

알타미라박물관에서 산띠야나 델 마르까지는 정말 가깝다. 그래서 알타미라 동굴을 보러 오는 관광객들이 머무는 곳이 산띠야나 델 마르라고 한다. 호텔 주차장에 파랑이를 주차하고 오전에 산책하던 마요르 광장으로 향했다. 어제와 다른 순례자들과 관광객들이 골목과 광장을 탐방하고 있다. 광장 한편에서 황소 조각상을 다시 만나니 오전보다 반갑다. 1시간 전 알타미라박물관에서 만나고 온 터라 구면의 정겨움이 더해진 것이리라.

오전 율리아나 성당 근처에서 봤던 식당으로 향했다. 아직 저녁 식사는 주문할 수 없다고 해서 맥주와 감바스 안주를 주문했다. 아침에 마을을 산책하고 율리아나 대학 성당을 관람했다. 그리고 오후엔 산딴데르를 방문해서 번화가와 해안, 막달레나 궁전도 보고, 알타미라 박물관도 탐방했다. 서두르지 않고 천천히 돌아다녔음에도 시간이 느리게 흘러가서 오늘 하루를 알차게 보낸 것 같아 뿌듯하다. 구석기와 중세 사이를 넘나

드는 시간 여행하며 하루를 보낸 우리를 위하여 건배. 내일은 빌바오를 향하여.

빌바오
(Bilbao)

5월 11일 **생각의 전환이 도시를 바꾸다**

　무리하지 않고 느긋하게 다녔는데도 불구하고 기침 증상이 심해졌다. 몸살 기운이 약하게 나타나는 게 아무래도 꼬미야스와 산띠야나 델 마르에서 만난 비가 문제였던 것 같다. 비 오고 기온이 내려가서 쌀쌀한데도 가우디의 엘 까프리초 건물에 취해서 사진 찍느라 비를 맞았었다. 그리고 산띠야나 델 마르의 저녁 날씨도 쌀쌀했는데 중세 골목길 탐색에 빠져서 무리했나 보다. 아니면, 여행 막바지에 이르러 긴장이 풀려서인지도 모르겠다. 오늘 목적지인 빌바오(Bilbao)로 가기 전에 게르니카를 들르기로 했던 계획은 내 건강 상태로 수정한다. 빌바오에서 2일 머무는 동안엔 구겐하임 미술관(Museo Guggenheim Bilbao)과 구시가지 관광이 전부니까 체력을 충전할 수 있다.

　중세도시의 아름다운 가게들이 있는 골목길과도 이별할 시간이다. 매일 복용하는 기관지 확장증 약 이외에 추가해서 몸살약을 더 먹으려면 아침을 든든히 먹어야 하는데 입맛이 없다. 입안이 쓰게 느껴지면 몸살이 날 징조인데 오늘은 뭘 먹어도 쓰기만 하다.

빌바오까지 1시간 30분 여정이라 호텔 체크인 시간까지 시간이 많이 남는다. 바다를 좋아하는 나를 위해 남편은 빌바오 가는 길에 한적한 해안 도시를 들렀다 가자고 제안한다. 약을 먹었으니 호전되리라 믿으며 사진에서 보고 반한 예쁜 해안 도시를 들른다니 기분이 한결 좋아진다. 남편이 인터넷에서 찾은 해안 도시는 산띠야나 델 마르에서 50분 거리의 라레도(Laredo). 게이름처럼 발음이 좋은 라레도에 가면 감기몸살도 달아날 것 같다.

날씨도 쾌청하고 산띠야나 델 마르에서 라레도 가는 도로는 한적해서 드라이브하기 좋다. 라레도는 작은 도시인데 중심지로 들어서니 제법 차가 많고 번잡하다. 목적지를 산타 마리아 성당(Iglesia de Santa Maria)으로 정했더니 복잡한 골목으로 우리를 인도한다. 좁은 골목에선 심지어 신호에 따라 번갈아 일방통행이 되는 1차선 도로가 나타나고. 주차할 곳을 못 찾아 도심지를 빙빙 돌다가 겨우 자리를 찾아 주차하고 성당부터 찾았다. 좁은 골목길에서 순례자 안내 표지를 찾았다. 우리가 찾는 산타 마리아 성당도 순례길에 들어있는 곳인가 보다.

: 산타 마리아 성당 안내 표지   : 산타 마리아 성당

아담한 성당은 오래된 모습 그대로 수수해서 좋았다. 성당에 들어가니 결혼식이 진행 중이라 조용히 나왔다. 오늘이 토요일이라 결혼식이 있는 것 같다. 순례자들이 찾는 성당이라 우리도 방문했는데, 결혼식을 방해하고 싶지 않아서 밖으로 나와서 성당 외관만 바라보고 골목을 빠져나왔다. 점심때가 되어서 카페에 들어가 빵과 커피를 주문했다. 스페인어 못해도 이젠 겁먹지 않고 식사도, 커피도 주문할 수 있다. 어설픈 스페인어 단어로 주문하면 주민들도 이방인의 처지를 알고 주문을 받아 준다.

따뜻한 커피와 빵으로 간단하게 식사를 마치고 해안을 향해 걸었다. 해안 입구에서 순례자 안내 표지를 또 만났다. 길 잃지 말고 잘 찾아오라는 그 정겨운 표지를 보니 우리가 순례자인 양 반갑다. 눈길을 끄는 대상이 하나 더 있다. 바람이 불 때마다 머리카락 휘날리며 몸의 방향이 바뀌는 여인의 조각. 파란 하늘과 초록 잔디 사이에서 머리카락 바람에 날리며 붉은 몸을 움직이는 여인이 신기해서 한참을 그녀의 시선을 따라 나도 빙빙 돌았다. 머리에 쟁반을 이고 있는 여인의 조각도 만났다. 고기잡이에 나선 남편이나 애인을 기다리는 애타는 마음을 표현한 걸까? 순풍에 만선으로 돌아올 남편의 고기를 받으려고 쟁반을 이고 있는 걸까. 혼자 상상하다가 그만 돌아가자는 남편 말에 상상에서 빠져나왔다.

티 하나 없는 맑고 깨끗한 하늘과 하늘빛을 닮은 바다, 조용하고 한적해서 걷기만 해도 몸과 마음이 정화되는 해변을 산책하며 자연의 치유를 체험한다. 번잡한 도시에서 세상사와 인간사에 치이다 찾는 자연은 늘 한결같다. 내 고통과 갈등과 슬픔을 서서히 치유해 준다.

스페인에 오기 전에는 책과 블로그들에서, 그리고 허츠사에서 자동차를 빌릴 때, 자동차 절도범을 조심하라는 충고를 수차례 들었다. 차에 가방이 있는 것을 보면 창문을 깨뜨리고 가방을 훔쳐 간다는 말을 듣고 긴장하고 조심했는데, 스페인 북부에 와선 긴장하지 않고 주차했다. 한산한 도시에 관광객을 노리는 절도범이나 소매치기가 없을 것 같다는 생각이 들어서 주차하며 스트레스 받지 않았는데, 다행히 불미스러운 일은 없었다. 이곳에서도 3~4시간 중심가에 주차했는데 파랑이도 우리 가방들도 모두 무사하다. 서울에선 눈 감으면 코 베어 간다는 속담처럼 스페인 대도시에선 눈 뜨고 있어도 소매치기를 당했는데, 스페인 시골은 우리네 시골처럼 안전하다.

빌바오(Bilbao)가 가까워지자 여러 차선의 도로에 차들이 빠르게 질주한다. 오전까지 머문 산띠야나 델 마르나 해변 도시 라레도와 사뭇 다른 대도시에 접어들자 조심하게 된다. 빌바오 구겐하임 미술관(Museo Guggenheim Bilbao)과 가까운 거리의 호텔이 우리의 목적지인데 어렵지 않게 찾아갔다. 시내에 위치해서 투숙객도 주차비를 내야 하는데 위치가 좋아서 예약했던 호텔을 찾아가서 체크인했다.

가방을 두고 호텔 앞 강 건너 쇼핑센터를 찾아가려고 주차했던 파랑이를 타고 시내에 들어갔다 난처한 처지가 되고 말았다. 쇼핑센터는 찾았지만 지상주차장은 안 보이고 지하주차장 진입로를 못 찾아서 근처만 빙빙 돌다가 주차를 포기했다. 분명 주차장 진입로가 있을 텐데 낯선 도시에서 당황하다 보니 안 보인다. 호텔에서 가까운 곳인데 공연히 차를 끌고 나와서 우리도, 차도 고생만 했다.

하릴없이 다시 호텔로 돌아가서 지하주차장에 주차시켜 놓고 걸어서 구겐하임 미술관에 가 보기로 한다. 강가엔 산책로가 잘 정비되어 있어서 산책하거나 운동하는 사람들이 많다. 강 건너편 멀리 구겐하임 미술관이 햇빛에 반사되어 반짝거리는 모습이 보인다. 강폭이 넓지 않아서 걸어서 다리를 건너는 것도 부담스럽지 않다. 미술관이 점점 가까워지자 가슴이 두근거린다. 사진에서 본 독창적인 디자인의 건물이 시야에 들어온다.

빌바오는 15세기 이래 제철소, 철광석 광산, 조선소 등이 발달했던 공업 도시로 바스크 지방에서 가장 부유하고 번성한 시기도 있었다고 한다. 철강 산업의 심각한 환경오염이 발생한 데다가, 설상가상 1980년대 들어 철강 산업이 쇠퇴하면서 도시는 점차로 침체되어 갔다. 1991년 바스크 지방정부는 몰락하는 빌바오를 재생할 유일한 방법은 문화산업이라고 판단하고 구겐하임 미술관을 유치하였다고 한다. 철강 도시답게 티타늄을 소재로 한 입체적이고 독창적인 미술관은 프랭크 게리(Frank O. Gehry)의 작품이다. 미국 로스앤젤레스에 있는 월트 디즈니 콘서트홀(Walt Disney Concert Hall)도 그의 작품인데, 미국 여행에서 봤던 그 콘서트홀에 반해서 한참을 바라봤던 기억이 난다. 디즈니 콘서트홀도, 이곳 구겐하임 미술관도 티타늄 소재로 입체적이고 독창적인 건물로 보는 각도에 따라 달리 보여서 볼수록 그 매력에 빠져든다. 은색 티타늄 소재는 햇빛을 받으면 반짝거리면서 거대한 은공에 작품을 연상시킨다. 시드니의 오페라하우스, 로스앤젤레스의 디즈니 콘서트홀, 그리고 빌바오의 구겐하임 미술관, 그 도시를 문화도시이자 관광도시로 바꾸는 매력적인 건축물 중 하나가 바로 우리 눈앞에 있다. 햇빛을 받아 반짝거리는 금속의 거대한 구조물을 바라보다가 남편은 "쇳덩이로 이런 멋진 건축물, 아니 예술작품을 창조하다니…"라며 말을 잇지 못한다. 감정 표현을 잘 하지 않는 남편도, 작은 것에도 감탄하는 나도, 티타늄 건물을 이리저리 바라보며 예술가의 창의력에 감탄할 뿐이다. 구겐하임 미술관의 매력적인 모습을 음미하듯 앉아서 보고 있는 관광객들도 많다.

미술관은 네르비온(Nervión) 강가에 위치해 있고, 미술관 옆엔 빨간색 아치 구조물이 눈길을 끄는 살베 다리(Puente de La Salve)와 여성 조각가인 루이즈 부르주아(Louise Bourgeois)의 거미 조각 마망(Maman)이 있다. 작년 캐나다 여행 때 오타와에서 본 거대한 거미 조각을 보고 신기했던 기억이 난다. 원래 다리 많이 달린 곤충을 싫어하는지라 거미란 소리만 들어도 기겁을 하는데, 미술관 앞 대형 거미 조각은 전혀 위협적이지 않고 관광객을 품어 주는 모습이라 인상적이었다. 조각가에 대해 검색해 보니 프랑스계 예술가로 어머니가 직조공이었다고 한다. 돌아가신 어머니를 그리워하며 어머니께 드리는 찬사를 담아 만든 조각으로, 실 잣는 거미에 엄마를 뜻하는 '마망(Maman)'이라는 이름을 붙였다고 한다.

웅장한 구겐하임 미술관과 빨간 아치의 다리와 검은색 거미 조각이 멋진 조화를 이룬다. 어른, 아이, 모두가 거미 앞에서 거미 다리 아래서 다양하게 거미를 바라보며 즐거워한다. 이 도시가 쇠락해 가던 오염된 공업도시였다는 게 믿어지지 않는다. 원래부터 예술 도시였던 듯 수많은 관광객을 불러오는 도시로 변신시킨 빌바오 사람들의 결단력과 도전정신에 경의를 표한다.

빌바오의 네르비온 강은 서울 한강과 비교도 안 되는 작은 강인데, 멋진 미술관과 예쁜 다리와 어우러진 독창적인 거미 조각이 도시의 모습을 완전히 바꾸어 놓았다. 미술관이 위치한 곳은 원래 산업폐기물을 쌓아 두던 곳이라는데, 지금은 사람들을 사로잡는 미술관과 상가, 아파트 단지로 탈바꿈했다. 한강에도 구겐하임과 같은 멋진 미술관이나 시드니의

: 구겐하임 미술관

: 미술관 앞 거미 조각상

: 구겐하임 미술관

오페라하우스 같은 우아한 음악당이 생긴다면, 시민들의 자부심도 커지고 사랑받는 명소가 될 텐데.

구겐하임 미술관 근처 공원에서 즐겁게 뛰노는 아이들과 가족을 바라보다가 자리를 옮겨서 미술관 뒤쪽의 상가들과 아파트를 지나서 쇼핑몰로 이동했다. 우리가 주차장을 못 찾아서 헤맸던 곳에 쇼핑센터들이 있어서 들어갔다. 주말 장 보는 사람들로 북적이는 쇼핑몰 지하 식품점으로 가니 반갑게 초밥을 파는 곳이 있다. 그래, 오늘 저녁은 초밥으로 정했다. 입맛이 없어도 깔끔한 초밥은 먹을 수 있을 것 같다. 밥심으로 감기몸살 이겨내고 내일 구도심 나들이를 하리라.

다리 건너 호텔로 돌아오다가 멀리 보이는 구겐하임 미술관을 한 번 더 바라본다. 해 질 무렵 은빛 미술관에 부드러운 노을이 번져서 1시간 전과 사뭇 다른 분위기를 만든다. 강변 산책로엔 여전히 사람들이 산책하고 있고, 도시는 저녁 무렵 우아한 노을빛에 물들어간다. 여행하는 동안 우리가 거친 모든 도시가 아름다워서 행복한 나날을 보냈다. 어제부터 아파서 긴장하고 걱정했는데, 라레도의 평화로운 해변이, 창의적 예술적 감각이 넘쳐나는 빌바오의 도시 풍경이 나를 치유하고 있다. 봄 감기에 걸리면 며칠씩 병원을 드나들며 약 먹고 주사도 맞으며 끙끙 앓곤 했는데, 이곳에선 자연이 나를 치유하고 있다. 물론, 약의 도움도 받고 있지만.

호텔로 돌아가서 초밥을 냉장고에 넣어두고 슈퍼마켓을 찾아 호텔 뒤편 거리를 걸었다. 우리가 머물 호텔 조식이 비싸서 조식 신청을 하지 않은 터라 빵과 과일, 주스를 구입하러 슈퍼마켓을 찾아 나섰다. 주택가에 위치한 슈퍼마켓은 제법 크고 식자재도 다양했다. 종업원에게 내일도 영업하냐고 물어보니 깜짝 놀라며 내일은 휴일이라 자기도 일하지 않는단

: 산띠아고 대성당

: 네르비온 강가의 건물

다. '그렇지, 여기는 스페인이지. 백화점이나 슈퍼마켓 직원들도 당당하게 휴일엔 쉴 수 있는 권리가 보장된 나라지.'라는 사실을 새삼 깨닫는다. 소비자의 편리를 위해 종업원들의 휴일이 보장되지 않는 우리의 근로 환경과 비교하게 된다.

이틀 동안 마실 생수와 아침 식사용 빵과 주스, 블루베리와 치즈, 좋아하는 와인을 구입했다. 슈퍼마켓 출입구에 붙은 안내문엔 토요일도 영업시간이 단축되고 일요일은 영업을 안 한다고 적혀 있다. 우리나라 주말을 생각하고 오늘 필요한 장만 간단하게 봤으면 낭패를 겪을 뻔했다.

5월 12일 빌바오의 구도심을 누비다

그제부터 내가 감기몸살을 앓다가 호전되니 오늘은 남편의 컨디션이 안 좋다. 비도 같이 맞았고 내가 아파서 남편이 혼자 운전하고 다녀서 무리했나 보다. 어제 사다 둔 빵과 주스로 아침 식사하고 남편과 사이좋게 몸살약을 나누어 먹는다.

오늘은 빌바오 구시가지 산띠아고 대성당(Catedral de Santiago)에서 미사를 드리고 시내 관광을 할 예정이다. 호텔 직원에게 대성당에 가는 버스 노선을 물었다. 호텔 바로 앞에서 가는 버스는 없고 강 건너 버스 정거장에서 버스를 타라고 알려 준다. 어제 건넜던 강 건너 버스 정거장에 서 있으니 할아버지께서 말을 거신다. 그것도 스페인어로. '산띠아고 대성당'에 간다고 말씀드리니 끄덕이시며 여기서 버스 타는 게 맞다는 표시를 하신다. 역시 언어 장벽이 큰 스페인에선 손짓, 몸짓이 차선의 소통 수단이다. 마침 우리가 타야 할 버스가 오자 할아버지께서 우리에게 타라는 손짓을 하신다. 친절한 할아버지께 감사 인사를 드리고 버스에 올랐다.

어제 오후엔 구겐하임 미술관 근처를 돌아봤는데 그곳은 신도시에 해당하는 곳이라 현대적이고 세련되었다면, 오늘 우리가 가는 빌바오의 구도심은 오래된 유럽의 도시 모습이 그대로 보존되어 있어서 풍경이 사뭇 다르다. 버스 종점에서 내리니 건너편 구도심의 옛 건물들이 나그네를 반긴다. 미사 시간에 맞추기 위해 지도를 보며, 거리를 두리번거리며 대성당을 찾았다. 대성당 가는 골목길 양쪽의 건물들은 화려한 원색들이라 그늘진 골목을 환하게 만든다. 골목길 탐색은 잠시 미뤄두고 대성당부터 찾아서 미사 시간에 맞추어 입장할 수 있었다. 스페인과 포르투갈의 기나긴 여정이 무사히 끝나감에 감사 기도를 드린다.

성당 밖으로 나오니 13~14세기 사이에 건축된 고딕 양식의 웅장한 성당이 눈부신 햇빛을 받고 서 있다. 성당 앞 작은 광장 중앙엔 돌로 만든 멋진 식수대가 있고 광장을 둘러싸고 건물들이 성당 주변을 아름답게 장식하고 있다. 성당 앞 광장에 식수대가 있는 것은 지친 순례자들을 위한 게 아닐까 싶다. 골목길을 이리저리 돌다가 리베라 시장(Mercado de la Ribera)에 닿았다. 네르비온 강변에 있는 시장에 들어가니 핀초(스페인 남쪽에선 타파스라고 부르는 안주) 가게들이 여럿 있다. 주말이라 시장 안 식당과 핀초 가게들엔 빈자리가 없다. 형형색색 다양한 핀초들은 눈으로만 요기하고 밖으로 나왔다. 시장 앞 강가에서 건너편 건물들을 바라본다. 초록색 강물이 흐르는 강변에 빨강, 노랑, 파랑, 초록색 건물이 키 맞춰서 있다. 파란 하늘 아래 알록달록 원색의 집들은 아이들의 동심을 그려놓은 듯 어여쁘다. 점심 식사할 식당을 찾아다니다가 다시 성당 근처로 가게 된다. 동양식 볶음밥과 볶음면, 만두 등을 파는 식당을 찾았다. 볶음밥과 면을 주문하고 기다리는데, 순례자로 보이는 청년이 커다란 배낭을 메고 들어와서 볶음밥을 주문한다. 볶음밥은 서양인들에게도 익숙한 음식인가 보다. 중국 식당이나 태국 식당에서 많이 파는 메뉴이니 먹어본 사람들도 많을 게다.

점심을 먹고 커피를 마시기 위해 카페를 찾다가 사람들이 많이 드나드는 빵집에 들어갔다. 커피와 빵을 주문하고 앉아서 거리를 보다가 바로 옆 좌석을 보게 됐다. 몸이 불편한 엄마를 위해 시중 드는 어린 아들과 그 모습을 지켜보는 아빠, 세 가족을 바라보는데 마음이 흐뭇하다. 엄마의 장애를 전혀 의식하지 않고 불편한 엄마를 위해 빵을 먹여 주는 기특한 아들을 보니 훈훈해진다. 옆의 여자는 말이 어눌하고 몸이 불편해도 자신을 지켜주는 가족이 있어 든든해 보인다.

카페에서 나와 거리를 원 없이 보고 다녔다. 구도심 골목 곳곳엔 빨간색으로 단장한 집들이 많다. 차도 가구도 무채색인 우리 집과 비교된다. 우리 아파트 주차장을 다녀 봐도 노란색이나 빨간색 자동차는 찾기 힘들다. 화려한 원색은 자연에서만 찾고 일상생활에선 눈에 안 띄는 무채색으로만 채우고 사는 우리와 대조된다. 색색의 나무 베란다에도 화려한 원색의 꽃 화분으로 장식한 모습을 보면 기분이 좋아진다. 나를 위해 꽃을 가꾸는 생활 습관이 지나며 바라보는 사람들까지 행복하게 만든다.

무리하지 말고 호텔로 돌아가서 약 먹고 쉬기로 했다. 오전에 탔던 버스를 타고 호텔 근처에서 무사히 내렸다. 숙소로 돌아와 둘 다 감기약을 먹었다. 약 기운에 남편도 상태가 나아졌다. 빌바오를 떠나기 전에 멋진 구겐하임 미술관을 한 번 더 보자고 다시 호텔을 나섰다. 강가를 따라 걸으며 빌바오 집들과 산책하고 있는 사람들을 바라본다. 구겐하임 미술관이 보이는 다리 위에서 늦은 오후 부드러운 태양의 조명을 받고 서 있는 멋진 건물을 오래도록 바라봤다. 보는 각도에 따라 모양이 달리 보인다. 입체적인 외관의 미술관은 멀리 떨어져서 봐도, 가까이 다가가서 봐도 다른 모습으로 변신하며 사람 마음을 홀린다.

조금 더 구겐하임 미술관을 눈에 담아두기 위해서 미술관이 보이는 야외 카페에 앉아서 맥주를 주문했다. 카페에서 즉석 재즈 연주를 들으며 마시는 맥주, 그리고 곁들여 나온 상큼한 올리브. 내가 좋아하는 '10월의 어느 멋진 날에' 가사가 떠오른다. '오늘은 어디서 무얼 할까/창밖에 앉은 바람 한 점에도/사랑은 가득한 걸/널 만난 세상/더는 소원 없어/바람은 죄가 될 테니까.' 여행 와서 멋진 풍경 속에 스며들어 좋아하는 재즈와 맥주와 함께 있으니, 더는 소원이 없다. 더 바라면 욕심이고 욕심이 넘치면 죄가 될 테니까.

해 질 무렵 쌀쌀한 강바람에 자리에서 일어났다. 감기 증세가 없으면 해 진 뒤의 구겐하임도 보고 싶었지만 더 욕심내지 않기로 한다. 내일은 스페인과 프랑스 국경 지역에 있는 산 세바스띠안(San Sebastián)으로 이동하니까. 그럼에도 걷다가 돌아보고 또 걷다가 돌아보며 구겐하임 미술관과 아쉬운 이별을 고한다.

호텔 근처 중국 식당에서 볶음밥과 새우볶음을 포장해서 저녁 식사를 했다. 한국으로 돌아갈 날이 일주일 앞으로 다가왔다. 오늘 밤이 지나고 산 세바스띠안에서 2일, 사라고사에서 2일, 마지막으로 바르셀로나에서 2일을 보내면 귀국한다. 긴 여정 끝이라 우리 부부 둘 다 지쳐 있다. 그래도 큰 병 안 난 게 천만다행이고, 큰 사고 없었던 건 정말 감사할 일이다.

산 세바스띠안
(San Sebastián)

5월 13일 쑤마이아(Zumaia)를 거쳐 산 세바스띠안

빌바오에서 내 생일을 맞이했다. 즉석 미역국이라도 가지고 와서 조촐하게 자축할 걸 하는 어설픈 후회를 뒤로 미루고 할 수 없이 빵으로 미역국을 대신한다. 날 세상 구경하게 해 주신 부모님이 안 계셔서 마음 한편이 쓸쓸하기도 하고.

빌바오에서 산 세바스띠안(San Sebastián)까지는 1시간 20분 거리라서 부담 없이 이동할 수 있다. 호텔 체크인 시간에 맞추기 위해 빌바오에서 1시간 거리에 위치한 〈왕좌의 게임〉 촬영지 쑤마이아(Zumaia)를 들렀다 가자고 제안했더니, 남편은 게임에 대해 아는 게 전혀 없는 우리가 왜 게임 촬영지에 가야 하냐며 반대 의사를 보인다. 게임은 안 하지만 쑤마미아 해변 앞 작은 섬에 아담한 예배당이 있고 해변과 섬이 절경을 이루니까 보러 가자고 했다. 그리고 오늘의 목적지 산 세바스띠안으로 가는 길에 경유할 수 있고, 호텔 체크인 시간도 맞추려면 쑤마미아를 들르는 게 가장 현명한 방법 같은데, 남편은 공감을 못하겠단다. 오늘이 아내 생일인데 축하하며 기분을 맞춰 주기는커녕 찬물만 끼얹는 것 같아 기분이

: 마리아 크리스티나 다리

: 산 세바스띠안 대성당

상했다.

호텔에서 나와 네르비온강과도 빌바오 구겐하임미술관과도 이별하고 이동한다. 한적한 지방도로를 따라 달려서 쑤마미아 작은 해안 도시를 지나 이츠룬 해변(Playa de Itzurun)이 내려다보이는 산길로 향한다. 주차장이 협소해서 주차하기가 만만치 않았는데, 겨우 차를 주차했다. 차에서 내리니 5월인데도 스페인 북쪽 해안의 쌀쌀한 날씨가 우릴 맞이했다. 산길을 걸어서 드디어 산 텔모(San Telmo) 예배당이 보이는 전망대에서 남편과 다시 의견이 나뉘어졌다. 기왕 어렵게 찾았으니 나는 산에서 내려가서 절벽과 예배당을 보고 오자는 의견을, 남편은 고생하며 내려가서 바다를 보는 건 반대라는 의견을 냈다. 왕복 2시간 거리를 혼자 다녀오기도 처량해서 아름다운 해안을 가까이에서 감상하는 건 포기하기로 했다. 남편은 한 번 싫다고 하면 마음 돌리는 법이 거의 없다. 말없이 터덜터덜 주차해 있는 파랑이에게 다가가는 동안 '그래, 쌀쌀한 바닷바람 맞으며 2시간 이상 걸으면 감기몸살이 다시 심해질 거야. 혹시 인연이 닿으면 다시 이곳에 오겠지.'라고 혼자 생각을 정리한다. 그러나 나중에 쑤마미에 절벽의 독특하고 멋진 단층 구조를 사진에서 본 후, 혼자라도 다녀오지 않은 것을 후회했다. 감기몸살이 심해지더라도 그 절경을 봤어야 하는데….

쑤마미아에서 산 세바스띠안까지 이동하는 40분 동안 지천명의 50대 끝자락을 사는 나를 돌아본다. 내 삶의 이유와 지향점을 찾기 위해 성당마다 들러서 기도드리며 답을 구했다. 어렴풋이 떠오른 삶의 이유는 '한 알의 밀알'이 되기 위함이라는 것. 돌아가신 내 부모님은 나와 동생에게 아낌없는 밀알이 되어 주셨다. 나도 내 자식들에게 아낌없이 주는 나무가 되고, 한 알의 밀알로 밑거름이 되어 주기 위해 태어났을 것이라 생각했다.

혼자만의 생각에 빠져 있다 보니 도로가 복잡해진다. 드디어 산 세바스띠안 시내로 접어든 게다. 속도 제한 표지가 눈에 들어오고 복잡한 도로 때문에 혼자만의 생각에서 빠져나온다.

분명 목적지 호텔 앞에 왔건만 주차장 입구가 안 보인다. 호텔을 끼고 2~3바퀴를 돌며 찾아도 주차장 입구가 안 보인다. 분명, 주차장이 갖추어진 호텔을 예약했건만. 이럴 땐 조수석에 앉은 내가 나서야 한다. 남편이 비상등을 켜고 정차해 있는 동안, 나는 호텔 예약증을 들고 프런트로 뛰어 들어갔다. 서둘러 체크인을 부탁하며 주차방법을 물었다. 호텔 주차장 출입구가 호텔에서 조금 떨어진 곳에 있어서 찾지 못했음을 확인하고, 남편에게 급히 돌아갔다. 내가 들은 대로 다시 호텔을 돌며 살폈더니 주차장 출입구가 보인다. 당황해서 못 찾았던 주차장 출입구를 찾아 지하주차장에 주차하고 우리 방으로 올라갔다.

산 세바스띠안 시내를 흐르는 우루메아강(Rio Urumea)이 보이는 전망 좋은 방이 우리가 이곳에서 이틀 머물 숙소다. 빌바오에 이어 이곳에서도 주차비를 내야 한다. 호텔을 고를 때 위치와 평점, 주차장 여부를 확인하며 고민한 결과 스페인에서 머문 호텔들은 모두 좋았다. 특히 파라도르는 말할 것도 없었고.

거리로 나섰다. 우루메아 강변 산책로가 너무 아름답다. 파란 하늘과 초록빛 나무와 잔디가 싱그러운 산책로, 그리고 평화롭게 흘러가는 강물이 멋진 조화를 이룬다. 강변 산책만으로도 기분이 좋아지고 벌써 이 도시가 마음에 든다. 마리아 크리스티나 다리(Puente de Maria Cristina)의 우아한 모습을 넋 놓고 바라본다. 다리 위의 가로등이 멋스러워서 가로등 켜진 다리도 상상해 본다.

강변에서 구시가지 번화가 쪽으로 방향을 돌려 걷다 보니 성당의 뾰족한 첨탑이 보인다. 첨탑을 따라 번화가로 접어들어 걷는다. 산 세바스띠안 대성당(Catedral de San Sebastián) 앞에 섰다. 멀리서부터 존재감을 드러냈던 높은 첨탑은 바로 앞에선 끝이 안 보일 정도다. 성당은 보수공사 중이었는데 들어갈 수 있나 물어보니 들어가도 된단다. 성당엔 아무도 없다. 스페인의 조용한 성당에서 생일을 맞이할 수 있게 해 주신 하느님께 감사기도를 드린다. 지난 58년의 내 삶과 교직 30년의 여정을 늘 지켜주신 신께 감사드린다. 살아온 날들 내내 안전하고 무사할 수 있었던 것은, 내 노력과 의지만으론 불가능했을 것이다. 늘 긴장하며 살았고 스트레스로 불면증과 위염에 시달렸지만 그럼에도 갈등하며 좀 더 나은 길을 찾고자 노력했던 순간들마다 저 높은 곳에서 지켜주신 분이 계셨기에 오늘의 내가 있을 것이다.

성당 밖으로 나와서 번화가를 걸으며 상가들을 구경하다 보니 바다로 이어진다. 도시가 크지 않아서 강과 번화가와 바다가 다 가까이 위치해 있다. 도시 전체를 천천히 구경하고 산책하며 다니기에 부담이 없다. 한적한 강가를 따라서 다리 구경하며 걷다 보면 번화가에 이르고 고풍스러운 대성당과 만나게 되고, 길 따라서 여기저기 구경하다 보면 바다가 눈앞에 나타난다. 라 꼰차 해변(Playa de la Concha) 앞 광장에서 반가운 인물들을 만났다. 로시난테를 타고 있는 돈키호테와 당나귀를 탄 산초가 어디론가 가고 있다. 라 만차에서 여기까지 온 걸까. 우리는 스페인 남부를 거쳐 포르투갈과 스페인 북부지방을 여행하다가 여기까지 와서 돈키

: 꼰차 해변 앞 동상

: 꼰차 해변

호테와 만나니 오랜 지우와 조우한 것 같다. 스페인 사람들의 돈키호테 사랑을 여기서도 느낀다. 해변 모래에 사람 크기의 큰 글자로 무슨 내용을 열심히 쓰고 있는 사람을 한참 바라본다. 스페인어라 내용은 모르겠지만 자신의 뜻을 사람들에게 알리고자 몇 시간째 모래에 글을 쓰고 있는 사람에게 지나가던 사람이 말을 걸더니 해변으로 돈을 던진다. 응원의 표시리라.

꼰차 해변 근처 골목이 유명한 핀초(pintxo) 골목이라 소개되어서 찾아갔다. 안달루시아 지방에선 바게트빵에 다양한 식자재를 얹은 가벼운 안주를 타파스(tapas)라고 부르는데, 우리는 바르셀로나에서 타파스의 매력에 빠져서 여러 식당을 다녔었다. 북쪽의 바스크 지방, 그중에서도 산 세바스띠안이 핀초의 원조 도시라고 한다. 핀초가 가시나 꼬챙이를 뜻하고 작은 꼬챙이(이쑤시개)에 꽂은 간단한 안주를 뜻한다는데 타파스와 어떻게 다른지 궁금하다. 골목으로 접어드니 기념품 가게들을 지나 핀초바가 늘어서 있다. 너무 많은 가게들이 있어서 구경하는 것만으로도 흥미롭다. 폴 빌라드의 소설 『이해의 선물』의 주인공 꼬마처럼 나는 유리창 너머 핀초들의 맛을 상상해 본다. 이 가게도 끌리고 저 가게도 끌리고, 어디로 들어가야 할지 고민된다. 골목 안쪽에 성당이 있고 성당 앞에 문을 열어둔 핀초바들이 손님을 유혹하기에 그중 한 군데로 들어갔다. 다양한 핀초를 진열대에 전시해 둔 가게에 들어가 자릴 잡았다.

수십 종류의 핀초가 놓인 진열대엔 맥주병을 들어 올린 팔 조각이 있다. '마셔라, 마셔.'라는 응원의 메시지를 전하는 것 같다. 종업원이 건네주는 접시를 받아들고 다양한 핀초 중에 어떤 것을 골라야 할지 고민하다가 새우와 문어 핀초를 집어서 접시에 담는다. 스페인 대표 안주인 하몽과 살라미도 있고, 정어리 핀초도 눈길을 끌지만 모험은 피한다. 맥주두 잔과 남편은 고기 요리를 주문하고 어둠이 내린 거리를 바라본다. 지

: 산 세바스띠안 핀초식당

나다니는 여행객 중에 우리처럼 가게들을 기웃거리는 모습을 보며, 생일 축하 술잔을 든다.

남편과 바르셀로나 도착의 설렘과 에어비앤비 숙소의 난방기 고장 문제, 소매치기 일화와 타파스 식당의 기억을 나눈다. 그리고 마드리드 에어비앤비에서 주차하다가 파랑이 긁혀서 경찰서까지 찾았던 웃픈 에피소드와 포르투갈에서 내 지갑 소매치기 당한 일도 웃으며 말한다. 이제 일주일 남았는데 이 정도면 축복받은 여행이라고 축배를 든다. 내 정보 덕분에 핀초바까지 왔으니 결혼 잘한 줄 알라는 잘난 체도 덧붙이고.

오전에 쑤마미에서 심통 부린 남편 때문에 서운했지만, 결혼 31년의 동지애가 있어서 이젠 웃으며 갈등을 풀 수 있다. 결혼 초엔 서로 자기만 옳다고 주장하며 뾰족한 날을 세우고 서로를 찌르기 일쑤였는데 이젠 날도 무디어졌고 날을 세울 기력도 없어서 제풀에 지치고 만다.

오늘 산 세바스띠안을 거의 다 돌아봤기에 내일은 프랑스 접경도시인 이룬(Irun)에 가자고 제안했더니, 남편은 한술 더 떠서 프랑스 국경을 넘어보자고 한다. 피게레스에서도 프랑스 국경을 넘어보자고 하더니, 이번에도 국경을 넘었다가 돌아오잔다. 쑤마미에에선 해변 산책도 귀찮아서 싫다더니 국경 넘는 건 왜 이리 좋아할까. 이번엔 내가 반대다. 이룬에서 해안 산책도 하고 파라도르가 있는 광장에서 커피 마시면서 여유를 즐기겠다고 했다.

해가 진 후의 도시는 쌀쌀하다. 가로등 켜진 도시는 낮과 다른 고즈넉한 분위기로 편안함을 준다. 스페인 북부를 여행하면서는 소매치기 걱정도 안 하고 다닐 수 있고 거리에서 노숙자도 전혀 볼 수 없다. 밤거리를 걸어도 위협을 안 느끼고 안전하게 다닐 수 있어서 마음이 놓인다. 3월에도 뜨거운 태양 때문에 더위를 느꼈던 남쪽의 도시들과 달리 여긴 5월인데도 해가 지고 나면 춥다는 말이 나온다.

5월 14일 이룬(Irun)에서의 망중한, 산 세바스띠안에서의 핀초 사랑

산 세바스띠안에서 이룬(Irun)까지는 20분 거리라서 부담 없이 나들이 가기로 했다. 날씨는 더없이 맑고 쾌청하다. 한국에서 여행 계획을 세우고 일정을 정할 때, 산 세바스띠안이 프랑스 국경과 가깝기에 성모 발현 성지인 루르드(Lourdes)에 다녀올까 생각했었다. 남편도 프랑스 국경과 가까우니 왕복 4시간 30분 거리의 성지를 당일로 다녀오자고 했다. 루르드가 치유의 성지이기에 꼭 가보고 싶었지만, 성지 순례를 단순 미션 수행으로 다녀오는 것은 마음에 걸렸다. 포르투갈에서 파티마 성모 발현 성지를 다녀올 때도 하루쯤 머물 계획을 세우지 못한 걸 못내 아쉬워했었기에 다음엔 꼭 파티마에서 머물겠다고 다짐했다. 몇 년 후 프랑스 자유여행을 할 때 루르드에 들러서 미사를 드리겠다고 하니 남편도 동의했다. 그럼에도 이룬에선 루르드가 더 가깝기에 살짝 갈등이 생기긴 했다.

이룬의 비다소아강(Rio Bidasoa)은 바다로 향하고 있어서인지 바다처럼 보인다. 강변엔 하얀 요트들이 떠다니고 어디서부터 국경선인지는 모르겠으나 프랑스와 마주하고 있다. 인적 드문 산책로를 걷다가 아르마 광장(Plaza de Armas)으로 향했다. 좁은 골목길을 걸어올라 드디어 원색의 건물들에 둘러싸인 광장에 들어섰다. 광장 주위엔 색색의 예쁜 집들이 줄지어 서 있는데 한쪽에 무채색의 육중한 고택이 버티고 있다. 바로 이룬의 파라도르다. 처음 여행 계획을 세울 때 이룬의 파라도르 호텔을 숙소로 정하려고 생각도 했었다. 바다가 보이는 멋진 호텔 사진에 반해서 몇 번을 망설이다가 산 세바스띠안이 조금 더 큰 도시로 보여서 파라도르를 포기했다. 세월이 겹겹이 묻어나는 고성을 마주하니 머물지 못하는 아쉬움이 더 크게 느껴진다.

때마침 아르마 광장에서 영화 촬영 준비 중이다. 광장에 올드카 몇 대가 서 있고, 세계대전 시절의 군복을 입은 배우들과 1930~1940년대 복장을 한 배우들이 광장에 앉아서 자신의 촬영을 기다리는 모습이 보인다. 베란다 창마다 꽃 화분으로 곱게 단장한 카페에서 커피를 마시며 잠시 영화 촬영을 바라봤다. 결혼식 피로연 장면인지 남녀 배우들이 춤추는 모습도 보인다. 아마도 전쟁터에 나가기 전에 서둘러 결혼하는 청춘들의 이야기인 것 같다. 한편에 대기 중인 군인들로 보아서 결혼하자마자 신랑은 전쟁터로 끌려가게 될 것 같고.

파랑, 초록, 빨강, 노랑 건물들이 태양을 받아 원색의 화려함이 더 돋보이고 광장 한편에선 영화가 촬영되고 있고. 갑자기 세계대전 중의 유럽으로 시간 여행을 온 것 같다. 광장 끝에 서면 바다 같은 강이 내려다보인다. 파라도르에서 바라보면 저 풍경을 지켜볼 수 있었을 것이다. 다음 스페인 여행에서 다시 방문할 도시 명단에 이곳을 넣는다. 꿈은 언젠가 이루어질 테니 마음에 버킷 리스트를 수시로 저장한다.

아르마 광장에서 성당으로 가는 길은 영화 촬영으로 통제되어 있어서 방문은 할 수 없었다. 골목길 따라 강가로 내려가다가 산타 마리아 문 (Puerta de santa Maria)을 통과하니 성 밖으로 나가게 되었다. 그리고 산타 마리아 문 앞에서 재미있는 동상을 발견했다. 영국 근위병처럼 높게

: 아르마 광장에서 본 풍경

: 아르마 광장 건물들

솟은 털모자를 쓴 군인의 동상이 문을 지키고 있다. 이 도시는 프랑스와 맞닿아 있으니 여러 차례 침략을 겪었던 걸까. 성문을 지키는 병사의 동상을 세워 놓고 침략을 막으려고 한 것 같아 안쓰러운 마음이 든다. 침략자도 방어하는 자도 죽고 사는 문제라 양보할 수 없었을 터. 신무기가 개발된 현재는 보이지도 않는 곳에서 미사일을 발사하니 눈앞에서 죽음의 공포를 체감할 수 없다. 그러나 옛날엔 바로 눈앞에서 적과 마주하다가 명령에 따라 죽기 살기로 싸웠으니 그 공포는 상상 이상이었을 것이다. 산타 마리아 문 옆의 성벽을 보니 여러 군데 총탄의 흔적이 남아 있다. 방금 전 알록달록한 집들을 보며 사진 찍었는데, 이런 예쁘고 평화로운 도시가 침략자가 나타나면 모두 집에서 숨죽이며 두려움에 떨었을 모습을 상상하니 마음이 아파온다.

: 산타 마리아문 앞 군인 동상   : 산타 마리아문

한낮인데도 인적 드문 도로를 걸으며 우리 파랑이를 찾아간다. 고요
속의 평온이 오래오래 지속되길 간절히 바란다. 이룬에서 반나절 구경하
고 산 세바스띠안으로 돌아온 건 오후 시간. 이젠 잘 찾을 수 있는 호텔
지하주차장 출입구. 침착하게 살폈으면 당황하지 않고 찾았을 출입구를
어제는 둘 다 놓쳤다는 게 이상할 정도다.

어제와 같은 코스로 우루메아강을 따라 시내로 향하다 산타 크리스티
나 다리를 건너가 본다. 강폭이 넓지 않아서 다리를 건너는 것도 부담이
없다. 다리 건너편은 아파트와 상가들이 새로 건축된 신시가지다. 다리
하나 사이로 도시 풍경이 다르다. 다리 위에서 양쪽을 바라보니 과거와
현재가 강을 사이에 두고 공존하는 것 같다.

다시 구도심으로 돌아와서 해변에 닿았다. 꼰차 해변에서 누드 모자(母
子)의 희한한 모습을 보고 산체스를 떠올렸다. 4~6살쯤 되어 보이는 아
들 둘은 발가벗은 채 모래 놀이에 열중하고 있고, 그 옆의 엄마는 아슬
아슬한 삼각팬티 하나만 입은 채 풍만한 가슴을 드러내고 해바라기 중이
다. 사람들이 쳐다보거나 말거나 전혀 신경 쓰지 않고 일광욕하는 젊은
엄마를 어떻게 이해해야 할지 난감하다. 아이 엄마지만 풍만한 자신의
몸매를 드러내고 싶은 철없는 행동인지, 아니면 자유주의자의 실천 의지
인지 모르겠지만 많은 사람들이 바라보는데도 아랑곳하지 않는 담대함
에 놀랐다.

꼰차 해변 광장에 중, 고등학생들이 모여 앉아 음악 들으며 엉덩이를
들썩거리고 있다. 오후 4시 정도이니 우리나라 같으면 수업 중일 텐데 여
기선 해변에 모여 앉아 해바라기하며 논다. 어른들도 오전부터 카페에서
맥주 마시면서 삶을 즐기는 모습을 보고 자랐으니, 이 아이들도 죽어라

공부해서 밤낮없이 일하고 살지 않을 듯하다. 하루하루 즐거움을 찾고 소소한 일상을 즐기며 사는 이러한 삶의 방식이 더 가치 있는 것인지, 우리처럼 내일을 위해 죽어라 공부하고 취업해서 일에 치여서 살면서도 내일을 위해 오늘을 희생하는 것이 맞는 것인지 단순 비교는 할 수 없다. 그런데 스페인 도시들을 돌아다니며 느낀 것은, 우리처럼 쫓기며 사는 게 잘못되었다는 생각이 계속 든다. '소확행'이란 신조어까지 만들어서 지친 일상에 스스로 만족할 보상을 주는 우리의 버거운 삶은, 나 같은 중년은 물론이고 청춘들까지도 번아웃시킨다. 미국에서도 대낮에 학생들이 운동하며 노는 모습을 자주 봤다. 이 나라에도 도서관에서 공부하는 학생들도 있겠지만, 태양 아래 활기차게 뛰노는 아이들을 많이 만난다. 우리 동네 마을버스 정거장에서 버스 기다리며 학원 문제 푸는 초등학생 보고 울컥한 적이 여러 번 있다. 채 자라지도 않은 아이들이 영어, 수학 학원 숙제를 거리에서, 버스에서 푸는 모습이 마음 저리게 했는데, 이곳에선 내일의 출세를 위해 오늘을 희생하지 않는 모습을 자주 본다.

어제 찾았던 핀초 골목을 다시 찾아갔다. 오늘은 바 한편에 하몽을 주렁주렁 매달아 놓은 바에 자리를 잡았다. 남편은 한국에 돌아가면 다시 맛보기 힘들 것 같다며 하몽 핀초를 집어 들고, 나는 오늘도 새우와 문어 핀초를 집어 들고. 주문한 맥주가 나오자 목을 축이며 방금 전 본 해변의 나체 모자에 대해 이야기를 나눈다. 고등학교 나오자마자 연애하다 애를 낳았다면, 청춘을 즐기고 싶어서 해변에서 일광욕하며 시선을 즐긴 게 아닐까.

그러다 남편은 스페인 사람들의 게으른 삶에 약 오른단다. 우리나라 남자들은 저녁 없는 삶을 살며 한낮에 밖에서 맥주나 와인 마시며 시간 보내는 건 상상도 못하는데, 여기선 대낮도 아닌 아침부터 맥주 마시고 노는 사람들이 많아서 화가 난단다. 우리는 죽어라 일하고도 국민소득이 스페인과 비슷하다는 게 이해가 안 된다고. 나 역시 교직 생활 하는 동안 일에 치여 공황장애와 기관지확장증과 위염으로 고통받으며 번아웃 되어서 명예퇴직을 결심했다. 아마도 이들이 내 삶에 대해 들으면 나를 불쌍하게 여길 것이다. 행복 추구를 위해 사는 사람들은, 한 번밖에 없는 인생을 왜 낭비하고 사냐고 되물을지도 모르겠다.

7080세대 또는 586세대라고 불리는 우리 세대는 여려서부터 이솝우화 『개미와 베짱이』에서 한여름에도 쉬지 않고 일하는 개미를 본받으라고 배웠다. 개미처럼 열심히 일해서 추운 겨울을 대비하는 것이 본받을 행동이고, 베짱이처럼 젊어서 놀다가는 나중에 후회한다고 교육받았다. 스페인에선 개미처럼 일만 하는 사람은 정신 나간 사람이라고 취급받을 것이다. 『토끼와 거북이』 이야기에선 요령 부리지 않고 끝까지 성실하게 걷는 거북이가 승리하는 게 당연하다고 배웠고. 2~3시간씩 시에스타를 즐기는 이들은 거북이처럼 쉬지 않고 일하는 사람을 이해 못하리라.

초등학교 때 저체중에 빈혈이 심했던 나는 매주 실시하는 애국 조회가 버거웠다. 운동장 앞 높은 단상에서 어린 우리에게 열심히 공부해서 애국자가 되라는 교장 선생님의 훈화를 듣다 픽 쓰러지곤 했다. 참으로 훌륭한 말씀을 매주 듣다가 나는 어지럼증에 주저앉거나 쓰러지는 불경스러운 행동을 하곤 했다. 어린 내 생각에 나는 애국자가 되기엔 턱없이 약했다.

1970년대엔 중학교에서 고등학교 진학할 때 고입 연합고사 시험 이외에도 체력장 점수가 합산되어서 최종 고등학교 입학이 결정되었다. 고입 점수의 10%에 해당하는 체력장 점수를 높이기 위해 매일 아침 일찍 등교해서 체력장 연습하는 게 너무 싫어서 나는 중학교 3학년 때 거의 매일 지각했다. 100m 달리기는 20초나 21초가 나와서 열심히 안 뛰었다고 혼났고, 철봉에 매달려서 오래 버티기는 오르자마자 떨어져서 혼났다. 수류탄 멀리 던지기는 힘껏 던졌는데 내 발밑에 떨어진 수류탄 때문에 또 혼났고. 내 형편없는 운동신경이나 체력이 노력의 부족이나 정신력의 문제로 치부될 때 정말 억울했다. 체력장 점수 없어도 고입 시험 합격할 수 있으니 아침 연습에서 제외시켜 달라고 했다가 더 혼났다. 단체생활에서 예외는 있을 수 없다고….

남편과 이야기하다가 혼자만의 생각에 빠져서 어린 시절 회상까지 했다. 나는 저질 체력의 소유자인 데다가 운동소질도 없어서 초등학교 운동회 때 전교생 보는 앞에서 달리는 게 죽기보다 싫었다고 남편에게 말했다. 그게 자랑이냐고 놀리기에 "저질 체력이어도 최선을 다해 직장일과 가사를 해냈으니 얼마나 대단해?"라고 응수하며 어깨를 으쓱한다.

몇 년 전 광화문 교보문고 건물에 내걸린 폴란드 시인 비스와바 쉼보르스카(Wisława Szymborska)의 '두 번은 없다/반복되는 하루는 단 한 번도 없다/그러므로 너는 아름답다'란 문구를 보고 콧날이 시큰한 적이 있다. 그리고 그 문구를 내 삶의 지향점으로 삼기로 했다. 세계 제2차 대전 폴란드에서 살아남은 시인의 하루하루가 떠올랐다. 전쟁의 공포와 광기가 휩쓰는 회오리 속에서 살아남은 사람들의 죄책감과 슬픔은 얼마나 오래도록 자신을 괴롭혔을까. 총은 안 들었지만 엄중한 삶의 현장에서 살아남기 위해 동동거리는 현대인의 삶도 결코 쉽지 않다. 우리 모두는 두 번은 없는 한 번밖에 없는 삶을 살아내고 있다.

'두 번은 없다. 지금도 그렇고/앞으로도 그럴 것이다. 그러므로 우리는/아무런 연습 없이 태어나서/아무런 훈련 없이 죽는다. ~ 반복되는 하루는 단 한 번도 없다. /두 번의 똑같은 밤도 없고, /두 번의 한결같은 입맞춤도 없고, /두 번의 동일한 눈빛도 없다.'라는 비스와바 쉼보르스카의 시를 여러 번 읽으며, 매일 다람쥐 쳇바퀴 돌 듯 반복된 삶을 산다고 푸념하던 습관을 버렸다. 어제와 오늘 하는 일은 같지만 매일매일 다른 기분으로 다른 방식으로 삶을 살 수 있다는 걸 불혹이 지나서 깨달았다. 영화 〈어바웃 타임〉의 주인공이 자신의 실수를 만회하기 위해 시간을 돌려서 여러 번 시도한 끝에 좀 더 나은 관계를 형성해 가듯, 우리도 매일 같은 일을 하고 실수하더라도 조금씩 더 나은 방향으로 가고 있는 게다.

〈바스크 지방 여행 팁〉

1. 산딴데르에서 빌바오로 이동하는 여행객 중에서 나처럼 바다를 좋아하는 사람이 있다면, 라레도 해변을 잠시 들러볼 것을 추천한다. 해변 주차장에 주차하고 구도심 구경도 하고 해변 공원 산책하는데 2~3시간이면 충분한 한적한 해변도시에서 망중한의 여유를 누리길 바란다.

2. 빌바오의 구겐하임 미술관은 햇빛을 받아 은빛으로 반짝이는 한낮에 봐도 멋지지만 오후 해질 무렵 부드러운 태양과 어우러진 모습을 보는 것도 인상적이다.

3. 빌바오의 구시가지는 대성당 주변의 골목길을 돌아보는 것도 재미있고, 네르비온 강변의 집들을 보고 리베라 시장에서 핀초를 맛보는 재미도 있다.

4. 산 세바스띠안은 빌바오에서 자동차로 1시간 20~30분 거리에 위치하므로 부담 없이 이동할 수 있다. 낮엔 우루메아 강변과 도심 번화가를 관광하고, 오후엔 꼰차 해변에서 시간을 보내다가 해질 무렵 핀초의 원조도시인 산 세바스띠안의 핀초 골목을 돌아다니다가 마음에 드는 곳에 들러 맥주와 핀초를 맛보길 강추한다.

5. 산 세바스띠안에서 자동차로 20분 거리의 이룬(Irun)시는 프랑스와 국경을 맞닿은 도시다. 온다리비아(Hondarribia) 해변을 산책하고, 예쁘고 아기자기한 집들이 모여 있는 아르마 광장(Plaza de Armas)에서 커피 한 잔의 시간 여유를 가지길 추천한다.

사라고사
(Zaragoza)

5월 15일 필라르 성모성당과 라 세오 대성당 순례하다

산 세바스띠안에서 3시간 거리의 사라고사(Zaragoza)로 떠나는 날이다. 바르셀로나에서 발렌시아로 이동하며 경유 도시로 정했던 사라고사 파라도르의 웃지 못할 일화를 떠올린다. 내가 사라고사로 착각하고 예약했던 도시의 파라도르에 묵었던 게 벌써 세 달 전의 일이다. 중세도시의 골목엔 인적이 없어서 유령도시를 거니는 것 같았던 웃지 못할 에피소드도 좋은 추억거리가 되었다.

사라고사 필라르 성모성당(Basilica de Nuestra Senora del Pilar)은 성모님께서 야고보의 꿈속에 나타나서서 건네주신 기둥(Pilar) 위에 지은 성당이다. 예수의 12제자 중 한 명인 성 야고보는 이베리아 반도에서 힘든 선교 활동을 하고 다니던 중, 꿈속에서 성모님을 만났다고 한다. 야고보가 선교 활동에 실패하며 힘들어할 때 성모님께서 나타나서서 기둥을 주시면서 위로해 주셨다고 한다. 믿음 깊은 야고보에게 용기와 희망을 주신 성모님을 기리는 곳에서 야고보(스페인어로 산띠아고)를 스페인 수호성인으로 기리는 스페인 사람들의 신앙심을 볼 수 있으리라. 그리고 사라고사는 프란치스코 고야의 고향이기도 하다. 이러한 이유와 함께 사라고사가 아라곤 지방의 대표적인 대도시로 아름답다는 소개를 접하고 꼭 들르고 싶었다.

산띠아고 데 꼼뽀스뗄라부터 산 세바스띠안까지 스페인 북쪽 해안 도시를 여행하고 이제 출국할 바르셀로나를 향해 이동한다. 순례자들과 자주 마주쳤던 산띠아고 순례길 위의 도시들도 기억 속에 소중히 저장하고 남쪽을 향해 떠난다.

사라고사까지 가는 길은 고도가 높은 도로들을 지나게 된다. 차창으로 쏟아지는 강렬한 태양이 눈을 아프게 할 정도로 날씨가 맑다. 스페인에서 2달, 포르투갈에서 3주를 뜨거운 태양 아래서 돌아다녔더니, 머리카락은 탈색이 되었고 피부는 완전히 가무잡잡해졌다. 매일 3~4시간은 걸어 다닌 결과, 청바지 허리가 헐렁해졌다. 초록이 짙어지는 산들을 지나며 기후와 풍경이 달라짐을 확실히 느낀다.

사라고사도 대도시라 시내로 들어서니 차가 많고 도로가 복잡하다. 우리가 예약한 호텔은 구도심에서 조금 벗어난 곳에 위치해 있다. 예상보다 일찍 도착해서 체크인을 부탁했더니 가능하단다. 시내 지도를 받아들고 필라르 성모성당까지 걸어가는 길을 물어보니 20분 정도 걸어가야 한다고 안내해 준다. 방에 가방들을 옮겨 놓고 사라고사 탐방길에 나선다. 산 세바스띠안에서 떠난 오전까지는 쌀쌀했는데, 사라고사는 기온이 높아서 얇은 블라우스 차림으로 산뜻하게 길을 나선다.

호텔에서 나가면 바로 옆에 카페가 있어서 내일 조식을 해결할 수 있을 것 같다. 호텔 근처 고등학교에서 하교하는 학생들이 거리로 쏟아져 나온다. 이런 한낮에 거리를 활보하며 장난치고 떠드는 제 또래의 학생들을 보면 우리나라 학생들은 얼마나 부러워할까. 교직에서 명예퇴직 했음에도 학생들을 보면 우리나라 교육 현장과 자꾸 비교하게 된다.

저녁에 다시 호텔로 돌아오는 길을 확인하기 위해 거리를 두리번거리며 걷다 보니 공원을 지나게 된다. 공원을 벗어나서 상가들을 지나 큰길을 걷다 스페인 광장(Plaza de España)에 닿았다. 뜨거운 태양의 광장 한가운데 멋진 분수 조각이 있다. 광장 한 편에 위치한 카페로 들어갔다. 역사가 100년이 넘는 카페에서 아이스 카페라떼를 마시면서 스페인 광장 주변을 바라본다. 카페 장식들은 오랜 역사를 자랑하듯 고풍스러웠고 실내는 조용했다. 아직 퇴근시간 전이라 그런지 손님은 많지 않다. 아침까지는 춥다고 느꼈는데, 남쪽으로 내려오니 뜨거운 태양에 금방 지치게 된다. 시원한 커피로 갈증을 해소하고 우리의 목적지 필라르 광장으로 향한다.

스페인 광장 주변의 아름다운 건물들을 구경하며 성당을 향해 좁은 골목길로 접어들었다. 그 골목은 타파스 골목이다. 좁은 골목 양쪽엔 아직 문을 열지 않은 타파스 식당이 늘어서 있다. 좁은 골목을 지나니 넓은 알폰소 거리로 나서게 된다. 근사한 가로등이 줄지어 선 거리 양편엔 화려한 상점들이 손님을 유혹한다. 마침내 화려한 상가 끝에 이르자 필라르 성모성당(Basilica de Nuestra Senora del Pilar)의 돔과 첨탑이 보이기 시작한다. 멀리서 돔과 첨탑 일부만 보이는데도 눈을 뗄 수 없다.

성당 앞 필라르 광장(plaza del pilar)은 스페인에서 본 광장 중 손에 꼽을 정도로 넓고 멋있다. 우리가 걸어온 거리 맞은편에 웅장하고 아름다운 성당이 있다. 광장 맞은편에 서서 사진을 찍어도 성당 전체 모습이 담기질 않는다. 광장 동쪽의 라 세오(La Seo) 성당이라 부르는 살바도르 대

: 필라르 성모성당

: 고야 동상

: 라 세오 대성당

성당(Catedral del Salvador de Zaragoza)이 오히려 아담하게 보일 정도다.

필라르 성모성당 안으로 들어가서 기둥에 전시된 포탄 두 발을 본다. 스페인 내전 당시 성당에 포탄이 떨어졌지만 불발탄으로 터지지 않아서 성당이 보존될 수 있었다고 한다. 스페인 사람들은 성모님이 이 성당을 보호해서 포탄의 피해를 입지 않았다고 믿는단다. 성당 천장에는 고야의 그림이 있다고 하는데 천장 높이가 엄청나게 높아서 육안으로 그림을 볼 수 없다. 대신 성당 가운데 아름다운 예배당이 화려하면서도 우아해서 발걸음을 멈추게 한다. 성당 입구에 조용히 성당을 관람하라는 안내가 있는데, 저절로 침묵 속에 성당을 둘러보고 침묵 속에 기도하게 된다. 천천히 성당 안을 돌아보고 밖으로 나와 필라르 광장의 강렬한 태양 아래 섰다. 이리저리 사진을 찍어도 눈앞의 이 매혹적인 성당을 제대로 담을 수가 없다. 성당 옆엔 관공서가 있고 그 옆엔 전시장이 있는데 무료입장 하라고 해서 잠시 들어갔다. 웅장한 전시실에서 사진 전시 중이라 작품들을 한번 둘러보고 다시 밖으로 나왔다.

광장 한 편에서 고야 동상을 만났다. 뒤에 있는 라 세오 성당의 첨탑과 멋진 조화를 이루는 고야의 동상 앞에서 한참 서성거린다. 마드리드 프라도 미술관에서 본 그의 작품들을 떠올린다. 〈옷 입은 마하〉, 〈옷 벗은 마하〉, 〈1808년 5월 3일〉의 강렬한 작품들이 떠오른다.

사라고사 소개엔 필라르 성모성당이 대표적으로 소개되었기에 광장 동쪽의 라 세오 대성당엔 큰 기대 없이 들어갔다. 세비야 대성당 히랄다 탑과 비슷한 높은 탑이 정문 옆에 있는 성당으로 들어갔다. 성모성당이 무료입장인데 반해 라 세오 대성당은 태피스트리 박물관 관람을 포함해서 관람료를 받는다.

: 라 세오 대성당 옆 벽면

라 세오 대성당 안은 필라르 성모 성당에 비해서 웅장함과 화려함은 덜하지만, 기품 있고 우아하다. 사라고사도 로마의 지배를 받다가 무어인의 지배를 받은 곳이라 라 세오 대성당이 서 있는 자리가 모스크였다고 한다. 12세기부터 18세기까지 오랜 세월 동안 성당의 모습이 완성되었기에 여러 건축 양식이 복합적으로 섞여 있다. 성당 전면은 고딕 양식과 로마네스크 양식을 볼 수 있고, 성당 옆의 벽면은 섬세한 무데하르 양식을 볼 수 있다. 무데하르 양식 보존을 위해 유네스코 문화유산으로 지정되었다고 한다.

성당 안의 태피스트리 박물관엔 수백 년 전에 직조된 대형 태피스트리 작품들이 전시되었는데 성경 속 인물들과 스페인 영웅들의 이야기가 담겨 있는 것 같다. 성당 안에서 1시간 정도를 천천히 돌아보고 나왔어도 아직 광장은 환하다. 성당 옆으로 걸어가서 화려하고 섬세한 문양으로 채워진 무데하르 벽면을 오래오래 본다. 성당 건축물 하나에 이렇게 다양한 모습이 담겨 있는 게 신기하기만 하다. 라 세오 대성당에서 바라보는 필라르 성모성당은 또 얼마나 아름다운지 광장을 계속 돌아보게 된다.

사라고사의 에브로강(rio Ebro)에 있는 피에드라 다리(puente de piedra)를 보기 위해 광장에서 잠시 벗어난다. 필라르 성모성당과 라 세오 대성

: 라 세오 대성당 옆 모습

: 피에드라 다리

당이 있는 구도심과 반대쪽의 신시가지를 이어 주는 이 다리는 15세기에 만들어진 돌다리다. 다리 앞엔 아라곤의 상징적인 동물인 사자상이 다리를 지키고 있다. 황토색 강물이 흐르는 에브로 강폭도 제법 넓은데 다리 위로 버스와 자동차가 다닐 정도로 다리는 넓고 견고하다. 몇 백 년 세월을 견딘 다리를 이리저리 살펴보며 그 웅장함과 견고함에 감탄한다. 다리를 건너 신시가지로 가면 필라르 성모성당을 잘 볼 수 있을 것 같은데, 남편은 호텔로 돌아갈 생각도 하라며 도강을 막는다. 진격의 부인이 어디까지 갈 지 몰라서 사전에 통제하는 것이리라.

강가에서 필라르 성모성당의 초록, 노랑, 파랑, 흰색 타일이 아름다운 조화를 이룬 11개의 첨탑을 하염없이 바라본다. 성당이 그저 크고 화려한 것이 아니라 돔과 첨탑의 섬세한 모습이 마음을 사로잡는다. 햇빛에 반짝이는 타일이 아름다워서 보고 또 봐도 싫증나지 않는다.

강가에서 다시 필라르 광장으로 돌아와서 광장 서쪽으로 이동하다 대형 지구본을 본다. 돌로 조각된 대형 지구본은 사람 키를 훌쩍 넘는 크기인데 필라르 성모성당과 비교하면 정말 아담하고 작은 조형물로 보인다. 그리고 사라고사에서 열린 박람회를 기념하기 위해 만든 세계지도 조형물과 인공 연못을 만난다. 세계지도 위로 물이 흘러내려서 인공연못으로 흘러간다. 오후 시간이라 서쪽에 해가 떠 있어서 세계지도 위로 떨어지는 물이 햇빛에 반사되어 더 눈부시게 만든다.

광장 서쪽에 서서 거대한 직사각형의 광장을 응시한다. 왼쪽을 보면 필라르 성모성당이 매혹적인 모습을 보이고, 정면엔 우아한 라 세오 대성당이 자리하고 있다. 라 세오 대성당 앞엔 고야의 조각이 서 있고 광장 오른쪽은 식당과 카페들이 있고 알폰소 거리의 번화가로 이어진다. 모든 건물들이 완벽한 조화를 이루고 있다. 지금 이 순간, 사라고사의 아름다운 광장 한쪽에 서서 이 멋진 풍경을 바라보고 있음에 감사한다.

광장 서쪽에 시장 건물이 있어서 찾아갔다. 우리가 찾았던 스페인 재래시장들과 별반 다르지 않은데, 올리브 피클을 파는 가게를 만났다. 우리네 재래시장 반찬가게 같은 곳에 여러 종류의 피클이 큰 통에 먹음직스럽게 담겨 있어서 맛이 궁금했다. 아주머니께 먹어 봐도 되냐고 물었다. 나는 영어로 묻고 아주머니는 스페인어로 대답한다. 또 이럴 때는 바디랭귀지가 최고다. 통 하나를 가리키며 피클 하나 먹는 모습을 보이니 아주머니가 웃으며 올리브 한 알을 건네준다. 맛있다고 엄지를 들어 보이니 바로 옆에 있는 통의 올리브도 맛보라고 건네준다. 시장 인심은 어딜 가나 후하다. 여기가 올리브 피클 맛집이었나 보다. 내 입에 맛있는 피클을 가리키며 2유로 건네니 한 주먹 양의 올리브를 담아 준다. 올리브를 사고 의기양양해하는 나를 바라보며 남편은 어이없어한다. 자기도 맛보면 안 먹고 못 배길 텐데…

해가 길어졌다. 늦은 오후인데도 아직 환하고 날씨도 푸근하다. 알폰소 거리에서 옆 골목으로 들어서다 봤던 중국 식당으로 향했다. 스페인에서 점심에 저렴하게 판매하는 오늘의 메뉴를 중국 식당에서도 판매하기에 주문했다. 메인은 볶음밥으로 에피타이저와 디저트는 각각 다르게 주문했다. 따뜻한 자스민차를 따라 주더니 정말 푸짐하게 음식을 내놓는다. 수프와 샐러드, 그리고 양이 엄청난 볶음밥만으로도 배가 부른데 디저트도 푸짐하게 내놓는다. 게다가 커피까지 준다고 해서 커피는 사양하고 식당을 나섰다.

그 사이 번화가에 근사한 가로등이 켜졌고 낮과 다른 평온한 풍경을 만들어 낸다. 저녁이 되자 더 많은 사람들이 거리를 메운다. 오후에 걸었던 타파스 골목의 식당들도 불 밝히고 영업을 시작했다. 한산했던 골목 식당에 손님들이 드나들며 활기가 넘쳤다. 내일은 이 타파스 식당 중 한 군데에서 저녁을 먹기로 하며 두리번거린다.

호텔 근처 슈퍼마켓을 찾아갔다. 사라고사의 많은 슈퍼마켓 중 한 군데에서 장 보고 있는 한국 관광객들을 만났다. 인구수에 비해서 여행을 즐기는 사람이 많은 나라 중 하나가 우리나라라고 하더니 이곳에서 자유 여행하는 가족을 만났다.

시장에서 산 올리브 피클과 즐길 리오하 와인을 샀다. 한국에 돌아가면 못 마실 것 같아 매일매일 리오하 와인을 즐기고 있다. 캐나다 여행 때는 브루어리(brewery)들을 찾아다니며 홉 향이 강한 에일 맥주를 즐겼고, 미국에선 캘리포니아 나파 밸리 와인과 IPA 맥주를 즐겼다. 한국에 돌아가면 즐겨 마시던 칠레 와인을 마시겠지.

우리가 머물 호텔은 제법 큰 호텔이라 식당과 바에서 식사하는 사람들이 많은데 우리는 방으로 향한다. 시장에서 맛보고 고른 올리브 피클을 먹어 보더니 남편이 스페인에서 먹은 올리브 중 가장 맛있다고 한다. 아무렴, 맛있고 말고. 올리브 피클을 한 아름 사서 한국에 가고 싶다는 생각도 했다.

5월 16일 아라곤 광장과 스페인 광장을 거쳐 다시 필라르 성모성당으로

우리가 머무는 호텔에서도 조식은 신청하지 않았기에 호텔 바로 옆 아

침 식사할 카페를 찾았다. 남편은 아침을 안 먹겠다기에 나 혼자 혼밥, 아니 혼커피를 즐기러 호텔 밖으로 나섰다. 어제 호텔을 나서며 카페 입간판에서 확인한 건 조식 빵과 커피가 1유로씩이라는 것. 카페엔 출근하려는 직장인들로 보이는 사람 몇이 앉아서 커피와 토스트를 먹고 있다. 젊고 상냥한 종업원에게 까페 꼰 레체와 토스타도(토스트)를 주문했다. 홀에 앉아서 토스트에 토마토를 발라서 먹는 중년 여인을 보고, 마드리드 카페에서 먹었던 토스트를 기대하고 주문했다. 종업원은 내게 따끈하게 구운 토스트와 버터, 커피를 내준다. 내가 토마테(토마토)를 부탁하지 않아서 외국인에게 익숙한 버터를 준 모양이다. 그럼에도 토스트와 버터, 진한 커피의 조화는 훌륭했다. 정말 2유로에 든든한 아침 식사를 마쳤다. 호텔로 돌아와서 남편에게 2유로에 맛있는 토스트와 진한 커피를 마셨다고 자랑했더니, 내일은 자기도 가겠단다.

어제 사라고사에서 꼭 보고 싶었던 성당들을 관람했기에 오늘은 아라곤 광장(Plaza Aragón)과 스페인 광장을 들렀다 다시 필라르 광장으로 갈 예정이다. 오늘도 오전부터 쨍한 햇빛에 눈이 부시다. 아라곤 광장은 대로 한가운데에 위치해 있어서 광장 주변만 둘러보고 10분 정도 걸어서 어제 갔던 스페인 광장 카페로 이동한다. 오전이라 그런지 어제와 달리 오늘은 야외 테이블에 손님들이 많다. 우리도 야외에 자리 잡고 앉아서 커피를 주문했다. 종업원이 부지런히 주문받고 커피를 나른다. 커피를 마신 손님들은 커피값을 테이블 위에 두고 자릴 떠난다. 바르셀로나나 마드리드에선 볼 수 없는 장면이다.

분수 물줄기가 시원해 보이는 광장에서 진한 커피를 마시며 잠시 휴식을 즐긴다. 우리도 바쁜 종업원을 부르지 않고 커피 값을 테이블에 놓고

: 스페인 광장 분수

: 백화점의 시저 조각상

자리를 뜬다.

광장 근처 쇼핑센터에 들어가서 재미있는 조각을 만났다. 쇼핑센터 가운데 2층 높이의 시저 동상이 우뚝 서 있다. 시저의 큰 손이 식당가가 있는 2층 난간에 얹혀 있는 신기한 모습을 보고 동상 옆에 섰다. 걸리버와 소인 같은 우리 모습에 웃음이 나온다. 아직 점심시간이 아니라서 그런지 문 연 식당이 적다. 문 연 식당에 들어가서 남편은 간단하게 요기하고 나는 신기한 동상을 바라보고.

어제 지났던 타파스 골목은 지나는 행인 몇 명을 제외하곤 인적도 없다. 저녁이 되면 이 골목도 불 밝히고 살아나겠지. 필라르 성모성당에 들어가니 미사가 시작되고 있다. 이 아름다운 성당에서 미사 드리는 행운이 찾아오다니. 작은 예배당에 앉은 신자들 모두가 기도하며 행복한 미소를 짓는다. 어제 돌아봤음에도 다시 한 번 더 성당 안을 돌아본다. 언제 다시 찾을 수 있을지 기약할 수 없기에.

어두운 성당에서 나오니 한낮의 태양이 광장을 덮히고 있다. 어제 늦은 오후에 바라봤던 박람회 조형물 앞으로 이동해서 세계지도에 물이 흘러내리는 모습을 아무 생각 없이 바라본다. 중국 단체 관광객들이 사진을 찍으며 주위를 서성이는 모습도 본다. 우리가 스페인과 포르투갈을 여행하며 들른 식당에서 일본 사람이냐는 질문을 자주 들었다. 중국 관광객이 단체로 떠들썩하게 다니는 데 반해서 일본 관광객들은 조용히 자유여행을 즐겨서 그렇게 질문했던 것 같다. 한국에서 왔다고 답하면, 한결같이 북쪽 아니냐고 묻곤 했다. 스페인에서도 북한 소식은 신기했던 걸까. 웃으며 우린 남한에서 왔노라고 대답하면, 스페인 사람 중엔 K-POP이나 '강남스타일'을 말하곤 했다. 더러는 "안녕하세요?"라고 우리 인사말을 건네는 사람도 있었고.

어제 들렀던 재래시장 근처에서 생각에 잠긴 채 허공을 바라보는 청년 조각상을 찾았다. 세계 모든 청년들이 집과 직장 문제로 고민한다는 뉴스는 자주 접했다. 우리를 베이비부머 세대라고도 하는데, 지금의 20~30대는 부모들보다 못 사는 세대라서 힘들어하는 게 세계적인 현상이라고 들었다. 이 청년도 그런 고민 때문에 허공을 바라보며 상념에 젖어 있는 걸까. 우두커니 청년상 앞에서 머무는 나를 바라보는 남편에게 "우리의 20대들과 같아 보여."라고 하니 남편도 공감한다.

라 세오 대성당 옆의 무데하르 돌조각들도 다시 한 번 찬찬히 바라보고 골목길을 따라가다가 멋진 무데하르 아치문을 찾았다. 몇 백 년 전 돌에 어찌 저렇게 섬세한 조각을 새겼는지 신기하기만 하다. 처음 들어선

: 생각에 잠긴 청년상

: 무데하르 양식 건물

골목길에서 모스크처럼 보이는 성당을 발견했으나 문이 닫혀 있어서 발길 돌려 필라르 광장으로 돌아간다.

몇 시간 돌아다녀서 피곤하기에 광장 카페에서 커피를 마시며 휴식을 취한다. 보고 또 봐도 우리 맞은 편 필라르 성모성당은 아름답고 우아하다. 성당 사진을 수십 장 찍었기에 이젠 눈과 마음에 성당의 모습을 저장한다. 스페인의 멋진 성당을 만날 때마다 사진을 찍고 마음속에 저장했지만 성당 내부는 너무 비슷해서 헷갈린다.

어제 들렀던 재래시장 올리브 피클 가게를 다시 찾아갔다. 동양인이 피클을 사는 경우가 드물어서인지 주인 아주머니도 반갑게 맞이한다. 어제 샀던 피클을 5유로어치 달라고 했더니 좋아하면서 듬뿍 담아 준다. 동양의 중년 아줌마가 자신의 피클 솜씨를 알아준 게 좋았는지 웃으면서 비닐봉지를 건네준다. 5유로의 많은 올리브 피클을 보더니 남편은 놀란다. 이제 곧 스페인을 떠나는데 언제 다 먹을 거냐고. "걱정 마세요. 내가 다 먹을 수 있으니까."라고 말하고 웃는다.

이른 저녁 영업을 시작하려는 타파스 골목을 찾았다. 조용한 식당에 들어가서 요리를 주문했다. 큼직한 새우와 오징어를 올리브 오일에 맛있게 볶아서 내준다. 시원한 맥주와 요리를 먹으며 사라고사에서 이틀 머물기를 정말 잘했다고 말한다. 어제 하루 관광하고 오늘 떠났다면 이런 여유를 누릴 수 없었을 것이다. 같은 광장이지만 두 번 찾아도 좋았고, 필라르 성모성당에서는 미사도 드릴 수 있었고.

손님 발길이 많아진 타파스 골목을 지나서 호텔로 돌아오자마자 맥주와 올리브 피클을 먹었다. 우리 김치처럼 상큼한 피클이 올리브 오일 요리의 느끼함을 잡아준다. 이 많은 피클을 언제 다 먹을 거냐고 놀라던 남편도 올리브 피클을 먹으며 인생 피클 만났다고 좋아한다. 남은 피클은 바르셀로나로 가져가서 먹으면 되고.

바르셀로나
(Barcelona)

5월 17일 가우디의 꼴로니아 구엘 성당(Iglesia de la Colònia Güell)

오늘은 사라고사를 떠나 2시간 40~50분 이동해서 바르셀로나 교외의 산타 꼴로마 데 체벨로(Santa Coloma de Cervelló)에 있는 안토니 가우디 (Antoni Gaudí)의 꼴로니아 구엘 성당(Iglesia de la Colònia Güell)을 보고 바르셀로나 시내로 갈 예정이다. 구엘 성당을 관람한 후 바르셀로나 산츠역 근처 호텔에서 체크인하고 파랑이를 허츠사에 돌려주어야 한다.

바쁜 일정을 시작하기 전에 어제 갔던 호텔 옆 카페로 아침 식사하러 찾아갔다. 자리 잡고 상냥한 종업원에게 "도스(2) 토스타도, 도스 토마테, 도스 까페 꼰 레체"를 외치며 주문했다. 스페인어 명사만 늘어놓은 내 어설픈 주문을 젊고 예쁜 종업원이 찰떡같이 알아듣고 웃어 준다. 우리 앞에 따끈한 토스트와 갈아 놓은 토마토와 카페라떼 두 잔을 가져다주자, 남편이 놀란다. 서당개 3년이면 풍월을 읊는다는데 나는 스페인 여행 3달 만에 생존에 필요한(?) 간단한 주문은 한다. 맛 좋은 토스트와 진한 커피를 2유로에 먹을 수 있다는 사실에 소소한 기쁨도 느낀다. 든든하게 아침을 먹었으니 이제 사라고사를 떠나야 한다.

체크아웃을 마치고 지하주차장에서 밖으로 나오니 오늘도 눈부신 햇빛이 우릴 축복해 준다. 파랑이와의 마지막 날을 시작한다. 500㎞도 안 달린 아기 차를 받고 좋아했는데 우리와 여행하는 동안 10대 정도로 성숙해졌다. 우리의 다리가 되어 스페인과 포르투갈을 함께 누비고 다닌 고마운 애마와 이별해야 한다고 생각하니 서운하다. 마드리드에서 여기저기 긁힌 자국이 마음 아프게 하는 고마운 파랑이.

음악을 들으며 햇빛 가득 들어오는 창밖을 바라보며 지난 여정을 돌아본다. 모든 도시가 좋았고 에어비앤비 숙소 몇 군데를 제외하곤 머문 숙소들도 좋았다. 가우디의 꼴로니아 구엘 성당에 대한 기대로 들떠서 한적한 교외도시인 산타 꼴로마 데 체벨로에 도착해서 성당부터 찾았다. 이 작은 도시는 가우디의 후원자인 구엘이 자신의 공장 직원 가족들을 위해 만든 자급자족 도시다. 주택과 학교, 병원, 상점 등이 들어선 이 마을에 구엘은 성당을 짓고 싶어서 가우디에게 제안했다고 한다. 1908년에 시작한 성당은 구엘의 사망과 가우디의 사그리다 파밀리아 성당 건축 일정에 밀려서 미완성 상태로 남았다고 한다.

주차하고 성당으로 향하니 직원이 안내소에 가서 티켓을 구입해 오라고 한다. 성당 앞에 매표소가 있는 게 아니라 조금 떨어진 마을 안내소에 가야 티켓을 구할 수 있다. 티켓을 구입해서 무료하게 홀로 성당을 지키던 직원에게 당당하게 티켓을 보이고 성당 앞에 섰다. 작은 돌들을 붙여서 만든 벽면과 독특한 창문이 보인다. 바르셀로나와 꼬미야스에서 본 가우디의 건축물과 다른 독창적인 모습에 연이어 감탄사가 흘러나온다. 성당 입구 천장엔 돌 모자이크로 여러 개의 십자가를 수놓았다.

'직선은 인간의 선이고 곡선은 신의 선이다.'라는 가우디의 신념대로 성

: 꼴로니아 구엘 성당 외관

: 꼴로니아 구엘 성당 내부

당 자체도 원형이고 천장을 떠받치고 있는 기둥들도 천장의 나무 서까래도 우아한 곡선의 연속이다. 꽃 모양으로 된 스테인드글라스를 통해 햇빛이 성당 안을 부드럽게 밝힌다. 성당 한편엔 몬세라트 대성당에서 보았던 검은 성모상 조각도 있다. 가우디의 신에 대한 경외감이 고스란히 느껴지는 아담한 성당 안엔 우리 부부뿐이다. 조용하게 묵상하며 성당을 오롯이 감상할 수 있어서 너무 행복했다.

성당 밖으로 나와서 외벽을 보며, 영화감독들이 미래 공상과학 영화를 제작할 때 가우디의 구엘 성당에서 영감을 받지 않았을까 생각했다. 정면에서 보는 건물의 외벽과 창문이 외계 생명체처럼 보이기도 해서. 성당 앞엔 구엘 궁전 지하에서 봤던 마구간과 같은 공간이 있다. 아치형 기둥들이 돔을 이루고 있는 모습을 보니 반갑고 친근감도 들고. 성당 주변을 서성거리며 이 성당이 위층까지 모두 완성되었다면 얼마나 멋있을까 상상해 본다.

성당을 떠나면서 자꾸 돌아본다. 가우디의 작품들에 대한 애착이 더 커진다. 자연을 자신의 스승으로 생각했다는 가우디의 뛰어난 영감과 독창적인 안목을 이 조용한 시골 마을에서 한 번 더 확인했다. 잠시 마을을 구경하고 안내소 앞 화장실에서 일본 단체관광객과 마주쳤다. 젊은 일본인들이 들떠서 수다 삼매경에 빠져 있는 모습을 봤다. 일본인들의 가우디에 대한 사랑을 들은 바가 있는데, 젊은 일본인들도 단체로 관광할 정도로 가우디에 대한 관심이 큰가 보다.

이제 정말 중요한 자동차 반환을 위해 바르셀로나로 이동해야 한다. 구엘 성당에서 바르셀로나 산츠역 근처 호텔까지는 25분 정도 거리다. 그런데 아니나 다를까 바르셀로나 시내로 들어서니 도로가 꽉 막혀 있다. 남편은 이러다가 반환시간이 늦어지겠다고 걱정한다.

렌터카 반환 때문에 시간과 거리를 계산해서 산츠역 가까운 호텔에 예약했었다. 호텔에 도착해서 체크인하며 짐을 내리는 동안만 잠시 주차하겠다고 하니 직원이 승낙한다. 작아도 너무 작은 방에 가방을 놓아두고 허츠사에 차량을 반납하기 위해 이동했다.

차량 반환은 주차장 건물에서 해야 한다는 지시에 따라 지하 5층 허츠사 반환 장소로 갔다. 혹여 파랑이의 상처들을 보고 문제 삼으면 어쩌나 걱정했는데, 직원은 대충 둘러보고 OK 사인을 보낸다. 마드리드 허츠사에서 확인했음에도 최종 반환 장소에서 트집 잡을까 걱정했는데 아무 문제없이 순식간에 차량 반환이 끝났다. 우리와 동고동락한 파랑이를 한번 쓰다듬고 차에 있던 물통과 내비게이션을 비닐봉지에 함께 담았다. 아뿔싸, 물통 뚜껑이 덜 닫혀 있었는지 내비게이션이 물에 젖었다. 남편은 얼굴색이 변하더니 화를 낸다. 자기를 돕다가 생긴 실수고 여행도 무사히 마쳐서 내비게이션이 더 이상 필요하지 않은 상황에서 황당할 정도로 화를 낸다. 여행 마무리 잘해 가는데 작은 실수 하나에 화를 내는 남편이 낯설어도 너무 낯설어서 나도 화가 난다.

호텔로 돌아가서 가방을 펼치려는데 가방을 다 열 수 없을 정도의 비좁은 공간이 불편해서 프런트로 내려갔다. 체크인할 때 우리를 맞이한 중년 직원에게 방이 너무 좁아서 가방을 열 수 없다고 말하니 고개를 끄덕이며 다른 방으로 바꾸어 주겠다고 한다. 다른 방 열쇠를 주며 비교해서 마음에 드는 방을 고르란다. 혹시 방값을 더 지불해야 하냐고 물었더니, 별도 요금은 없다며 웃어 준다.

처음 배정받은 방보다 다른 방이 조금 더 컸다. 프런트에 가서 방 교환을 건의해 보겠다고 했을 때, 말하나 마나 안 될 거라고 부정적인 반응을 보였던 남편이 "처음부터 이 방을 배정했으면 좋았을 텐데 짐 옮기느라 고생하게 생겼네."라고 말한다. 가방들을 모두 옮기고 남편은 내비게이션을 헤어드라이어로 말려도 작동하지 않는다며 투덜댄다. "내일 구입한 백화점에 가서 수리 부탁해 볼게. 수리가 안 된다면 한국에 가지고 가서 수리해 보고."라고 정리해도 남편은 계속 내 실수를 꼬집는다.

오늘 몬주익 분수쇼를 보러 가기 전에 바르셀로나 재입성 기념으로 한식을 먹기로 해서 산츠역 근처 한식당을 찾아 나선다. 호텔 근처에서 지하철을 타고 산츠역에서 내려서 반가운 한국 식당을 찾았다. 아직 이른 시간이라 손님은 우리밖에 없었다. 중년 부부가 반갑게 맞이해 주며 여행 왔냐고 묻는다. 세 달간의 여행을 마치고 귀국하기 위해 다시 바르셀로나로 돌아왔다니까 축하해 준다. 주문받으면서 어느 도시가 가장 좋았냐고 묻기에 대도시보다는 지로나나 히혼과 같은 작은 도시가 좋았다고 대답했다. 남편은 김치찌개를, 나는 된장찌개를 주문하고 식당 주인에게 스페인에서의 삶을 물었다. 직장 생활을 하다가 지쳐서 스페인으로 이민 왔는데 이제 자리 잡아서 안정적으로 생활한다고 했다. 동양인 차별은 없냐고 물었더니 인종 차별도 없고 이 식당엔 한국인보다 스페인 사람들이 더 많이 찾는다고 한다. 정말 전화로 예약 손님과 통화하는데 스페인어로 대화한다. 그리고 스페인에선 우리나라처럼 임대인이 무리하게 임대료를 올려서 임차인을 몰아내지 않는다고 했다. 임대료는 물가와 연동되어서 갑자기 무리하게 올리는 일은 없다고.

반가운 한식이 우리 앞에 놓이자 후각이 먼저 반응한다. 정말 오랜만에 먹는 한식이라 찌개를 한술 떠서 입에 넣자 미각도 어쩔 줄 몰라한다.

너무 맛있게 먹는 우리 부부를 보더니 주방에서 안주인이 나와서 더 필요한 반찬을 묻는다. 김치가 너무 그리웠다고 말하니 김치를 더 갖다 주면서 밥도 더 줄까 묻는다. 그냥 김치가 너무 먹고 싶었다고 말하고, 김치는 직접 담그는지 물었다. 스페인에서 배추를 사서 직접 김치를 담근다고 한다. 중년 부부가 10여 년 전 낯선 나라에 와서 자리 잡기까지 얼마나 힘들었을까. 어디서든 삶은 고되지만….

밥을 든든하게 먹고 나서 주인 부부에게 감사 인사를 하고 가게를 나섰다. 몬주익 분수쇼를 보기까지 시간 여유가 있어서 호텔로 돌아가는 길에 와인도 한 병 샀다.

9시에 시작하는 몬주익 분수쇼를 보러 가자고 하니까 남편은 피곤한데 안 가고 싶다고 반대한다. 미국 라스베가스에서도 분수쇼를 봤고 한국에서도 본 적이 있는데, 분수쇼를 굳이 스페인에서 볼 이유가 있냐고. "분수쇼 구성이 비슷하다 할지라도 배경에 따라 다른 분위기를 연출하고, 원래 바르셀로나 돌아와서 보기로 약속해 놓고 지금 다른 소릴 하면 어떡해요?"라고 하니 마지못해 따라나선다. 오늘 오후 구엘 성당을 관람할 때까지 기분이 좋았다가 내비게이션 고장으로 화를 내더니 남편은 계속 저기압 상태다.

지하철 에스파냐 광장 역에서 하차하자 비가 내리기 시작한다. 우산을 들고 많은 사람들과 섞여서 몬주익 광장으로 향한다. 분수쇼가 시작되자 사람들은 환호하고 춤을 추며 즐긴다. 분수 근처에서 맥주를 파는 상인들이 호객 행위를 하고, 맥주를 마시며 사람들은 노래를 부르고 춤을 추고 환호하고 즐기는데 비를 싫어하는 남편은 예외다. 빗줄기가 굵어져서 그만 호텔로 돌아가자고 했다. 비에 젖더라도 분수쇼가 끝날 때까지 조금 더 있고 싶었지만 나도 흥이 나지 않는다.

우리가 광장을 벗어나서 지하철역으로 향하는데도 분수쇼를 보러 뒤늦게 광장으로 향하는 사람들도 있다. 비에 젖어서 옷도 후줄근하고 기분도 눅눅하다. 비가 오면 비가 오는 대로, 흐리면 흐린 대로, 날이 쨍하면 쨍한 대로 자연을 있는 그대로 즐기면 되는데. 호텔로 돌아와서 젖은 옷을 갈아입은 남편은 와인과 올리브를 먹으면서 내일 일정을 묻는다.

내일은 까딸루냐 광장에 있는 백화점에 가서 내비게이션 수리 문의하고 그냥 시내 관광할 예정이라고 일정 보고 하니, 말도 안 통하는 스페인에서 어떻게 가전제품을 수리 받겠냐고 회의적이다. 냉소적인 남편에게 "되든 안 되든 부딪쳐 보고 포기하더라도 포기해야지."라고 대꾸하다가 맥이 빠진다. 긍정적인 호응과 응원이 필요할 때 늘 냉정한 반응을 보여서 김 빠지게 하는 남편이 오늘은 밉다.

5월 18일 바르셀로나에서 그 어려운 일을 해냈다니

어젯밤에는 비가 요란하게 내리더니 오늘은 언제 그랬나 싶게 날이 쨍하다. 남편에게 내비게이션 수리를 부탁해 보겠다고 했으니 까딸루냐 광장에 있는 백화점을 먼저 찾아가야 한다. 나 역시 스페인어로도 영어로도 상황 설명에 자신이 없었으나 해 볼 수 있을 때까지는 노력해 보고 나서 포기하겠다고 마음먹고 호텔을 나섰다.

꼼꼼한 남편이 챙겨 둔 내비게이션 구입 영수증과 작동 안 되는 내비게이션을 들고 백화점을 찾아갔다. 직원에게 내비게이션이 작동을 안 한다고 하니, 고장 난 이유도 묻지 않고 환불하거나 새 물건으로 교환해 주겠다고 한다. "내비게이션이 물에 젖어서 고장 난 것 같다"라는 말도 안 했는데… 남편은 새 내비게이션을 가져가겠다고 해서 내가 나서서 환불해 달라고 부탁했다. 직원이 우리를 계산대로 안내하더니 환불을 요청한다. '세상에 이런 일이 있나.' 싶다. 싱거울 정도로 너무 쉽게 문제가 해결되니 어안이 벙벙하다. 고맙다고 인사하고 백화점을 나서며 쾌재를 불렀다.

"왜 안 된다고 부정적으로 생각해? 내가 다 잘 될 거라고 했잖아요."라고 말하니까 남편도 수긍한다. 지금 가방 무게와 부피를 줄여야 하는데, 왜 새 내비게이션을 받겠다고 했냐고 물었더니 나중에 유럽에 와서 사용하려고 했단다. 헐, 3~4년 후엔 더 좋은 새 내비게이션이 출품될 텐데…. 남편도 순간적으로 당황해서 이성적인 판단을 못 한 것 같다.

앓던 이 빠진 기분이랄까, 아주 머리 아픈 문제를 해결한 기분이랄까. 큰소리는 쳤지만 복잡한 설명을 하게 될 상황이 오면 어쩌나 걱정했는데 "내비게이션이 작동을 안 해요." 한 문장에 모든 게 해결된 게 나도 이상하게 여겨진다. 기분 좋게 거리를 걷다가 까사 바트요(Casa Batllo) 앞에 닿았다. 우리가 2월에 왔을 때는 건물 전체를 가림막으로 가리고 공사 중이었는데, 지금은 1층만 초록색 천으로 가리고 문을 열었다. 예약자들이 줄을 서서 방문하기에 건물 외부만 감상하고 나중에 스페인에 다시 와서 관람하겠다고 다짐한다. 외부 베란다 창과 벽의 독창적인 모습을 한참 바라보다가 커피를 마시기 위해 까사 밀라에 갔다. 여전히 많은 관광객의 시선을 받고 있는 건물 2층 카페로 들어선다.

이런 행운이 또 찾아오다니. 내가 좋아하는 까사 밀라 내부가 보이는 안쪽 자리가 비어 있다. 진한 커피를 마시며 까사 밀라 내부를 바라보다

까사 바트요

: 까사 밀라

가, "내게 사과할 일 없어요?"라고 물으니, 내가 조심하지 않아서 생긴 일이라는 남편의 궁색한 답변을 듣게 된다. 세 달의 여행을 기분 좋게 마무리 지으며 사소한 실수에 화를 낸 점과 함께 문제를 해결하려고 하지 않고 부정적으로 판단해서 나까지 불안하게 만든 점에 대해 말하니 본인도 수긍한다. "당신, 정말 행운아인 줄 알아요. 전생에 나라를 구했나, 지구를 구했나. 나 같은 복덩어리를 아내로 모시고 살다니."라고 말하며 어깨를 으쓱했다.

결혼 전엔 엄두도 못 내던 일들을 결혼 후엔 용기 내서 한다. 결혼 초엔 시장에서 흥정하는 일은 상상도 할 수 없었다. "깎아 주세요."란 말은 입도 떨어지지 않고 얼굴까지 빨개지게 하는 일이었다. 아줌마 경력이 붙자 구입한 물건에 이상이 있으면 환불이나 교환을 요구하고, 여행사의 횡포에 항의할 수도 있게 되었다. 여행하면서 호텔 방에 이상이 있으면 항의도 하고, 해외에서 물건(미하스의 가죽 제품) 가격 흥정도 하고. 오늘은 말도 안 통하는 스페인에서 고장 난 내비게이션 환불까지 받고.

점심 식사하러 걸었던 길을 되돌아가서 람블라스 거리로 향한다. 2월과 달리 가로수 나뭇잎이 자랐고 관광객도 많아서 거리가 활기차다. 람블라스 거리에서 호객하는 식당 야외 테이블에 자리 잡고 앉는다. 남편은 토마토 파스타와 맥주를, 나는 그리웠던 맛조개 구이와 맥주를 주문했더니 종업원이 엄지척하며 완벽한 주문이란다. 기분 좋게 거리를 둘러보다가 옆 테이블들을 보게 됐다. 모두가 500cc가 넘어 보이는 큰 잔에 맥주나 콜라, 심지어 샹그리아를 마신다. 종업원을 불러 우리가 주문한 맥주 사이즈를 물으니 옆 테이블을 가리키며 큰 잔이란다. 서둘러 한 잔은 취소한다니까 이미 주문이 들어가서 취소가 안 된다는 소릴 하며 웃는다. 맥주는 통에서 따르기만 하면 되는 걸 주문 들어가서 취소 불가라니. '역시, 대도시는 눈 깜박할 사이에 코 베어 가는구나.'라는 생각밖에 안 든다.

환불받은 기념으로 간단하게 낮술 한 잔 마시려고 했는데, 취하게 생겼다. 오늘은 계획한 일정도 없으니 취한들 어떠리. 그리웠던 맛조개 구이를 오랜만에 먹게 되어 행복하다.

대낮에 맥주 마시고 기분이 좋아져서 바르셀로나 대성당 앞 광장으로 향했다. 청동으로 만든 'Barcelona' 글자 조형물 사진도 찍고 광장에 선 벼룩시장 구경도 한다. 시간은 많고 골치 아픈 문제는 해결했고 골목들을 구경하다 오일 종류를 판매하는 가게를 찾아들었다. 방송에서 보고 궁금했던 트러플 오일을 찾으니 오전에 모두 판매되었다고 한다. 화요일 날 물건이 들어오니 그때 다시 오란다. 우리는 월요일 밤에 이 도시를 떠나는데. 결과적으론 오일을 못 산 게 천만다행이다. 내일 공항에서 수하물 무게 맞추느라 물건들을 버리는 상황까지 생기니까.

골목을 걷다 레이알 광장에 닿았다. 토요일 오후를 즐기는 사람들이 식당과 카페 야외 테이블에서 행복한 표정으로 대화를 나누며 술잔을, 커피잔을 들고 있다. 광장 가운데에서 반가운 가우디의 멋진 가로등과 재회하는 기쁨도 나누고 광장 가득 천막 치고 물건 파는 가게들도 구경하고. 파란 하늘 아래 멋진 상가 건물과 주말을 즐기는 사람들의 행복한 분위기에 나도 젖어든다.

다시 까딸루냐 광장을 지나 람블라스 거리를 걷다 1849년 문을 연 꼴메나 제과점(La Colmena)을 발견했다. 과자를 구경하는 동안 잠시 동심으로 돌아간다. 나 어릴 때는 성탄절에 종합과자 세트를 아버지께 선물

: 바르셀로나 대성당 앞   : 레이알 광장 출입구

: 가우디 가로등   : 꼴메나 제과점

로 받았다. 동생과 선물받은 과자를 아껴 먹던 기억이 떠오른다. 우리가 초등학생이었을 때니까 부모님은 40대 초반이었다. 술 취해서 제과점 빵이나 과일을 사 오셔서 잠든 우리 남매를 깨우시던 외로운 아버지의 모습이 어른거린다.

　결혼 후 두 아이를 낳아서 키우며 성탄절 선물을 고를 때 너무 행복했다. 선물을 받아들고 기뻐할 아이들의 모습 상상하며 백화점이나 마트의 장난감 코너에서 무얼 살까 고민하며 신중하게 장난감을 고르는 순간엔 나도 동심으로 돌아가 행복했다. 받는 것보다 주는 게 더 행복하다는 것을 아이를 낳고 엄마가 되어서야 깨달았다. 우리 아버지도 그런 마음으로 빵이나 과자를 골라서 사 들고 귀가하셨을 텐데, 그때는 몰랐다. 아버지의 사랑법을. 과자 가게 앞에서 과거 회상에 빠져 있다가 그만 가자는 남편 말에 혼자 생각에서 빠져나온다.

내일이 출국일이라 오늘은 호텔로 일찍 돌아가서 짐을 정리하기로 했다. 오늘이 토요일이라 축구 경기가 있었는지 여러 명이 FC 바르셀로나 유니폼을 입고 맥주잔을 들고 람블라스 거리를 걸으며 구호를 외친다. 웃는 모습으로 보아 자신이 응원하는 팀이 승리했나 보다. 지하철 안에서도 붉은색과 감색 줄무늬 FC 바르셀로나 유니폼을 입고 즐거워하는 사람들을 여러 명 봤다. 축구에 대한 열정과 흥분으로 지하철 안이 후끈하다.

호텔로 돌아와서 가방 4개에서 짐을 모두 꺼내서 정리하며 무게를 가늠해 본다. 수하물 가방에는 부피는 크지만 무게가 적게 나가는 짐들을, 기내용 캐리어에는 포르투갈에서 산 접시 몇 개와 아베이루의 소금과 포르투의 천연 허브 비누 같은 무게가 나가는 물건들을 넣었다. 스페인에 올 때 수하물 가방 가득 채웠던 즉석밥과 통조림, 누룽지와 라면은 다 먹었는데 수하물 가방 물건의 부피가 크게 줄지 않았다.

짐 정리를 마치고 사라고사에서 사온 올리브 피클과 맥주로 출국을 축하한다. 올리브 피클을 언제 다 먹을 거냐고 물었던 남편의 걱정과 달리 올리브는 한 알도 안 남았다. 내 인생에서 가장 맛있게 먹은 올리브 피클도, 우리 비상식량도 다 소비했다. 비행기 티켓과 여권을 다시 확인하고 정말 출국함을 실감한다.

내일 밤 9시 출국하는 비행기를 타야 해서 체크아웃한 후 호텔에 가방을 맡기고 미사를 드릴 예정이다. 시내에서 점심 먹고 호텔로 돌아와서 가방 챙겨서 공항으로 가면 한국으로, 집으로 돌아간다.

5월 19일 바르셀로나에서 평화로운 주말을 보내고

호텔 방에서 몇 번이나 빠진 물건이 없나 확인한 후 체크아웃하러 프런트로 갔다. 그제 우리를 맞이했던 직원이 아닌 다른 직원이 우리를 맞이했다. 그런데 우리가 방을 바꾸어서 추가비용이 발생했다는 말을 한다. 아니라고, 그제 직원이 분명히 추가비용이 없다고 말하고 방을 바꾸어 주었다고 말했다. 잠깐 기다리라며 직원이 전화해서 확인해 보더니 "OK."란다. 마지막 순간까지 긴장을 풀 수 없다. 다행히 전화로 확인해서 문제는 해결되었고, 우리 가방 4개도 공항에 가기 전까지 보관을 부탁했다.

2월 21일 스페인에 도착해서 2월 24일 주일 미사를 바르셀로나 대성당에서 드렸다. 미사를 드리다가 남편 스마트폰 액정에 살짝 금이 가서 속상했던 일이 엊그제 같은데 벌써 3달이 되어 간다. 스페인에 와서 첫 미사를 드린 바르셀로나 대성당에 가서 출국 전 감사미사를 드리기로 했다.

처음이 어렵지 두 번째부터는 당황하지 않고 대성당 입구에서 경비원에게 미사 참석을 알리고 성당 안으로 들어섰다. 2월에 미사를 드릴 때는 웅장하고 아름다운 대성당에 압도되었고 낯선 스페인어 미사로 당황하기도 했다. 이젠 성당 안에 자리 잡고 앉아 차분하게 기도하며 미사를 기다린다. 낯선 곳에서 크게 아프지 않고 아름다운 도시들과 성당 순례 무사히 마치고 귀국할 수 있음에 감사기도 드렸다. 그러다가 눈살 찌푸리게 되는 모습을 봤다. 동양인 중년 남자가 운동용 반바지와 슬리퍼 차림으로 미사가 진행되고 있는 성당 가운데에 서서 사진을 연속 찍고 있는 모습. 주변 사람들이 쳐다봐도 아랑곳하지 않고 서서 사진을 찍고 있는 모습을 보다가 민망했다. 가톨릭 신자가 아니더라도 종교 예절은 지켜주었으면 좋았을 텐데.

성당의 검은 성모상과 파티마 성모상 앞에서 몬세라트와 파티마의 기억을 떠올리며 잠시 묵상한다. 아름다운 성당들을 행복하게 순례할 수 있었음에 감사드린다.

: 바르셀로나 대성당의 검은 성모상   : 바르셀로나 대성당의 파티마 성모상

미사가 끝나고 성당 밖으로 나가니 광장에서 흥겨운 까딸루냐 민속 음악에 맞춰 둥근 원을 그리며 춤을 추는 사람들을 보게 된다. 2월에 봤던 그 정겨운 풍경이 새삼 아름답게 느껴지는 것은, 까딸루냐 사람들의 자존심과 독립 의지를 엿보았기 때문이리라. 노란 리본을 걸어두고 자신들의 독립 의지를 보여 주는 까딸루냐 사람들에게 축복이 있기를.

광장 근처 카페 야외 테이블에 자리 잡고 앉았다. 커피와 빵을 주문하고 스페인에서의 마지막 날을 보낸다. 귀국해서 스페인을 떠올릴 때 가장 그리운 것은, 스페인 도시들의 광장 카페에 앉아 한가하게 커피 마시며 망중한을 즐긴 시간일 듯하다. 과하지도 부족하지도 않았던 우리의 스페인 자유여행. 2018년 여름 캐나다 동서 횡단 자유여행 이후, 6개월 동안 스페인 여행을 준비했다. 책을 읽고 자료들을 찾아보고 여행 경로를 5개 짜서 비교해 보고 최종 결정하기까지 고민도 걱정도 많았다. 바쁜 남편 대신 혼자 여행 경로를 짜면서 내 판단이 틀리면 어쩌나 걱정했다. 우리 여행 경비를 계산하며 가성비 좋은 호텔과 파라도르 예약에도 공을 많이 들였고, 난생 처음 에어비앤비 숙소를 고르느라 한 달여 시간을 보냈다.

남편도 지난 여정이 꿈만 같단다. 가장 당황했던 일은 마드리드 숙소에서의 렌터카 주차 사고였고 익숙하지 않은 로터리 교차로 빠져나가기도 힘들었노라 한다. 그럼에도 우리 둘 다 스페인 여행을 잘 마칠 수 있어서 행복하다.

호텔로 돌아가서 공항에 갈 택시를 불러 달라고 했다. 택시에 우리 가방들을 싣고 이제 정말 바르셀로나 시내를 벗어난다. 도착해서 일주일, 그리고 다시 돌아와서 3일을 보낸 바르셀로나와도 이별의 순간을 맞이한다.

공항에 도착해서 수하물을 부치려고 차례를 기다리며 앞에 서 있던 학생들이 가방을 열어서 짐을 이리저리 옮기는 모습을 봤다. 우리 차례가 되어서 수하물 무게를 다는 순간 가방 하나의 무게가 초과되어서 당황했다. 아시아나 항공 카운터에서 수하물 관리하는 스페인 중년 직원은 무게 초과에 엄격하다. 두 수하물의 합산 무게가 아닌 개별 가방 무게를 23kg 이내로 맞추란다. 우리 앞쪽에 서 있던 여학생들이 공항 한 편에서 가방을 열고 짐을 이리저리 옮기며 왔다 갔다 했는지 알겠다. 우리도 같은 신세가 되어서 사용하다 남은 자외선 차단 로션과 목욕 용품 등을 버렸다. 무게가 나갈 것 같은 짐을 백팩으로 옮기고 다시 카운터에 가서 수하물 무게를 달아 보니, 각각 수하물이 23kg을 넘지 않는다. 그제야 수하물을 부쳐 준다. 휴, 끝날 때까지 끝난 게 아니라더니 마지막 순간까지 긴장을 놓을 수가 없다.

수하물을 부치고 공항을 돌아다녔다. 어느 나라 국제공항에 가도 인천국제공항처럼 시설이 편리하고 완벽한 곳은 본 적이 없다. 우리 수중에 남은 유로로 스페인에서 마지막 맥주를 마시기로 했다. 지나가는 사람들을 구경하며, 조금 전까지 가방을 열고 짐 정리하던 일을 떠올린다. 그러다가 "이렇게 이것저것 버리면서 무게 맞추었는데, 당신이 고집한 새 내비게이션을 가지고 왔으면 뭘 더 버려야 했을까?" 물었더니, 자신도 수하물 무게로 곤란한 상황이 있으리라고 예상 못했단다.

한용운의 「님의 침묵」에서 '우리는 만날 때에 떠날 것을 염려하는 것과 같이, 떠날 때에 다시 만날 것을 믿습니다.'라는 구절이 떠오른다. 두어 시간 뒤에 우리 가정으로, 그리고 반복된 일상으로 돌아가기 위해 스페인을 떠날 것이다. 그리고 일상에 치여 삶의 무게를 조금 내려놓고 싶을 때, 낯선 곳의 공기 들이마시며 떠돌고 싶을 때, 다시 일탈을 시도할 것이다. 낯선 도시에서의 신선한 설렘이 그리워질 때 다시 떠날 것이다. 다음 여정은 어디가 될지 아직은 모른다. 아직 한국에 돌아가기도 전에, 돌아가서 해야 할 많은 일들과 마주하기도 전에 다음 여행을 꿈꾸다니.

스페인을 떠나면서 다시 만날 것을 다짐, 아니 확신한다. 몇 년 뒤가 될지 기약할 수 없지만, 스페인에 대한 그리움이 목까지 차오르면 다시 돌아올 것이다.

"스페인, 안녕! 우리 다시 만나자!"